李煜李清照词集

(宋)李清照
(南唐)李煜 著
平阳 俊雅 注评

长江文艺出版社

图书在版编目（ＣＩＰ）数据

李煜李清照词集 / （南唐）李煜，（宋）李清照著；平阳，俊雅注评. -- 武汉：长江文艺出版社，2019.6
（国学经典丛书. 第二辑）
ISBN 978-7-5702-0420-5

Ⅰ. ①李… Ⅱ. ①李… ②李… ③平… ④俊… Ⅲ. ①李煜（937-978）—词（文学）—注释②李清照（1084-约1151）—宋词—注释 Ⅳ. ①I222.843.2②I222.844.2

中国版本图书馆 CIP 数据核字(2018)第 108101 号

责任编辑：张远林	责任校对：毛　娟
封面设计：徐慧芳	责任印制：邱　莉　杨　帆

出版：长江出版传媒　长江文艺出版社
地址：武汉市雄楚大街 268 号　　邮编：430070
发行：长江文艺出版社
http://www.cjlap.com
印刷：湖北恒泰印务有限公司

开本：880 毫米×1230 毫米　　1/32　　印张：7.625　　插页：4 页
版次：2019 年 6 月第 1 版　　2019 年 6 月第 1 次印刷
字数：189 千字

定价：33.00 元

版权所有，盗版必究（举报电话：027—87679308　87679310）
（图书出现印装问题，本社负责调换）

总　序

郭齐勇　武汉大学国学院院长

国学大师钱穆先生曾说"今人率言'革新',然革新固当知旧"。对现代人尤其是青年一代来说,缺乏的也许不是所谓的"革新力量",而是"知旧",也即对传统的了解。

中国文化传统的源头,都在中国古代经典当中。从先秦的《诗经》《易经》,晚周诸子,前四史与《资治通鉴》,骚体诗、汉乐府和辞赋,六朝骈文,直到唐诗、宋词、元曲和明清小说,在传统经典这条源远流长的巨川大河中,流淌着多少滋养着我们精神的养分和元气!

《说文解字》上说"经"是一种有条不紊的编织排列,《广韵》上说"典"是一种法、一种规则。经与典交织运作,演绎中国文化的风貌,制约着我们的日常行为规范、生活秩序。中国文化的基调,总体上是倾向于人间的,是关心人生、参与人生、反映人生的,当然也是指导人生的。无论是春秋战国的诸子哲学,汉魏各家的传经事业,韩柳欧苏的道德文章,程朱陆王的心性义理;还是先民传唱的诗歌,屈原的忧患行吟,都洋溢着强烈的平民性格、人伦大爱、家国情怀、理想境界。尤其是四书五经,更是中国人的常经、常道。这些对当下中国人治国理政,建构健康人格,铸造民族精魂都具有重要意义。经典是当代人增长生命智慧的源头活水！

长江文艺出版社历来重视中华民族优秀传统文化的传播及普及，近年来更在阐释传统经典、传承核心文化价值、建构文化认同的大纛下努力向中国古典文化的宝库掘进。他们欲推出《国学经典丛书》，殊为可喜。

怎么样推广这些传统文化经典呢？

古代经典和现代读者的阅读习惯及趣味本来有一定差距，如果再板起面孔、高高在上，只会让现代读者望而生畏。当然，经典也不是任人打扮的小姑娘，一味将它鸡汤化、庸俗化、功利化，也会让它变味。最好的办法就是，既忠实于经典的原汁原味，又方便读者读懂经典，易于接受。在这个原则的指导下，《国学经典丛书》首先是以原典为主，尊重原典，呈现原典。同时又照顾现实需要，为现代读者阅读经典扫除障碍，对经典作必要的字词义的疏通。这些必要精到的疏通，给了现代读者一把迈入经典大门的钥匙，开启了现代读者与古圣先贤神交的窗口。

放眼当下出版界，传统文化出版物鱼目混珠、泥沙俱下，诸多出版商打着传承古典文化的旗号，曲解经典，对现代读者尤其是广大青少年认知传承经典起了误导作用。有鉴于此，长江文艺出版社推出的《国学经典丛书》特别注重版本的选取。这套丛书大多数择取了当前国内已经出版过的优秀版本，是请相关领域的名家、专业人士重新梳理的。这些版本在尊重原典的前提下同时兼顾其普及性，希望读者能有一次轻松愉悦的古典之旅。

种种原因，这套丛书必然会有缺点和疏漏，祈望方家指正。

目 录

李煜词集

李煜其人其词·003

卷一　闲适

望江南（二首）（闲梦远）·015
渔父（二首）（浪花有意千里雪）·017

卷二　闲情

捣练子令（二首）（深院静）·021
谢新恩（冉冉秋光留不住）·023
采桑子（亭前春逐红英尽）·025
谢新恩（樱花落尽阶前月）·027
谢新恩（秦楼不见吹箫女）·029

蝶恋花（遥夜亭皋闲信步）·031

谢新恩（庭空客散人归后）·033

阮郎归（东风吹水日衔山）·035

卷三 艳情

一斛珠（晓妆初过）·037

长相思（二首）（云一绲，玉一梭）·039

临江仙（樱桃落尽春归去）·042

菩萨蛮（铜簧韵脆锵寒竹）·044

菩萨蛮（花明月暗笼轻雾）·046

菩萨蛮（蓬莱院闭天台女）·048

更漏子（金雀钗）·050

卷四 宫廷

浣溪沙（红日已高三丈透）·053

玉楼春（晓妆初了明肌雪）·055

子夜歌（寻春须是先春早）·057

采桑子（辘轳金井梧桐晚）·058

清平乐（别来春半）·060

卷五 降宋

破阵子（四十年来家国）·063

虞美人（春花秋月何时了）·065

相见欢（林花谢了春红）·068

浪淘沙令（帘外雨潺潺）·070

相见欢（无言独上西楼）·073

乌夜啼（昨夜风兼雨）·075

子夜歌（人生愁恨何能免）·076

浪淘沙（往事只堪哀）·078

望江南（多少恨）·081

李清照词集

李清照其人其词·085

卷一　闺中

如梦令（常记溪亭日暮）·100

如梦令（昨夜雨疏风骤）·102

点绛唇（蹴罢秋千）·104

浣溪沙（莫许杯深琥珀浓）·106

浣溪沙（小院闲窗春已深）·107

浣溪沙（淡荡春光寒食天）·109

浣溪沙（髻子伤春慵更梳）·111

浣溪沙（绣面芙蓉一笑开）·113

双调忆王孙（湖上风来波浩渺）·114

卷二　初别

减字木兰花（卖花担上）·117

渔家傲（雪里已知春信至）·119

摊破浣溪沙（揉破黄金万点轻）·121

醉花阴（薄雾浓云愁永昼）·122

怨王孙（梦断漏悄）·124

玉楼春（红酥肯放琼苞碎）·126

小重山（春到长门春草青）·128

一剪梅（红藕香残玉簟秋）·130

蝶恋花（暖雨和风初破冻）·132

行香子（草际鸣蛩）·134

满庭芳（小阁藏春）·136

庆清朝（禁幄低张）·138

念奴娇（萧条庭院）·139

点绛唇（寂寞深闺）·142

卷三　辗转

诉衷情（夜来沉醉卸妆迟）·145

菩萨蛮（风柔日薄春犹早）·147

菩萨蛮（归鸿声断残云碧）·149

好事近（风定落花深）·151

鹧鸪天（寒日萧萧上琐窗）·153

鹧鸪天（暗淡轻黄体性柔）·156

凤凰台上忆吹箫（香冷金猊）·157

木兰花令（沉水香消人悄悄）·161

蝶恋花（泪湿罗衣脂粉暖）·163

蝶恋花（永夜恹恹欢意少）·165

多丽（小楼寒）·167

卷四　南渡

青玉案（征鞍不见邯郸路）·171

清平乐（年年雪里）·173

忆秦娥（临高阁）·175

摊破浣溪沙（病起萧萧两鬓华）·177

添字丑奴儿（窗前谁种芭蕉树）·179

南歌子（天上星河转）·181

青玉案（一年春事都来几）·184

蝶恋花（玉瘦香浓）·185

孤雁儿（藤床纸帐朝眠起）·187

卷五　暮年

新荷叶（薄露初零）·190

武陵春（风住尘香花已尽）·193

渔家傲（天接云涛连晓雾）·196

转调满庭芳（芳草池塘）·198

声声慢（寻寻觅觅）·200

永遇乐（落日熔金）·204

卷六　存疑词

忆少年（疏疏整整）·207

春光好（看看腊尽春回）·207

玉楼春（腊前先报东君信）·208
河传（香苞素质）·209
七娘子（清香浮动到黄昏）·209
临江仙（帘外五更风）·210
长寿乐（微寒应候）·211

附录

李煜生平资料·213
李清照年谱·224

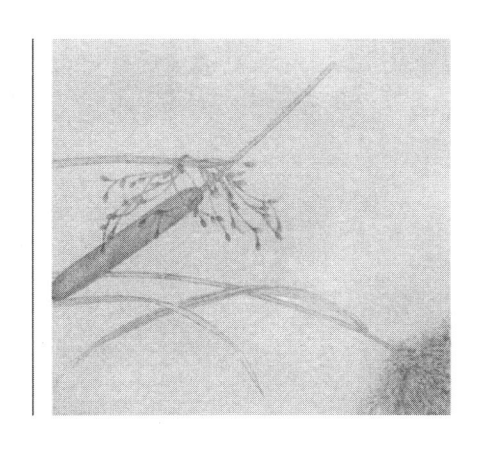

李煜词集

李煜其人其词

错　位

　　李煜成为南唐国主，是一种不可抗拒的宿命。

　　一个人无法选择自己的出身，而他们的出身在某种程度上都成了某种桎梏与藩篱。李煜是南唐帝国的六皇子，上天给了他世人艳美的一切，权力、地位、富贵、功名，那是别人穷尽一生也无法得到的。

　　而这一切，对于他来说，皆是藩篱。他有着追求自由的心性。名和利于他而言，是缰和锁，是以失去本真为代价的。他有自己的精神家园、理想生活，只有在那里，他们才感觉自己是自己的主人，是自己的王。可他最终在现实的规则下就范，做着自己不愿做的事，扮演着自己不愿扮演的角色。一次次违背自己内心真正的索求，一次次奔向茫然未知的天地。

　　他的生活总是在别处。人渴望的，往往是自己得不到的。正因为得不到，它才显得异常的美，异常的有诗意。他做着一个个关于幸福的梦，而当一个个选择来临时，他却因为恐惧，因为世俗，因为某些不得已的缘由，不敢遵从内心的选择，不敢抗争到底，最终丢掉了自己的初心，任它在世俗的浸染下蒙尘，流血，千疮百孔。

错位的人生。

李煜自幼"生于深宫之侧，长于妇人之手"，天生一副奇表，天资聪颖、敏慧，懂音律，善书画，工诗词，好读书，有浓浓的艺术文人气质。他适合做一个诗酒寄情的文人雅士，悠游山水的隐者逸士。他向往做一个樵者，一个渔父，"一棹春风一叶舟，一纶茧缕一轻钩。花满渚，酒盈瓯，万顷波中得自由"。他期待着"被父兄之荫育，乐日月之优游"，和有情人做快乐事。他不想争那个皇位，避之唯恐不及，当长兄和三叔为皇位争得不可开交时，他躲在自己忧愁柔美的世界里，顾影自怜，像一朵清莲般出尘。

奈何造化弄人，天意难违。那个最想当皇帝的哥哥还没有来得及享受几天当太子的滋味，便在19岁英年早逝。最不想当皇帝的自己还没有来得及作准备，却不得不茫然地坐上皇位。命运将他置身于风口浪尖，他做了他不想做的人。从迈出这一步开始，他已经无法回头。

在那个铁血乱世，善于权谋机变的政客，有着嗜血野心的投机者才能如鱼得水。而他偏偏没有一点政治家的样子，也不愿向着一个帝王应有的标本去修行。坐在高高的皇位上，他一方面沉醉于权势带来的优越感，醉生梦死，恣肆挥霍着青春和快乐，一方面却在酒阑人散的时候体会着深深的孤独和荒谬。一方面沉醉在激情中，任性疯狂沉沦，一方面又在经声佛火中寻求一点清凉出尘的超脱。

独独没有想到他该如何经营好他的国家与子民。他尊崇着儒的仁善，却丧失了原则，反而错杀忠臣。他面临着赵宋的咄咄逼人，从没有直起腰来，一味地委曲求全，天真地以为自己的退让和示弱一定会换来别人的成全和宽容。他深知佛的空性，诸行无常，诸法无我，却执着在色的世界里，翻腾不息。甚至将佛作为一种世俗的力量，妄想以它来退赵宋的虎狼大军。

赵宋的大军临境时，他才恍然失色，大叫"几曾识干戈"；国破家亡时，他没有哭他的国，他的宗庙和社稷，却"垂泪对宫娥"；幽囚在别人的眼皮底下，他不知收敛，却悲哀地唱着"雕栏玉砌应犹在，只是朱颜改""小楼昨夜又东风，故国不堪回首月明中"。他是如此真诚，如此率性，如此不知道伪装自己。

一个拥有赤子之心的人，偏偏要植根于功利世俗的土壤中。一个深具文人气质理想色彩的人，却偏偏要坐在以泯灭人伦常情为前提的龙椅上，这种无奈与错位，到底是上天的惩罚还是命运的轮回？

真　诚

李煜有一颗赤子之心，他怀抱着真诚，行走在冷暖人间，欲望丛林。

王国维说李煜："尼采谓一切文字，余爱以血书者，后主之词，真所谓以血书者也。"说的便是他的真诚。

他是一个坐在皇位之上却时时侧身张望的旁观者。

生于深宫之中，长于妇人之手，因而对世事人情不甚了解，他没有政治家的权谋机变，不懂人世的机诈、凶险，因而作为人君他是不够格、无所作为的。也正因此，他才沦为阶下囚。但同样是因为生于深宫之中，长于妇人之手，成就了他作为词人之长。因为生于深宫，长于妇人，他没有浸染世俗，不计较功利得失，用一颗纯正的心面对宇宙、社会、人生，并能摆脱世俗束缚，没有半点虚饰。

他对爱是真诚的。

与大周后婚后情感极度绸缪时，他爱她的美，"向人微露丁香颗，一曲清歌，暂引樱桃破"；爱她的韵，"绣床斜凭娇无那"；爱她的娇，"烂嚼红茸，笑向檀郎唾"。夫妻间的极隐秘的情思被他不遮不掩地袒露人前，虽艳却不淫，虽放却不荡。反倒是那点真诚让人解颐。当大周后因病去世时，他作了数千言的诔词，他悔恨着，痛苦着，"爱而不见，我心悔如"的伤痛，让他几欲赴死。她不在，他的世界就不在。她是阴间无主的魂，他却是阳间孤独的人，他称自己是"鳏夫煜"。这份感情，早已超越为人君者与妃子的关系，是一份高山流水的得遇知音的珍贵与欣喜。

他对小周后的疯狂激情也是真诚的。当情感来临时，他不顾一切燃烧自己，一阵疯、一阵傻、一阵席卷一切的狂滔。像殉春光而去的蝴蝶，像扑火的飞蛾，流言蜚语，现实人伦，曾经的深情，懒管它。只顺着内心指引的方向，一如既往地走下去。他写他们偷情的恣放与沉溺，"画堂南畔见，一向偎人颤。奴为出来难，教君恣意怜"。他写他意醉神迷的勾引，"眼光暗相钩，秋波横欲流"，极其挑逗。他写他的钟情与迷恋，惆怅与欲念，"脸慢笑盈盈，相看无限情"。哪怕前面是悬崖、是火海，他无怨无悔，"知我意，感君怜，此情须问天"。水来，我在水中等你。火来，我在火中等你，只为和你续写一个传奇。

他的欢乐是真欢乐，酣畅淋漓。哪怕它"红日已高三丈透"，他依旧要"金炉次第添香兽"，看"佳人舞点金钗溜"，听"别殿遥闻箫鼓奏"，没有节制，没有收敛，像一个任性的孩子，享受着随心所欲的感觉。听完歌，看完舞，还不够，他还要"醉拍阑干情味切"，手之舞之足之蹈之。酒阑人散后，他依旧沉醉在迷梦当中，如果这是梦，我愿长醉不愿醒，他说"归时休放烛光红，待踏马蹄清夜月"，要做就做到极致，也不枉了这一个"真"。

他的痛苦是真痛苦。国破之时，他很无辜，惊叹"几曾识干戈"。他很自恋，叹惜着自己"沈腰潘鬓消磨"。他很难过，难过的是"教坊犹奏别离声，垂泪对宫娥"。江山社稷对他来说，是抽象的，此时此刻，他心里眼里只有这些个平日里给他无尽欢乐的活生生的宫女。

叫人说什么好呢？这样一个多情的君主。国破之后，他一遍遍唱着自己的故国之思，人生之悲，无常之痛。一首首词作，是以血书之，以泪写之，俨有基督担荷全人类之痛。他"起坐不能平"，他"无言独上西楼"，他泪流满面，"往事已成空，还如一梦中"，他"梦里不知身是客，一晌贪欢"。最终以一曲"小楼昨夜又东风"触怒了赵宋，沉默于地底，却响彻了几千年的时空。

色 空

佛教认为，色是指由一切物质构成的有情世界，空是指万般有情世界的无定性、无自性。世间万物皆非实有，一切事物的本质是虚空的，暂时的。大千世界，看似有形有色，有体有相，其本质只是一个"空"。只是"空"看不见，也摸不着，必须假借外物，假借"色"方能呈现。所以，《心经》云："空不异色，色不异空。空即是色，色即是空。"

知道空即是色，就可以彻悟于空而仍能自娱。知道色即是空，就可以纵情于色而仍能自拔。

李煜有着深深的佛缘和慧根，他本来就是佛门弟子。纵情于色，历经荣辱，在生命结束的那一刻，自我超拔。

他清醒地纵情于"色"，也清醒地知道一切皆"空"。

他纵情于感官的享受与沉溺中，只是比起西蜀那一帮君臣来，他的纵享不只是欲望的狂欢，江南的"水"赋于他天生的温婉与柔媚，还有烟水迷离的忧愁笼罩其间。所以，哪怕他在纵情享受着，我们会在叹息时用一种怜悯的眼神看着他，就像是纵容一个孩子。无法咬牙切齿，无法痛心疾首。

他纵情于宫廷的享乐，他喜欢被"晓妆初了明肌雪，春殿嫔娥鱼贯列"的宫娥们花团锦簇般地围绕着，因为这让他忘了国事与干戈。他喜欢在天黑时也不归家，让狂欢永不落幕，"归时休放烛光红，待踏马蹄清夜月"。他喜欢懒懒地任性地和心爱的人腻在一起，哪怕"红日已高三丈透"，他还是要享受精细富丽优雅的生活，享受"金炉次第添香兽"飘然出尘的忘我。

他纵情于儿女情长当中。他与他的大周后，共研音律，共舞《霓裳》，直追当初的杨贵妃与唐明皇。这个不知道收敛与节制的君王，在红尘中翻滚着他的情欲与欲望。可一切因为他"执子之手""俯仰同心"的爱的誓言，被世人原谅。他与他的小周后，偷情、私会，像所有处于热恋中的人一样，不疯魔不成活。"情不知所起，一往而情深"，虽不至于"生而可以死，死而可以生"，却也是好事多磨。彼此站在对方的面前，却不能名正言顺地牵手。三年的等待，磨煞了愁肠。

她精心炮制的"帐中香""天水碧"，是为了搏君王一顾，其私心私情何异于周幽王倾尽心力只为搏美人一笑。

所有的"色"，皆为虚妄，也终将成为虚妄。

他的国破了，家亡了，只短短的十几年的光阴。"落花流水春去也，天上人间"，从天上跌落于人间，不，是地狱，他要遍尝人间屈辱和生不如死的绝望。

他的爱人，大周后没能逃开"情深不寿"的魔咒，只陪了他短短十年的时光，早早离世。小周后陪他经历了人世间最大的耻辱，恨不当日死，留作今日羞。"执子之手"时如此情切，"与子偕老"却如此虚妄。

在越来越深的孤独与绝望中，他回忆着故国，借助于诗与酒，一次次地穿过了"色"的表相，看到了"空"的本相，看到了无常。

他总是用梦来表达他的空幻感。"一切有为法，如梦如幻，如泡影"。他知道，"往事已成空，还如一梦中"，一切热烈与繁华，都只是梦幻一场，都消散在无形中，变成空空。恍然间"梦里不知身是客，一晌贪欢"。人，谁不是寄居在这个世间，不知道哪天会离去，不知道哪天会失去，只能在拥有的时候，用尽力气，紧握在手中。他在梦里回到他的江南，"还似旧时游上苑，车如流水马如龙。花月正春风。"梦醒后，耳边只有潺潺雨、飒飒风，还有无边无际、无始无终的空幻与孤独。

世事漫随流水，算来一梦浮生啊。

他知道，他什么都知道，一切美好都再也回不去，一切

"色"相背后都紧随着"空"。一切"法"的本质皆是无常。"想得玉楼瑶殿影,空照秦淮",是无常。"林花谢了春红,太匆匆",是无常。"流水落花春去也,天上人间"是无常。

永恒的宇宙,映照着人世的无常,人的渺小与卑微。春花秋月无休无止,小楼东风吹了又吹,雕栏玉砌风雨长存,一江春水永远向东流着。可是,往事已经面目全非,故国已经不堪回首,朱颜已在暗中消歇,人生之长恨永远以你难测的诡异变幻着形态。

这个不圆满的人生,这个不堪的婆娑大千世界。

孤　独

人类思想史和艺术史上那些伟大的灵魂,都有着深不可测的孤独。

他们的孤独是由于他们的敏感丰富。敏感让他们的心灵无限开敞,丰富让他们的灵魂无比躁动。他们总是走在世人的前列,跑在光阴的前头,甚至远远地将他所处的时代抛在身后。他们走得太远,以至于同时代的人无人能够回应,无人能够参与。茫然四顾,前不见古人,后不见来者,念天地之悠悠,独怆然而涕下。他们的灵魂只能沉睡着,等待几百年、几千年甚至几万年以后,被唤醒,被检阅,被参与。

他们的孤独是由于他们都面临着人生的困境。特殊的遭际,让他直面人生的生与死,荣与辱,悲与欢,爱与恨,让他们直面人性的种种纯粹与深刻,丑陋与鄙俗,精致与脆弱。他们目睹了太多,感受了太多,凭自己一己之力,无力消解也无法承受。

他们在内心的泥沼中挣扎着,摸索着。一方面品味着孤独,一方面像希腊神话中永远也无法把石头推上山去的西绪弗斯,在宿命中轮回着。

李煜的孤独,不是没人陪伴。

他是皇子,是九五之尊者的儿子,身边自然不会缺人。年少时,有宫娥,有老师,有兄弟,在他的生命中扮演着各自不同的角色。年长了,有精于算计之人,有别有用心之徒,有阿谀逢迎之属,他的一言一行,一举一动,都会吸引着他们的视线。然后,他有了自己的爱人,有大周后和小周后,还有为求君王一顾各逞其妍的嫔妃与宫娥。他有了自己的国家,有了自己的子民,普天之下,莫非王土,率土之滨,莫非王臣。他的生命里挤满了形形色色的人,可是,他仍然孤独。

他的孤独源于他生逢乱世,在那个靠铁血与强权、阴谋与手段、野心与欲望争得一席之地的末世,他却偏偏生了一颗七巧玲珑、敏感多愁的赤子之心。那样的土壤供养不了他的清绝与格格不入。在父皇和皇兄忙于征逐的日子里,他却像一个闲人一样,手足无措。他感觉自己像个异类,一阵阵忧愁和孤独向他袭来。他知道自己适合过一种什么生活,他知道在什么样的天地里,他能获得快乐。可他没有足够的勇气,对抗他的宿命,只能在孤独中苟且着。

在成为南唐的国君后,他游离在一个人君的角色之外,一边享受,一边泪流。一边在感官世界里醉生梦死,一边在佛法的清凉界里寻求解脱。徘徊在两个世界里,那些臣子,那些宫女,那些高僧,那些大德,在他的生命里来的来,走的走,闹哄哄,你方唱罢我登场。可他依然孤独。他在漫长的夜里,听着断续寒砧断续风。他在别人的秋千影里,一片芳心千万绪,人间没个安排处。

失去了他人,他惶惑不安。拥有了那么多人,却没有谁真正在自己的生命里参与。

孤独的人都有他们自己的泥沼。

他的孤独,是面对宿命的无助无力。

一枝青莲,却生于污泥之中,是他的宿命,这是命运给他铺设的大背景。一个素心人,却偏要被染指,是他的宿命,他不得不接受那个命运抛给他的皇冠,以及随之而来的屈辱与忏悔。他无计可施,他一心逃避,眼睁睁地看着自己的江山家国被颠覆。他知道这是命定的结局,只是在结局到来的那一刻,他还是有些错愕。他选择忍辱偷生,却被命运置于一个更加诡异的境地。

在降宋后,他不知道自己在哪里,也不知道要到哪里去。浪在这个浮世,他像一个流浪者,一次次无言独上西楼,他无话可说了,他只能孤独。他一次次凭栏,看着无限江山,别时容易见时难,他回不去了,他只能孤独。他一遍遍地问着春花秋月,无常之手为何将他捉弄。他一年年地目睹着林花谢了春红,任人生长恨如一江春水向东流。

参不透的无常,躲不掉的命运。在它们面前,自己无助得像一个迷路的孩子,伸出手来,抓到的却只是空空。那指引着他走出困境与宿命的微光,始终没有点亮。一个人,置身于命运的悬崖上,声嘶力竭地呐喊,无人回应,天与地都一样沉默。

其　词

　　李煜一生只留下四十多首词，从数量上看，并不多。

　　从内容上看，他的词以降宋为界，分为前后两个时期。前期的题材主要写闲适——一种理想的生活状态，闲情——泛化的莫名的忧伤与哀愁，艳情——与大小周后之间的情事，宫廷——南唐宫廷生活的奢华浮艳；后期的主要题材即亡国之悔与痛，但他已经超越个人生死，而俨有基督担荷人类痛苦之觉悟。

　　从主题上看，前半生醉生梦死。当然这个醉和梦，不只是指他词中所写的艳情、浮华、奢靡，也指他在闲情词中流露出的一种说不清道不明、如梦如醉的边缘化人生状态。后半生亡国之痛，有巨大的赎罪感和无常感，以《破阵子》为界，词风大变。前期的词，时态是现在时。他认真地投入并享受生活，除了皇帝没有做好以外；后期的词，时态是过去时。身在北方，心却一直在回忆中。前后两个时期的决然不同和天上人间的戏剧化命运，让他体验了常人难以体验到的一切，对他的国家而言，他是失败者。但作为一个词人，他是极其成功的。

　　李煜是真正的"词中之帝"。他对词的继承和发展，使得词这种形式在北宋成为当时的文学主体，成为宋朝的"一代之文学"，而与唐诗抗衡。王国维说"词至李后主而眼界始大，感慨遂深，遂变伶工之词而为士大夫之词"，他以一种扭转乾坤的力量使词从原来贩夫走卒、歌儿舞女的歌声变成士大夫的抒怀工具。

　　他扩大了词的表现领域。在李煜之前，词以艳情为主，很少寄寓抱负，以《花间集》为代表的传统风格是正宗。李煜的词情真语挚，降宋前的艳情、宫廷词如此，降宋后更是直抒胸臆，使词在某种程度上成为一种可以抒怀言志的新诗体。而这一点，到苏东坡和辛弃疾手中被发扬光大。

他提升了词的表达境界。南唐亡国后，李煜被俘入宋，"日夕以泪洗面"，李煜直悟人生苦难无常之悲哀，真正用血泪写出了国破家亡的凄凉和悔恨；并把自身所经历的惨痛遭遇泛化，提升至宇宙人生悲剧性的高度予以体验与审视，使得其词境远超花间、尊前偎红倚翠的局限。

其词语言自然、精炼而又富有表现力。他善于用白描，比喻，往往通过具体可感的个性形象来反映现实生活中具有一般意义的某种境界。不镂金错彩，而文采动人；不隐约其词，却又情味隽永，形成既清新流丽又婉曲深致的艺术特色。

卷一　闲适

望江南（二首）

闲梦远，南国正芳春①。船上管弦江面渌②，满城飞絮滚轻尘③。忙杀看花人！

闲梦远，南国正清秋。千里江山寒色远，芦花深处泊孤舟，笛在月明楼。

【注释】　①南国：指江南。②管弦：管乐器和弦乐器。泛指音乐。渌（lù）：水清。③飞絮：飞扬的柳絮。滚轻尘：车尘滚滚。形容游人如织、车水马龙的盛况。

【赏析】　李煜一共写了四首《望江南》。

很多人习惯将这四首词作为一个整体，看成是他降宋之后，在幽囚生活中因思念故国而作。我更倾向于将这四首词分为两个阶段，二首写于偏安南唐时，二首写于国破家亡后。

这两首以"闲梦远"起笔的《望江南》，透着承平闲适的恬静气象，不知写此词时的李煜，是一个白衣飘飘雍容闲雅的王室公子，还是一位流连风月诗酒遣兴的南唐国君。

两首词，一首写芳春，一首写清秋。

中国古典诗词中，历来有"伤春""悲秋"的传统，写盛夏、残冬的就少得多了。

大抵春是万物萌生之时，一切都是新的，富有生气的，蛰伏了一冬的热情和生命，在春光中跃跃欲试。但从另一个角度看，越是绚烂的东西，其逝去越是让人伤感。所以春光固然好，可人们在沉醉东风之时，目睹着繁华易逝落红成阵，忍不住为生命脆弱、世事无常而深深战栗。

而秋，是万物肃杀之时。一切都萧瑟了，沉寂了，剥落了色彩，呈现出简洁而冷峻的特质来。郁达夫说："有情趣的人类，对于秋，总是一样的能特别引起深沉，幽远，严厉，萧索的感触来的。不单是诗人，就是被关闭在牢狱里的囚犯，到了秋天，我想也一定会感到一种不能自已的深情；秋之于人，何尝有国别，更何尝有人种阶级的区别呢？不过在中国，文字里有一个'秋士'的成语，读本里又有着很普遍的欧阳子的《秋声》与苏东坡的《赤壁赋》等，就觉得中国的文人，与秋的关系特别深了。"

李煜眼中的江南春，没有悲哀，没有伤感，有的是春风骀荡的心旷神怡和不负春光啜饮春光的载欣载奔。他跳出历来文士伤春的传统了。

"闲梦远，南国正芳春。"他说这是他梦中的江南春景。梦是闲梦，一个富贵闲人的闲适之梦，起笔已经为这首词定了调子。"船上管弦江面渌，"写的是江南春水之美，江上管弦之盛。"满城飞絮滚轻尘，"写的是城中花絮之繁，还有奔走在红尘紫陌之上的香车宝马的喧嚣。如此繁喧，所为何来？"忙杀看花人"，原来倾城出动的都是看花人。

此词抓了两个典型情境：船上管弦，城中观花。水上的，陆地上的，满城的人都在江南春光中沉酣嬉戏。白衣卿相、风流雅士、绮筵佳人，一个个你方离去我登场，翠华紫盖，车如流水马如龙，花月正春风。

好个热闹喧嚣的春。饱满、欢实，又带着俗世的烟火气息。

当李煜静静注视着这个热闹的人世时，他是由衷地欢欣，还是感到一种莫可名状的寂寞？或者，对热闹的拥抱，只是他逃避孤独的一种遮盖而已。

再看另一首。走过了热闹繁喧的春，来到了沉静内敛的秋。

前面适宜泼墨，否则显不出它的饱满馥郁。后面适宜点染，否则显不出它的简淡高远。

陈廷焯说这首词:"寥寥数语,括多少景物在内。"有哪些景物?

有千里江山。配上"寒色远"三个字,江山之寥廓,四野之萧条,尽在其中。这是为整个清秋铺设了一个大的意境,定了一个基调。有芦花,有孤舟。芦花深处泊孤舟,芦花是代表秋天的典型。"蒹葭苍苍,白露为霜。"蒹葭就是芦花。远岸芦花之盛,映着近处孤零零的舟子。两相映照,凄凉的意味就有了。有月明楼和笛声。月下笛声,渗透了孤独。"不知何处吹芦管,一夜征人尽望乡",前人不早已说过了么?

孤舟,见行客之悲秋;笛声,见居人之悲秋。后两句兼写了行客与居人两面。以"千里江山"总起笼括全篇,以"芦花深处泊孤舟,笛在月明楼"几种典型意象淡笔点染,一幅透着悲伤和凄清意味的江南清秋图就呼之欲出了。

是的,这是江南的清秋图,不是大漠,也不是塞北或是其他什么地方的秋。江南的秋,有江南的意味。江南的秋,有芦花,有孤舟,有箫笛,有小楼,处处带着玲珑婉约的韵致。连悲,也是清清的,淡淡的,柔和的。如果是铁马、秋风、大漠,就不是江南的秋,它们有着苍凉、辽阔、坚硬的气质。

江南离不开水,所以李煜不写别的,单单写了芦花孤舟。江南离不开丝竹,所以李煜拈取了"笛在月明楼"。

一切看似漫不经心,却漫不经心得让人不得不叹服他的鬼斧神工。

渔父(二首)

浪花有意千里雪,桃李无言一队春①。一壶酒,一竿身,快活如侬有几人②。

一棹春风一叶舟③,一纶茧缕一轻钩④。花满渚,酒盈瓯⑤,万顷波中得自由。

【注释】　①桃李无言:语本《史记·李将军列传》:"谚曰:桃李不言,下自成蹊。"原意是说桃树李树不会讲话,凭着花和果实,自然能吸引人们在树下走成一条路。这里是用字面上的意思,指桃李默默地开花。一队:一排;分列成行。②侬:我。③棹:船桨。④茧缕:丝线。⑤渚:水边的小块陆地。瓯:盛酒的陶器。

【赏析】　这二首词,可谓李煜词中旁逸斜出的异类。也有人说,这二首词的作者实不可考,未必是李煜。

宋代刘道醇《五代名画补遗》记载,有人曾在《盘车水磨图》和《春江钓叟图》中见到了二首题画诗,正是这二首《渔父》。无论是不是李煜所写,这二首词给我们透露了一个消息:滚滚红尘中的人,都或多或少地受种种束缚,或是功名,或是权势,或是利禄,或是感情,甚至也可能是生与死。同时,每个人心中或多或少地都想挣脱这种桎梏。有的只是一种念头,有的付出了行动。有的坚持到底,有的中途妥协。

对李煜而言,这种挣脱,还有他期待拥抱的快乐与自由,永远只停留在他的心中,是他心中的桃花源。

两首词直白轻快,读着它,仿佛能感受到写此词时,李煜愉悦的心境。

"浪花有意千里雪,桃李无言一队春",一个有意,一个无言,姿态不同,实质却是相同的。浪花有意卷起千堆雪,是做了自己喜欢做的事,也不失本性。桃李无言列成一队春,各适其宜,顺应自然、顺应天性罢了。有意也好,无言也罢,它们都由着自己的本性,做它们自己。是浪花,就卷起千堆雪,而不是其他的什么。是桃李,就列成一队春,而不是列成一队秋。多好啊。

"一壶酒,一竿身",从自然转到了对人的抒写上。淡淡六个字,勾勒出了渔父逍遥任性、委运随缘的闲适。他没有过多的行装,只一壶酒,兴致来了就喝上几口，用微醺的醉眼打量这个世界。只一根钓竿，饿了，就寻一处溪，投下鱼竿，等着鱼儿上钩就行了。他不是姜子牙，钓的不是名和利，也不是一个知音。就是鱼，如此而已。

简简单单的生活，不役物，也不役于物。属于他的只有一壶酒，一竿身。没有过多的欲望，但求饱腹，多么快活！

后一首渔夫词与第一首一样，前四句都是名词意象的排列，结句点明主旨。

首句是一个流水对，交代了渔夫的标准装配。一叶舟，一钓钩，足矣。这个渔夫不简单，他是一个懂生活的人。他携"一棹春风"，来到了一个开满鲜花的洲渚之上。摆好了鱼钩，他给自己斟了满满一瓯酒，边喝边从容地等着鱼儿上钩。

简单的工具，从容的态度，诗意的眼光，这不是人世间最得"自由"至味的人吗？

万顷波涛或是更大的惊涛骇浪于我何妨哉？一颗真正自由的心，什么也不能将它束缚。

万顷波涛中，我才是我的主人。

渔父这个形象，代表隐逸和自由。

它是中国的士大夫在"达则兼济天下"的理想无法实现或已经实现之后的一种选择。要么是"独善其身"，要么是功成身退，这是儒道之间的一种平衡法则。

屈原笔下的渔夫，倾向与世推移，随波逐流。李煜笔下的渔父，倾向随缘任性，追求简单的快乐和心灵的自由。柳宗元笔下的那个独钓寒江雪的渔父，虽然是隐者，但内心并不平静，充满了苍茫的孤独感和郁勃的愤懑感，云空未必空。倒是苏东坡心中的那个"小舟从此逝，江海寄余生"的渔父，追求的是真正的快乐和自由，和李煜笔下的渔父很相似。

李煜贵为皇子（那时他也许还不是国君），万人艳羡着想拥有的权位富贵他都有，可他没有心灵的自由。他心甘情愿做一个渔父。

人，总向往着做另一个自己。总以为生活在别处，哪怕贵为帝王的李煜，在这一点上，也和普通人没有什么两样。

卷二　闲情

捣练子令（二首）

深院静，小庭空，断续寒砧断续风①。无奈夜长人不寐，数声和月到帘栊②。

云鬓乱，晚妆残，带恨眉儿远岫攒③。斜托香腮春笋嫩④，为谁和泪倚阑干？

【注释】　①砧（zhēn）：捣衣石。此指捣衣声。②帘栊：挂有帘子的窗户。栊：窗格子。③远岫：远山，此处指女子的眉毛。古代女子的眉形有远山眉、五岳眉、三峰眉、倒晕眉等各种样式。攒：聚在一起。④春笋：指女子的手指纤白细嫩。如白居易："十指剥春笋。"

【赏析】　这两首《捣练子令》放在一起，我感觉不像一人所作。

第二首远远没有第一首意境圆融，笔法老道。第二首写闺中女子的相思春愁。以"云鬓乱，晚妆残"点明女子因相思成疾而无心妆容，粗服乱头。中间两句刻画女子倚阑远望的情态，双眉不展，斜托香腮，一副弱不禁风的样子。以"远岫"喻眉，以"春笋"喻手指，无什么新意。最后一句终于点明，含泪倚栏，如此这般，原来是为了思念心中的情人。

这首词，无论是比喻的手法，还是叙写方式，都没脱窠臼，像是李煜试手之初所作。

第一首《捣练子令》则手法圆融，意境简淡而悠远，颇似六朝时的乐府民歌《子夜吴歌》。吴越文化的流风余韵，想必生长在南唐、濡染在其中的李煜，定心有所向，也有所借鉴的吧？

词写了一个夜中难寐之人的幽幽情思。

你可以将此人想象成思念远人的思妇、闺中寂寞的少女或是远在异乡的游子，甚至，是没有特定身份和所指，只是突然间被忧愁幽思击中的某个人，说不清具体的缘由，也不知这种情绪会到哪里去，整个人被一种莫名的忧愁包裹着，想动弹，却绵软无力。

此生中，此情此景，想必人人都遇到过。

我知道，捣练是古代女子的事情，与之相关，诗词表达的应该是女子的相思。但我不愿意把李煜的这首词用这一个框架固定。一首好词，在一千个人心中会生出一千张面孔，其丰富与经典性也由此而呈现。

"深院静，小庭空，断续寒砧断续风。"院是深院，很幽静。庭是小庭，很空落。清旷而绵远的幽静，渗透在人的每一寸肌肤，任何一点声响，都是入侵，都会激起无穷回响。"断续寒砧断续风"，就是这幽静的入侵者。

断断续续的飒飒风声，断断续续的捣衣声，相伴相和，在清寂的夜空里吹送。一声声，敲击着人敏感的神经。这句是以动写静，更见其静。

静，不是死寂得没有任何声息，这样的静会让人麻木。真正能触动人心的静，是流动的静，是有声响的静，带着不可抗拒的侵略感，让人敏感异常、无法逃避。

日本松尾芭蕉写古井的幽寂，他说"青蛙一跃，入井中"。青蛙跃入古井，没有破坏古井的静，反而让古井透出一种森森的阴寒之气，让人不敢逼视。

王维写山林之静，他说"蝉噪林愈静，鸟鸣山更幽"，蝉噪与鸟鸣，带给人的是更深的静。"竹喧归浣女，莲动下渔舟"亦是用"喧"与"动"反衬竹林与河面之静。

断续寒砧断续风，反向成全了"深院静，小庭空"。

"无奈夜长人不寐，数声和月到帘栊。"寂静永夜里，断续寒砧断续风，传入了人的耳朵，敲打着人脆弱的神经，让人无寐。其实，无寐不是因为断续寒砧断续风赶走了她（他）的睡意。寂寂的永夜里，沉溺在莫名感伤忧愁中的他（她），本来是清醒着的，这断续寒砧断续风，在一个无眠者听来显得异常清晰。

月之清辉，洒向了深院，洒进了小庭。甚至，带着数声寒砧数声风爬上了帘栊，像一个魅影，在夜长难寐之人的心中穿梭。"数声和月到帘栊"，依然是在写声响，用这个声响衬出夜之静幽。身处其中的人，被莫名的忧愁和感伤纠缠着，无法呼喊，无法倾诉，因为他穿不透这无边的夜，无边的静，无边的幽寂和空虚。

这首词，要渲染的是静，却充满着无处不在的动。

谢新恩

冉冉秋光留不住，满阶红叶暮。又是过重阳，台榭登临处，茱萸香坠①。

紫菊气，飘庭户，晚烟笼细雨。雝雝新雁咽寒声②，愁恨年年长相似。

【注释】　①榭：建在台上的房屋。茱萸：旧时风俗，农历九月九折茱萸戴在头上或身上，以辟邪。② 雝雝：鸟的和鸣声。

【赏析】　这首词写重九登高之际，心中涌现无端的愁恨。只是读完这首词，此愁此恨，没有具体的所指。是思念远方的亲人吗？"每逢佳节倍思亲，遍插茱萸少一人。"是思念远方的情人吗？"一种相思，两处闲愁。"还是，惊物华，叹时序，在年华如水面前感到了人的渺小和无力？

无法知道，姑且命名为"闲愁"。我们不知道，其愁自何起，愁向何处。

只觉全词氤氲着一种闲愁，充满了整个空间，你见它不着，摸它不得，但它却无处不在，左右着你的情绪。

这种"闲愁闲恨"几乎是李煜早期所有词作的一大特色。

秋光冉冉，不觉间慢慢溜走，等你惊觉，只能抓住它的尾巴了。满阶堆积着飘坠的红叶，在暮色苍茫中，红得格外刺目。要知道，在离人的眼中——"晓来谁染霜林醉，都是离人泪"——它是离人滴血的眼泪染成的。

浓浓秋意中，又是重阳。"台榭登临处，茱萸香坠。"重阳，有登高赏菊的习俗，于是便有了登临台榭之举。茱萸是辟邪之物，登临时佩戴着装满茱萸叶子的香坠，是少不了的。

词之上片，写重阳之时之景，词之下片，便写登临所见所思了。

这个时令，适宜出场的除了茱萸，还有秋菊。紫菊香气馥郁，飞庭入户，送来它的问候。多好的景致，我们几乎沉醉在了词人描述的景致中，享受着秋光之中的这个重阳佳节，哪怕是思亲，那想念里一定也带着菊的香和秋的爽。可是，事情并不是这个样子的。

登高者眼里所见，是"晚烟笼细雨"。晚烟并不突然，照应着前面的"暮"字。日暮黄昏，一个极具感伤意味的时分，笼罩着自《诗经》开始的中国古诗词。此外还有"雝雝新雁咽寒声"。秋天，是大雁南飞的迁徙时节，年年如此，没有什么能阻止它们执着地向南方而去。所以，在人们的心中，它们是守时守信之象征。雁有时而归，人却无踪无凭，两相比较，让人不由得悲从中来。声声雁鸣，在秋天的暮色中，在如烟如织的雨雾中，显得分外惊心，那简直是在哽咽，透着些许寒意。

结句"愁恨年年长相似"，是由所见所听自然触发出的情绪。

岁岁重阳，今又重阳。岁岁雁来，岁岁雁往。一切恒定不变，正如我一年又一年轮回的愁恨一样。无着落的闲愁，无主的心情。

这大概是年少或青春时分李煜的生命状态吧？有种为赋新词强说愁的味道。

确实有点"强说愁",这首词在手法上并不是自然流转,而有刻意雕琢之嫌。为了写秋日闲愁闲恨,他几乎将古典诗词中所有与秋天有关的愁怨惆怅情怀的意象都搬了出来。有红叶、日暮、登高、秋雨、雁鸣,虽然不是杂乱无章的堆叠,但挤得太满,流于形式,显出其内在情感的单薄与空虚。

只要翻一翻他的后期之作,便会知道此词的匠气。不过和西蜀《花间集》比起来,他的词中我们虽然看到了那么一点不诚恳没来由的闲愁,但这毕竟是一种自我化的情感。这首词中我们依然看出一个真正的"我"在,有血有肉,有生命有情感。

采桑子

亭前春逐红英尽①,舞态徘徊②。细雨霏微,不放双眉时暂开③。

绿窗冷静芳音断④,香印成灰⑤。可奈情怀⑥,欲睡朦胧入梦来。

【注释】 ①春逐红英尽:春光随着落花一起消逝。红英:红花。②舞态:形容落花随风飞旋飘舞的样子。③"不放"句:意谓终日愁眉不展。④芳音断:佳音断绝;一点消息也没有。⑤香印成灰:指香已烧尽。香印,把香料研为细末,印成回纹图案,然后燃烧。王建《香印》:"闲坐烧香印,满户松柏气。"⑥可奈:怎奈,难忍。

【赏析】 李煜早期的词作,非伤春即悲秋。

以伤春者居多,这首便是其中之一,伤春的主题或是相思离愁或叹红颜易老。这首词是在伤春怀人。

词的上半片写白天,下半片写黑夜。无论是白天还是黑夜,她的内心总是无法安息。她能做的事情仿佛只有一件：想念。

上片前三句写景，后一句描写女子之情态，当然，也是间接抒写她的愁怀，只是这愁怀盈盈地堆积在眉尖，需要有心人去猜。"亭前春逐红英尽，舞态徘徊。"首句点明春已将尽，春光消歇。而且，消歇得甚是热烈而决绝，没有半点眷恋的意味。小亭前，片片落红，在风中飞舞徘徊，她们贪恋着人间最后一点芳华，去意徘徊，依依不舍。可又有什么用呢？"春逐红英尽"，一个"逐"字写出时序之无情，像是追着赶着逼迫着红英归入尘土，早早谢幕。

落红逝去已够让人情难自禁了，还有"细雨霏微"。雨是另一个摧花狂手，一夜的雨，会让所有红英零落成泥。不但失了色、香，连归去也带着污泥和泪水，显得十分狼狈。好在，不是狂风暴雨，而是霏微的细雨。不过，细雨织成的愁网，束缚在人心上，应该更像是钝刀子割肉，无剧痛，却持续得长久。

所以，这一春也没有个好心境。斯情斯景，怀春的女子见后怎么能不顾影自怜呢？红英，就是她。

下片，写女子的春心春愁。时间已经从白昼到夜晚了。

也许白日的伤感犹存，无情无绪的她，肯定是无法入睡的。她独坐在冷窗前，想着她的心思。室内很静，静得只有她的呼吸和一两声叹息。那个要等的人，为何全无一点音讯？夜越来越深，香即将燃尽，只有一堆灰落在香炉里，没有一丝余温。这香一定是心字形的。心字已成灰，诉说着她此时无奈无助寂寞又凄凉的心境。

她想了很多很多，很久很久，最后只剩下一片混沌。想无法变得分明的时候，想本身也并没有什么所指和意义，只是一种消磨时光的行为定式和心灵寄托。

"可奈情怀，欲睡朦胧入梦来。"如此情怀，怎么能消解？蒙眬入睡，神思恍惚。她忽然看见了那越来越模糊的面影，就在她的眼前。梦耶？真耶？

此刻也让人难以分清。

我倒希望这梦是真的。白天黑夜，上天入地，遍寻不着。梦，是她唯一的寄托。入梦来，给了绝望寂寞之人一点希望，为整首词抹上了一点亮色。

一个缺少被爱的人是一个孤独的人，一个没有爱心的人则是一个冷漠的人。爱是心灵的自然满溢，因为她爱着，她将这个爱溢出去，传递出去，给了对方，希望对方也能感同身受。哪怕是在梦中。

谢新恩

樱花落尽阶前月①，象床愁倚熏笼②。远似去年今日，恨还同。

双鬟不整云憔悴，泪沾红抹胸③。何处相思苦？纱窗醉梦中。

【注释】 ①樱花：指樱桃花。李煜的另一首《谢新恩》即直言樱桃："樱桃落尽春将困。"《临江仙》词也说："樱桃落尽春归去。"②象床：象牙雕饰的床。熏笼：香炉上盖着的笼子，以熏衣被。③抹胸：俗名"兜肚"，系在胸前的小衣。

【赏析】 这首早期词作依旧在写相思春愁。

上片写了女子的愁，年年岁岁愁相似，岁岁年年人不同。"樱花落尽阶前月，象床愁倚熏笼。"这是境之营造。外景是樱花落尽，阶前明月。樱花落尽，意味着春将暮。阶前明月，意味着时间是在夜晚，也意味着千里相思。亘古不变的明月高挂在天幕，冷眼看着人世间的悲欢离合。

内景是"象床愁倚熏笼"。一个女子，恹恹地斜倚着熏笼。从象床、熏笼来看，此非一般的女子，如此精致富丽的香闺，像她的愁恨，精致得有些不真实，让人不敢随意触撞。

接下来两句"远似去年今日，恨还同"，果然在说相思离愁了。此情此景，让她有似曾相识的感觉。哦，去年今日，也是这样的夜，也是这轮月，还有庭前在灿烂极致中凋谢的樱花，她也是一个人品尝着相思离恨。日子，在无尽的相思和等待中仿佛已经停滞了，今年的新愁延续着去年的旧恨，层层堆叠着。

下片写女子为愁所困的情态。

因为离恨相思，她"双鬟不整云憔悴，泪沾红抹胸"。双鬟不整，凌乱憔悴，是说女子因玉颜寂寞无主而无心妆容。女为悦己者容，从《诗经》开始，女子生存的意义，不在于悦己，而在于悦人。后面又来一句"泪沾红抹胸"，有画蛇添足之嫌。泪沾红抹胸，显得粗率直白，全无半点女子的柔婉，倒像一个风尘中人。虽然直白真率是李煜一以贯之的特色，但此处率得有些野，有些俗。此时的李煜，还没有形成自己的风格，尚有模仿之嫌。

一个相思中的女人，除了衣冠不整，无心妆容，哭哭啼啼还能做些什么呢？她不能像男子，吟赏风月、寄情山水，那对足不出户的她们来说，太过奢侈，即便有风有月也有水，也是院中一隅。只有一样，是她们与男子可以共有的——醉。何处相思苦，纱窗醉梦中。万般愁恨无法消解，她不得不但求一醉，在醉梦中忘却烦忧。

唱不完的相思，说不完的离愁。不知年少的李煜，在借别人的口，说着离愁的时候，可否想过，这些离愁在他即将铺展开来的人生画卷里，浓墨重彩，抒写不尽。那种隔岸观火的云淡风轻，怕是再也找不到了。

这首《谢新恩》是变体，它与李煜所做的其他几首《谢新恩》在形式上稍有不同。

谢新恩

秦楼不见吹箫女①,空余上苑风光②。粉英金蕊自低昂。东风恼我,才发一襟香③。

琼窗梦留残日④,当年得恨何长!碧阑干外映垂杨。暂时相见,如梦懒思量。

【注释】 ①秦楼句:传说秦穆公时,有个叫萧史的很会吹箫,穆公的女儿弄玉很爱他,并与他结婚。萧史教弄玉吹箫模仿凤鸣,不几年,弄玉就可以吹出凤声。凤凰纷纷飞到他的屋上。穆公为弄玉夫妇建凤台以居。又过了数年,夫妇俩乘凤凰飞仙而去。事见《列仙传》卷上《萧史》。所谓"秦楼",即凤台。吹箫女,即指弄玉。②上苑:帝王游乐的园林。③襟:有的本子写作"衿"。作量词,唐宋词人常用来修饰数量不很明确的情绪和自然现象。如"一襟风露"、"一襟风月"、"一襟愁绪"等。④琼窗:精致富丽的窗子。

【赏析】 在这首词中,李煜终于撇开"男子作闺音"的幌子,不用借着女子的口,而是自己说着自己的心思。这是他早期的词作无疑。

贵为皇室公子,有儒雅的外表,更难得的是还有一颗温柔多情的玲珑心,这样的李煜,怎么会没有故事?这首词是他在追忆一段青涩朦胧的爱恋,爱恋的对象或是某位宫女,也未可知。

词的上片,写了一个充满懊恼之人的眼中的春光,这应是他此时此刻的心境。

关于秦楼不见吹箫女这个浪漫的传说,其结局是弄玉和萧史做了神仙眷侣。李煜在这里用此典故，传递的不只是人去楼空的惆怅寂寞。萧史非凡品，弄玉也胜似仙姝，他们有的不只是浪漫的爱情，还有惊人的才气和韵致，还有高山流水遇知音的情怀。如此佳人，如此际遇，再难寻觅。上苑风光再美，在他眼里也是空空而已。这是他的第一重懊恼。

粉英金蕊自低昂，意思是上苑内春光无限，争奇斗艳。红的黄的，高的低的，竞相吐春芳。但他用了一个"自"字，她们热烈着她们的，在一个充满懊恼的人眼中，这些凡花俗品，怎及离去的秦楼吹箫女半分？又或是，他在责怪这些花不解语，明知他心中懊恼，还各自低昂，尽情卖弄着？这是他的第二重懊恼。

东风恼我，才发一襟香，是第三重懊恼。东风也有偏私，才发一襟香。一襟香，有人说堂前叫襟，意思是只堂前一面有香。其实，"一襟"很美，是个可意会而不可言传的东西。香不在乎多少，在乎是否识香、品香。李煜在这里无端恼东风才发一襟香，却反过来说是东风恼了他。这不是无理取闹么？

下片你可以知道他因何懊恼了。

琼窗前残留着当日的绮梦，当年情，今日恨，何其漫长。相爱太短，而恨和遗忘是如此久长。一瞬间的电光火石，可能要用一辈子去忘记。

想当日，在碧阑干外，垂杨深处，你我短暂相见。碧阑干映着垂杨，诗情画意般的景中拥着诗情画意般的人，说着比春光还柔媚旖旎的话，也算是不辜负好春光了。可惜，太短暂了。还没有来得及猜透你眼底春光的颜色，离歌已经奏响。梦醒后，人去楼空，唯余惆怅。

算了算了吧，还是懒得去思量。

有些事只适合收藏。不能说，也不能想，却又不能忘。它们不能变成语言，它们无法变成语言，一旦变成语言就不再是它们了。它们是一片朦胧的温馨与寂寥，是一片成熟的希望与绝望，它们的领地只有两处：心与坟墓。

蝶恋花

遥夜亭皋闲信步①，乍过清明②，渐觉伤春暮。数点雨声风约住，朦胧澹月云来去。

桃李依依春暗度，谁在秋千，笑里轻轻语。一片芳心千万绪，人间没个安排处。

【注释】　①遥夜：长夜。皋：水边渊地。闲信步：随意漫步。②乍过：刚过。

【赏析】　这是李煜早期词作中写得圆润流转的一首，疏而不散，淡而有致。

他借女子之口，写其"一片芳心千万绪"。但我觉得，这不只是一个女子的芳心。人之一生，千头万绪，恨事那么多，不知道在哪个时间里，就会被它纠缠住。有时候，不得不停下，打理这些千头万绪的杂念，像词中这个女子一样。

上片写主人公遥夜信步所见。

遥夜。亭皋。闲信步。时间、地点、人物都有了，开头交代得简洁而清晰。

值得一提的是"闲信步"。信步，本来是无目的地随意走走，带有闲散的意味，是一种安静的自由，一种心灵弥满没有拘束的状态。信步中，她感觉到了时序的变迁，不觉间清明已过。一个"乍"字有种恍然之态。清明已过，春将暮。三春好景，竟这样溜走了，还没有来得及领略就已经错过，一种淡淡的惆怅。

还有，数点雨声风约住。刚刚过了一阵雨，残留的点点滴滴已被"风约住"。风约残雨,以"约住"二字挽住,妙极。沈谦《填词杂说》认为"红杏枝头春意闹""云破月来花弄影",俱不及"数点雨声风约住,朦胧淡月云来去"。王国维却认为前句着一"闹"字,后一句着一"弄"字,是极有境界的句子。李煜的这两句,风约残雨,月映淡云,风和雨,云和月,彼此之间,脉脉而有情致,境界疏淡而写意,确实也称得上"有境界"。不知这么欣赏李后主的王国维,何以慧眼遗珠呢?

下片承上片,写信步所闻。

桃李依依,春已暗度。依依,不知是桃李留恋春、不舍春之离别的情态,还是人不舍得春,有着无限眷恋。或许是两者兼而有之吧。一片桃李之中,飞出一阵阵浅笑,一阵阵私语。还有,飞过乱墙的秋千影。信步的人很羡慕,羡慕在如此春夜中有人荡着秋千。好春光,不如尽兴陶醉一场。

偏是这秋千,让信步者更是苦恼。本来叹春暮红尽,自己白白虚度。见别人尽享春光,自己却无缘,百感交集,涌上心头。这里面有羡慕,有嫉妒,有惆怅,有无奈,也许还有隐隐的希望……这感觉,有点像苏东坡所写的:"墙里秋千墙外道。墙外行人,墙里佳人笑。笑渐不闻声渐悄,多情却被无情恼。"

一场信步,最后竟是"一片芳心千万绪,人间没个安排处"的结局!寸心之愁,人间之大,竟无容处。可见愁之无边无际,弥于六合。

和李清照"舴艋舟"载不动的许多愁比起来,李煜之愁,竟是人间天上也装不下了。这个言愁好手,以一江春水向东流写愁,以渐行渐远还生的春草写愁,又以天上人间安放他的愁。

年轻的李煜,愁不知所起,也不知所终。谁说他是一个只懂享乐、不知愁的轻浮浪子?弥漫在他词中的愁,我想,不都是矫情的为赋新词。

装一时易,装一辈子难。

莫名的愁恨和忧郁,流淌在他的血脉中,早期如此,后期更如此,这些我们在他后期的词中很快就可以看到了。

谢新恩

庭空客散人归后，画堂半掩珠帘①。林风淅淅夜厌厌②。小楼新月，回首自纤纤。

春光镇在人空老③，新愁往恨何穷！金窗力困起还慵。一声羌笛，惊起醉怡容。

【注释】 ①画堂：装饰华丽的厅堂。②厌厌：漫长的样子。③镇：整个一段时间，一直。

【赏析】 《全唐诗》云："李后主《临江仙》前后两调，各逸其半。"所以这首词大概是在收集整理时由两个半片词合成的，也可以视为两首不完整的词。

前半首写曲终人散后的寂寞。

首句点明时间：庭空客散人归后。人散后，繁华落幕，喧嚣归于寂静。这个时候，人最容易泛起感伤情绪。极度的繁喧之后，必然是兴尽悲来种种不堪的情绪。

画堂半掩珠帘。果然，她无法安然入睡。珠帘半开半掩着。若是全掩，表明她也彻底死心，若是全开，表明她还有所期待。这种半掩半开，恰好映照着她闪烁不定的心思。有所期待，又无把握和信心，又带着几分不甘心。

难眠的她，听着夜风在林中穿梭，渐渐走远。而夜，也显得分外漫长难耐，仿佛难以度过。百无聊赖，抬头但见一轮新月，在小楼一角，洒着寂静的清光。她看见自己的孤身只影，在月光下，被拉得很瘦很长。

静，太静，静得让人发慌。

下半首写无聊寂寞长恨的状态中，人受到了侵扰。

词一开始，就写了一种无穷无尽的厌离状态。春光在，一直都在，人却渐渐老去了。人之易老，对比春光恒在，让人产生了一种厌倦的情绪。年年岁岁一样的春光，岁岁年年无尽的愁恨，天长地久有尽时，此恨绵绵无绝期。身处其中的人不得不感慨，这新愁旧恨，何日才有个头啊？

不知道她的新愁旧恨具体是什么。

人长期处于某种状态，比如这首词中的人处于新愁旧恨之状态，会陷入疲累麻木。循环往复的生活，让人丧失了锐感，身陷其中，越来越迟钝，甚至是无法动弹。这感觉，就像是温水煮青蛙。只有当水温剧变，恒常的状态或节奏被打乱，人才会变得敏感。

词中的主人公，长期困于新愁旧恨，生活如一潭死水，没有任何波澜。她当然只能是金窗力困起还慵了。在慵倦中浑浑然睡去，在慵倦中浑浑然醒来，日子就像轮回。此时，不知何处传来的一声羌笛，打破了让人麻木的慵倦，惊起醉怡容！

词在"惊起醉怡容"这极富动态和张力感的瞬间，结束了。

我不知道，李煜写这两个半首词时，是一种什么样的心情，以至于只留下断简残章。或许他要写的仅仅只是闺情，又或许，他要写的是自己的一种生命状态。

虽然是两个残章，连起来看却又极有意思。上半首写曲终人散后的寂寞和空虚，由动至静。下半首写一潭死水当中，受到了惊扰，由静入动。这两种生命状态，在李煜的前期生活中都曾有过。

他比谁都了解曲终人散后的寂寞，因为他比谁都沉溺于声色之娱中。而享受过后，是更深的空虚和寂寞。生命陷入这种躲避又追逐的轮回中，置身于其中的他，已经无力摆脱，却又想着摆脱。多想偶然间有一种神秘的力量，能够惊醒他麻木的灵魂，让他振起，让他离开轮回的漩涡，做一个真正的自我。而这两个断章，恰好完整表达了他生命中的两种状态，读来也极有意思。

阮郎归

东风吹水日衔山,春来长是闲。落花狼藉酒阑珊①,笙歌醉梦间。

佩声悄,晚妆残,凭谁整翠鬟②?留连光景惜朱颜,黄昏独倚阑。

【注释】 ①狼藉:零乱。阑珊:指酒意消失殆尽。② 珮:同"佩",衣带上的装饰品。整翠鬟:意思是梳头发。翠,绿色,形容头发的乌亮。鬟,盘发为鬟。

【赏析】 这也是一首有争议的词,情感所指不明晰。我们权且将它看作一首闺怨词。

词之上片写"笙歌醉梦间"之境,繁喧而热烈的暖色调。下片则写"黄昏独倚阑"之情,沉郁而凄清的冷色调。一暖一冷,一烈一寂,对比强烈。

繁华落尽,曲终人散。她在黄昏中独自品尝着浩歌狂热之后的寂。

"东风吹水日衔山,春来长是闲。"春女怨,秋士悲。"东风吹水"点明了时节,是春天。东风乍起,吹皱了一池春水,也吹皱了人心。不再是静若止水,泛起了点点涟漪。"日衔山"点明了时间,是清晨。太阳带着几分睡意,悄悄爬上了远山。

这一春来,心里荒得像长了草,"春来长是闲"。得找点什么事,排遣这"闲"。不然,要白白辜负这良辰春景了。"落花狼藉酒阑珊,笙歌醉梦间。"一副醉生梦死之态,一场华丽的宫廷宴游,这便是主人公排遣闲愁的方式了。鲜花着锦、觥筹交错,弦歌阵阵,舞影婆娑。人人都在盛筵中燃烧着、狂欢着,尽情酣戏,不醉不归。不知不觉间,已是落花狼藉酒阑珊了。

此句没有正面写宴游情形，也没有写其全过程。而是从落幕时满目狼藉的景象、如梦如醉的感受，侧面烘托宴游之盛。

狼藉与阑珊，自然逗引出下片，暗寓着时间的流动。

"佩声悄，晚妆残，凭谁整翠鬟？"叮叮当当的环佩声，已慢慢沉寂。精致的妆容，早已在狂欢中乱成一片。此时她独坐在镜前，意兴索然。看着镜子中渐渐老去的红颜，心里又惊又惧。

巨大的空虚压得人无法喘息，能如何？只得在暮色苍茫中，独自一个人，倚着阑干。看夜色渐浓，看千帆过尽，看月满西楼。月光在斑驳的地上投射出一个完整的影子与我相对无言，我就这么独坐月光，夜凉如水。

此词有的版本中有副题"呈郑王十二弟"。俞陛云说："此词暮春怀人，倚阑极目，黯然有鸰原之思。煜虽孱主，亦性情中人也。"所谓鸰原之思，即兄弟之思。史载，"开宝四年，令郑王从善入朝，太祖拘留之。后主疏请放归，不允。每凭高北望，泣下沾襟。"

据此解，这首词上半阕是回忆往昔他们在一起笙歌醉梦间的日子。下半阕，从对面入手，想象从善独在异乡，望故乡渺渺，归思难收。却无人与共，无人可诉。朱颜随着流年逝去，相聚无望，又能奈何？结句"黄昏独倚阑"，是他思弟情切，登高望远。也是对方思乡情切，遥寄衷肠。

闺情也好，亲情也罢。不一样的对象，一样的孤独寂寞。

卷三　艳情

一斛珠

晓妆初过，沈檀轻注些儿个①。向人微露丁香颗②，一曲清歌，暂引樱桃破③。

罗袖裛残殷色可④，杯深旋被香醪涴⑤。绣床斜凭娇无那⑥，烂嚼红茸，笑向檀郎唾⑦。

【注释】　①沉檀：一种名贵的香。这里指色泽鲜明的深色口红。轻注：轻轻地涂抹。②丁香：又叫鸡舌香。颗：指花蕾。这里代指舌头。③樱桃：形容女性红润的小口。破：即开口。④裛（yì）：沾污。殷色：深红色。可：不在乎、无所谓的意思。⑤香醪（láo）：美酒。涴（wò）：污染。⑥无那（nuò）：无法形容。⑦红茸：红色绒线。檀郎：古代女子对所爱男子的昵称。其来历，与晋时的美男子潘岳有关。据《世说新语·容止》载：晋潘岳美姿容，尝乘车出洛阳道，路上妇女慕其丰仪，手挽手围之，掷果盈车。岳小字檀奴，后因以"檀郎"为妇女对夫婿或所爱慕的男子的美称。

【赏析】　18岁时，李煜娶了大周后娥皇。虽然没有由着自己的意志去挑选自己喜爱的女人，却在精心的安排中收获了两情缱绻、伉俪情深。所以在李煜的词中，鲜有记录两人相恋的心境和场景，倒是婚后的和谐屡屡呈现于笔端。这首《一斛珠》便是其旖旎情感浪花之一朵。

有人说，这首词写美人之口。全词表面上看来，如断线的珍珠，零零碎碎，散了一地。实则不然，它有一条一以贯之的线——美人之口。

沈檀轻注，是红唇一点。丁香颗，是美人口齿噙香。樱桃破，是美人朱唇轻启。"罗袖裛残殷色可，杯深旋被香醪涴"，没有比这更媚惑的了。衣袖上沾着或深或浅的红色，那是意兴沉酣时被酒渍了。杯壁上酒痕杂唇痕，那是满满的诱惑与风情。

词写至此，仍然意犹未尽。"绣床斜凭娇无那，烂嚼红茸，笑向檀郎唾。"烂嚼红茸，笑向檀郎唾，嚼与唾，哪一个不是在写"美人之口"？相比前面的沈檀轻注、微露丁香颗、暂引樱桃破的柔与媚，这一嚼一唾，则显得野性而恣肆！

如果从"美人之口"这个小小的局限里跳出来，我们看到的是李煜笔下娥皇的美和韵。

"晓妆初过，沈檀轻注些儿个"，轻注，显得清新而灵动，俗艳之物无法比。"向人微露丁香颗"，一个"微"字，写的是大家闺秀的贵气与淑静。试想，若非"微露"而是"尽露"或什么其他的语词，那与村妇伧夫又何异呢？朱唇轻启，唱的是一曲"清"歌。清歌，不是靡靡之音或衰飒之音。当然，"清歌"也可能是在没有乐器伴奏的情形下的清唱。娥皇擅音律、歌舞，她有这份自信。

词之下半阕，展示了娥皇的韵。这种韵，是飞扬的、活泼的，透着一种吹皱一池春水的魅惑。"罗袖裛残殷色可，杯深旋被香醪涴。"该饮酒时饮酒，该尽兴时尽兴。烈酒与红唇，醉态与媚态，如此秀色，亦不只是可餐，而是解颐又提神了。然后，带着几分醉意，斜倚在绣床边，一副慵懒无力的模样，本也叫人招架不住。偏偏她更有情致，烂嚼红茸，轻轻一唾，只向檀郎而去。

可见，娥皇不只是有颜色之美的"物"，她更有韵，有态，固可以移人之情。

长相思（二首）

云一绹①，玉一梭②，淡淡衫儿薄薄罗。轻颦双黛螺③。

秋风多，雨相和，帘外芭蕉三两窠④。夜长人奈何！

一重山，两重山，山远天高烟水寒，相思枫叶丹。

菊花开，菊花残，塞雁高飞人未还，一帘风月闲。

【注释】　①云：指头发。绹（guō）：旋转盘结的发髻。②玉一梭：指插在发髻中形状像梭子的玉簪、玉钗之类的首饰。③黛螺：做成螺形的用来画眉的青绿色颜料。此处代指眉。④：窠：同"棵"。

【赏析】　相思，当我写下这两个字时，不知道说什么好。它如影随形，无时无处不在。

自原始人穿上草裙自感妖娆，相思便在人间发生了。从《诗经》"一日不见，如隔三秋"到《楚辞》"悲莫悲兮生离别，乐莫乐兮新相知"，从乐府"山有木兮木有枝，心悦君兮君不知"到唐诗"相思相见知何日，此时此夜难为情"，从宋词"衣带渐宽人不悔，为伊消得人憔悴"到清诗"似此星辰非昨夜，为谁风露立中宵"……相思，如山呼海啸般，一路扑面而来，将人裹挟在其中，无法呼吸。

春秋的桑中，战国的溱洧，秦汉的宫廷，盛唐的洛水之滨，五代的秦淮河畔，两宋的中原大地，大清的皇城根下，普天之下，莫非相思之土。

某个春日的早晨，某个秋日的黄昏；某朵花开的圆满，某片叶落的残缺；某一处清风明月，某一声雁断西风。某一丛丹枫金菊，某一点雨打芭蕉。春秋代序，莫非相思之时。

无论你是怀春的女子，还是多情的男子；无论你是征夫思妇，还是游子走卒；无论你是红颜青春，还是白发暮年；无论你是贵为天子，还是贱为庶民。有感情的地方，便有相思触动心扉。无关身份，无关性别，无关年龄。

站在前人的相思篇章之前，李煜有些踌躇了。

一座座高峰立在前面，想要越过，需要的不只是勇气，还有实力。远的不说，单是花间词之种种，父王词之种种，也是他心存敬畏的。他日夕苦思，不得其门。直到，他亲历了相思。

与娥皇，没有轰轰烈烈的恋爱，却收获了不可多得的情深。两情缱绻固然好，可生命不只是一场华丽的相遇相守，还有别离与相思。这两首写给娥皇的相思词，没有错彩缕金的华丽，只有云淡风轻的澄明。

第一首《长相思》，是从对面写起。夜凉如水，远在千里之外的你，此时此刻在做着什么呢？是否如我一样，在我想着你的时候，你也恰好想着我？我能够想象出你的样子。云一绹，玉一梭，淡淡衫儿薄薄罗。青丝如黛，用一根丝带随意挽起，再插上一支玉簪。"自伯之东，首发飞蓬。岂无膏沐，谁适为容？"虽无心精雕细琢，简淡随意中倒另有一种自然的美。色泽清简的衫儿，搭配着薄薄的罗裙，倒也与你的柔软玲珑十分相称。

静静伫立在窗前的你，一定是轻颦双黛螺。哪怕忧愁、寂寞，你也只是轻颦着眉头，而不是失了态。因为，真正的相思，不在眉间，而在心上。

窗外，秋风肆意地吹，秋雨淋漓地下。雨中那两三株芭蕉，卷起了叶叶心心。一任雨点，一滴滴，一声声，敲打着，点滴到天明。你的轻颦我看得见，你的叹息我听得见。你的愁，不需说，我也懂得。此刻的我，正如你一样，换我心，为你心，始知相忆深。

第二首《长相思》，是花开两朵，各表一枝。

这边是一重山，两重山，山远天高烟水寒，相思枫叶丹。一重山，两重山，是远在天涯巡边的李煜，飞渡关山。只是这飞渡的方向，不是家，不是你,而是他乡。山远天高烟水寒,时光如水般流逝,转眼又是秋天了,<u>丝丝寒意</u>,虽不强烈,却在不经意间袭来,让人禁不住颤抖了一下。放眼四望,远处山岚间,一丛丛枫叶红了,像是醉了。

那边呢?是菊花开,菊花残,塞雁高飞人未还。一帘风月闲。菊花开,菊花残,一开一残之间,是时序的变迁,是女子等待的漫长。眼见着它开了,眼见着它残了,眼见着塞雁高飞远走了。一切一切,都井然有序,各安天命,各守其时,从容得让人心惊。那么,远在天边的人呢?为何不像守信的南飞雁一样,飞回到我的身边呢?

菊有时,雁有信,人无凭无音。我又能如何呢?无人陪我数遍生命里的花开花残,雁来雁还。只能一个人,放下水晶帘,独倚玻璃枕,怏怏地。哪管它春风秋月,岁月轮回。

两首词,没有滂沱的泪,没有撕心的呼告。只是用轻颦、轻叹,秋风、秋雨,芭蕉、菊花、塞雁这几个意象,轻轻一点染,愁与相思,便泅开来,渐至于无穷无尽。

李煜注定是做不好帝王的。

历史上,还真少有哪个帝王将自己缠绵悱恻的情公然写下来,晒在阳光下。尤其用被世人目为"艳科小道"的载体——词来写。

隋炀帝的艳诗写得好,他是昏君。李煜的父亲的词写得好,他浓浓的词人气质,让南唐"输了东风一半",尚未传位给李煜时,便已然向宋纳贡称臣。

这,就是命运的吊诡之处。

临江仙

　　樱桃落尽春归去，蝶翻金粉双飞。子规啼月小楼西[1]，玉钩罗幕，惆怅暮烟垂。

　　别巷寂寥人散后，望残烟草低迷。炉香闲袅凤凰儿[2]，空持罗带，回首恨依依。

【注释】　①子规：即杜鹃。古代传说失国的蜀帝杜宇，被臣子所逼，逊位后隐居山中，其魂化为杜鹃，常在夜间鸣叫，叫声幽凄。有杜鹃啼血之说。②凤凰儿：这里指饰有凤凰图形或制成凤凰图形的香炉。

【赏析】　在《一斛珠》里我们看到了李煜与娥皇的情深，在《长相思》里我们看到了彼此蚀骨的相思。可你不要天真地以为，王子和公主，从此以后过着幸福快乐的生活，那只是童话，也只有童话的土壤，才能供养如此珍稀的爱之魂。

　　在生命之初，李煜需要一个身世显赫、贤良大度的女人作为他的助力，他的精神支柱和乐土。娥皇正是这样的人，不止如此，她还是集美惠雅韵于一身之人。当一切都步入正轨，在惯性的驱使下前行时，他的世界里需要注入新鲜的血液，以唤醒他沉睡的心。

　　他需要温柔体贴且不失聪慧有情趣的小女人，作为心理补偿。而这个补偿，不是别人，正是娥皇的妹妹，女英。

　　我无法揣测大周后在得知真相的那一刻，是怎样在人前强作镇定、在人后打落门牙和血吞的。只有一点，她在奄奄一息之际，始终面朝里边，始终不肯转过脸来看看那个日夜侍奉在身边，那个曾给过她最美的青春与最好的梦境的檀郎。

她留给李煜的是一个背影,一个永远也猜不透是释怀还是怨憎的眼神。

也许活着的时候,她撑得太累了,站在死亡的面前,她任性了一回。

没有答案,是最好的答案。

它让活着的人,一生都走不出忏悔的城。

所以,我固执地以为,这首《临江仙》是李煜的忏悔之词,或是悼亡之词。

尽管,很多评家认为这首词是"后主围城中作长短句,未就而城破",即使它是悼亡,悼的是国破家亡,而不是娥皇。

有人曾指出南唐城破国亡是在十一月,而这首词所咏之景分明是暮春,说是悼国之亡未免牵强。只是后来的评家陈陈相因,皆持"悼亡国"之说,实在是让人匪夷所思。

词的上下阕结构相似,皆是先景后情,景中含情,情以景出。上阕是写眼前,下阕是回忆。

"樱桃落尽春归去,蝶翻金粉双飞。"樱桃已落尽,一起落进尘埃中的还有繁华的三春盛景。来不及祭奠,眼前翻着金粉、双双对对、上下翻飞的蝴蝶深深刺痛了李煜的心。它们不知道春已尽,犹自享受着生命的狂欢,全然不理会眼前这个伤春又伤心的人。

"子规啼月小楼西,玉钩罗幕,惆怅暮烟垂。"小楼西,还记得吗?那个留下了我们的记忆的地方,在夜月清辉的笼罩下,有种蚀人的清冷。时时有一二声子规鸣啼,似打破了夜的岑寂,过后,是更深的寂,更清的冷。

独抱一天岑寂,我分明看见,那玉钩罗幕,因为你的离去,再也没有人卷起,低垂在暮烟中,唤不起一点生意。

"别巷寂寥人散后,望残烟草低迷。"此时,陷入回忆中的我,偏一遍遍地咀嚼着曲终人散的感觉。《霓裳羽衣曲》是你续残章,终成完璧,金碧辉煌的皇宫里,我们演了多少次?你是再也无法听见了,回望四野,不见你的身影,不见你的回应,只有烟草低迷。

"炉香闲袅凤凰儿,空持罗带,回首恨依依。"凤凰形的香炉,袅着青烟。庭院深深几处凄凉,栏外熟睡着月光。室内轻烟摇晃,散落了一地的忧伤。

空持着罗带,那上面分明还沾染着你的气息。

在这堆感情废墟上,只有我孑然而立。悼念着过往,悼念着曾经。

也许,娥皇至死不转过脸来面对李煜,她不是不原谅,不是不理解。真正让她绝望的,是那颗遗落在时光里的初心,是这个世界上始终没有神话,而她也无法成为神话的主人。

也许,走进回忆里的李煜,用忏悔的姿态去面对娥皇时,他真正要忏悔的,不是移情别恋,不是轻诺寡信,而是他自以为可以做得了自己的主、自以为可以书写一段永恒、自以为可以抗衡一切俗世力量,却终于失败,终于堕入世间轮回。

不忘初心,方得始终。

芸芸众生,又有几人得了始终呢?而他,李煜,也不过是众生中的一个。

菩萨蛮

铜簧韵脆锵寒竹①,新声慢奏移纤玉②。眼色暗相钩,秋波横欲流。

雨云深绣户③,来便谐衷素④。宴罢又成空,魂迷春梦中。

【注释】 ①铜簧:这里指管乐器中铜制薄片,用以振动声音。锵(qiāng),象声词,形容管乐器的嘹亮。寒竹:指竹制的笙笛等管乐器。

②移：演奏。纤玉：形容女子的手指纤细白嫩。③雨云：代指男女幽会偷欢。宋玉《高唐赋》写楚王梦中与巫山神女相遇，神女自称"旦为朝云，暮为行雨"。后世遂用云雨作为男女欢会的典故。④谐衷素：意思是未达到偷欢的目的。衷素，心事。

【赏析】　这首词，李煜忠诚地叙写了他的钟情与迷恋，惆怅与欲念。对象是小周后。

铜簧韵脆锵寒竹，乐声动听极了，既脆且锵。"脆"字下得极好，像咬着春天刚出土的水灵灵的小萝卜，一口下去，那种声音，就叫"脆"。锵寒竹，则是在清脆之中夹杂些许慷慨悲凉。

醉翁之意不在乐，而在人。所以，沉醉在乐声中的李煜，并没有遗世独立飘飘欲仙，他目光游移着，寻找着，他在寻找演奏这乐声的那双手。新声慢奏移纤玉。她的纤纤素手，光润莹滑，在光的映衬下，仿佛是透明的，轻捻、慢挑、徐拨、急抹，那双手性感得仿佛有了生命，在深情地诉说。

女人的玉手与纤足，都是令男人意荡神迷的，它们不是赤裸裸的挑逗，却勾起了男人隐秘的欲望。

媚眼，则是公开地挑逗了。眼色暗相勾，秋波横欲流。他的寻找她感觉到了，这就是所谓的心有灵犀吧。众目睽睽之下，她只能似有无意地微抬了一下头，丢下一个只有他能懂的眼波。眼色与眼色相勾，秋波盈盈，溢出来，流动着。我无法想象，眼神是只可意会而不可言传的无形之物，它们是怎样相勾，又是怎样流动的？

这真是暧昧而又奇异的场景。谁知道，大庭广众之下，李煜与小周后，正在上演一场惊心动魄的缠绵呢。有人说彼此有意而不说出来是爱情的最高境界，因为这个时候两人都在尽情享受媚眼，尽情享受目光相对时的火热心理，一旦说出来，味道就淡了。

后半阕，侧艳之极。而末句以"春梦"绾住，尚未失贞刚。

他告诉人们，这只是色授魂与、心许目成之后的一场春梦，还没有成为既成事实。

现实中的种种阻碍尚在,他无法在大周后尚在病中的时候,无所顾忌地扑向她的妹妹。欲望在心中堆积,总要找到一个突破口。

只有在梦中实现了。"雨云深绣户,来便谐衷素。"梦里他与她,朝云暮雨,旦复旦,夕复夕,极尽欢会缠绵,互诉一腔衷素。雨云,谁都知道这是一个极暧昧香艳的词,李煜毫不避讳地用了这个词,他直视着自己内心深处的欲望。衷素,又给这种欲望罩上了纯情的光环,发自内心的真与爱,难道有罪吗?

结拍"宴罢又成空,魂迷春梦中",点明了上述的欢会只是一场春梦,在曲终人散的刹那,他忽然意识到了。魂魄尚停留在春梦中,没有走出来。人却要面对着宴罢成空的场景,只有惆怅了。

想见不能见的煎熬,欲得不能得的辗转,人在其中,备受折磨。求不得、爱别离,人生之苦,此刻李煜是尝尽了的。想必与他一样的,还有小周后。

菩萨蛮

花明月暗笼轻雾,今宵好向郎边去。刬袜步香阶①,手提金缕鞋②。

画堂南畔见,一向偎人颤。奴为出来难,教君恣意怜③。

【注释】 ①刬(chǎn)袜:鞋子脱落只穿袜子叫刬袜。②金缕鞋:相当于"绣花鞋",鞋面上有用金色丝线绣成的花样图案。③教(jiāo):让;请。恣意怜:尽情地爱。

【赏析】　和上一首《菩萨蛮》对照着看，我们会发现，它就像连续剧一样。

在上一首词中，李煜与小周后，是心许目成，是魂授色与，相思难耐，却尚未越雷池一步。他们像一对走钢丝的人，焚心似火，心力交瘁，却还是小心翼翼地控制着。唯一能做的，只有在梦中一解相思情。

在这首词里，他们两人终于突破了底线。蛮悍而又任性。

最难见的都是最想念的，得不到的最让人上瘾。一面在饱受着种种折磨，一面却千方百计地寻找着机会，于是便有了偷情。

这首《菩萨蛮》，李煜记录了他与小周后的私会。

上阕写私会途中，下阕写私会时。

"花明月暗笼轻雾，今宵好向郎边去。"交代得平平常常，波澜不惊。殊不知在这平静之前，她的内心经历了怎样的惊涛骇浪。也许接到私会约定的那一刻，她的一颗心，早已是七上八下，忐忑忐忑了。数着点，熬着更，从天明到黄昏，去还是不去，这样的念头占据了她整个心。

天越来越暗了，月色胧明，已是二更。小径上影影绰绰地走着一个人，踯躅徘徊，犹疑不定。平日里喜好明月，今夜里偏躲着月色走，平日里惧怕昏黑，此际最喜欢树影扶疏。幸好，花明月暗笼轻雾。

是什么声音？夜风的声音，虫儿的鸣叫声。不，还有，还有她缠在金缕鞋上的金铃铛。一步一响，步步惊心。那金铃铛是她白日里跳《步步莲》时系上的，是姐姐亲手所赠。慌乱间，她竟然忘了把它摘下来。还是摘了它吧，偏又摘不掉！只得脱下金缕鞋，穿着袜子，走在香阶上了。

"画堂南畔见，一向偎人颤。"终于到了画堂南畔了，看到了那个朝思暮想的身影，她不顾一切地奔了过去。偎在他怀里，不知是激动、兴奋，还是恐惧、羞怯，她像一只迷了途的小羊羔，战栗着。

"奴为出来难，教君恣意怜。"多么赤裸裸的表白和欲望。银汉迢递暗渡，金风玉露一相逢，便胜却人间无数。此一逢，定然不负相思，恣意沉酣，天与地，都隐藏起来了，风与鸟都屏住了呼吸，唯天上明月一轮，静静地注视着这对贪欢的恋人。

此时此刻，只有一个我，只有一个你。

如此风流狎昵的词，李煜写得率真质朴，真不愧他曾自封的"鸳鸯寺主"之名。

当这个"鸳鸯寺主"迷恋在小周后的青春与娇艳当中时，可曾想到大周后？

菩萨蛮

蓬莱院闭天台女①，画堂昼寝人无语。抛枕翠云光②，绣衣闻异香。

潜来珠锁动③，惊觉银屏梦④。脸慢笑盈盈⑤，相看无限情。

【注释】 ①蓬莱：海上仙山名。传说渤海中有蓬莱、方丈、瀛洲三座仙山，山上有仙人及长生不老之药。天台女：传说东汉时刘晨、阮肇入天台山采药，遇仙女，留居半年，回到故乡，人间已过七世。后用天台女指仙女。这里指与人约会的女子。②抛枕：女子睡觉时头发散开堆在枕头上。翠云光：形容头发乌黑发亮。翠云，犹言绿云。③潜来：偷偷地来。④银屏：白色的屏风。⑤脸慢：形容脸很漂亮。慢，同"曼"，柔媚艳丽。

【赏析】 人都是这样的，对任何美好的东西，希望它来，希望它再来。"刬袜步香阶，手提金缕鞋。"是李煜与小周后第一次突破底线。这次私会，是小周后去见李煜。

这首词中，是李煜来见小周后。

有人说，这是小周后在"禁中"时，李煜忍不住相思之苦，偷偷跑来看她。"脸慢笑盈盈，相看无限情"，一种相互之间理解甚深的默契，想来也是相处日久，没有初会时的紧张与羞怯。

当小周后手提金缕鞋去私会情郎时，大周后尚在人世，他们之间隔的不只是礼教，还有一种无法逾越的东西。这东西，对小周后来说，是姐妹情；对李煜来说，是背叛，是忘却自己的初心。

当李煜"潜来珠锁动，惊觉银屏梦"时，大周后已经去世了。也许是老天对这对有情人要来点小小的惩罚，惩罚他们的贪欲，大周后去世之后，李煜并没有直接娶了小周后。不是不愿，而是不能。大周后去世不久，李煜的母亲即圣尊皇后去世，按国例，他在三年内不得有喜事。

本来一对在桎梏中挣扎的人，偏偏还要等三年。相恋中的人，一日便长如一季，漫似一秋，何况是三年呢？按捺不住的李煜，终于要找小周后了。

抛开这个背景，看看词的本身，写得仍是美。

词的上片写了画堂中昼寝的小周后的睡态。

蓬莱院闭天台女，可不要小瞧了这一句。在李煜心中，小周后不是凡品，是仙姝。所以，她居住的地方，也不是尘世，而是仙境。因为，蓬莱是古代传说中的三座仙山之一，天台女指仙女。

"画堂昼寝人无语。"画堂里静得出奇，一抹斜晖透过窗棂，闪烁的光斑，有种恍惚迷离的错觉。她在睡。静静立在窗外，看着她的睡态，睡态也极美，美得像一个梦境，让人不忍侵扰，不忍走进去。她睡得如此沉酣，头已经偏离了枕边。青丝如黛，慵懒而散漫地散在枕边、颈边，闪着光泽。平时里绾住的发髻，唯见整饬。此时不经意的凌乱，反添了几分韵致。凌乱的发丝，凌乱了他的心。

词的下片自然转到了醒来的情形。

"潜来珠锁动，惊觉银屏梦。"原谅我，你是那么美，美得像一个诱惑。

我无法冷静，无法克制，小心翼翼地走了进去，卷珠帘，金锁动，惊觉了梦中的你。

醒来的你，脸慢笑盈盈，相看无限情。温润的笑意漫开来，没有言语，没有挪动步子。如梦如幻，如醉如痴，就这样，傻傻地看着。像是等待已久的样子。

彼此间心有灵犀的默契，语言也是多余了。此时无声胜有声。

最好的爱情，是默契，是你不说，我也能懂。

更漏子

金雀钗①，红粉面，花里暂时相见。知我意，感君怜，此情须问天。

香作穗②，蜡成泪，还似两人心意。山枕腻③，锦衾寒，觉来更漏残。

【注释】 ①金雀钗：华贵的首饰。②香作穗：指香烧成了灰烬，像穗一样坠落下来。③山枕腻：指枕头被泪水所湿。

【赏析】 有人认为，这首词是温庭筠所作。从词用色之艳及所有的饰物、陈设描写来看，的确符合温词一惯的风格，尤其是类似蒙太奇的画面剪接手法，也特别像温庭筠。

但我依然把它视为李煜写给小周后的一首艳词，因为若联系前面的几首，这首词简直像一段不断推进的剧情。

初见后，李煜与小周后有"眼色暗相钩，秋波横欲流"的色授魂与。

大周后尚在病中时，李煜与小周后有"奴为出来难，教君恣意怜"的偷欢。

圣尊后病逝守制期间，李煜与小周后有"慢脸笑盈盈，相看无限情"的私会。

他们的所作所为，定然会引来种种非议。

小周后是不幸的，他们的真情因为开始的名不正、言不顺，一直在幽暗的角落生长着，见不得光，也得不到众人的祝福。

小周后又是幸运的，帝王有后宫三千，寻欢猎艳后被始乱终弃者多的是，而她一直是他心口的朱砂痣，最终两人修成正果，小周后亦被立为继任国后。

这首《更漏子》想必是在那漫长的三年等待中，李煜对妻不妻妾不妾的小周后的真情告白。只是在手法上，是男子作闺音。这又何尝不是小周后对李煜的告白呢？

词的上片，开笔色泽浓艳。"金雀钗，红粉面"，浓妆华服，精心装扮，只为与你相见。接下来"花里暂时相见"一下子用淡笔宕开了，如此煞费苦心，只为一次"暂时"相见。相见既然是暂时，必有不得已之苦衷，或是私会，或是迫于某种阻力。这一浓一淡之间，形成了巨大反差。

说没有失望，那是假的。

只是，"两情若在久长时，又岂在朝朝暮暮？"有的是时日，等着你我共同书写传奇。"知我意，感君怜，此情须问天"，我对你的心，你懂的。

词的下片，想必是短暂相见之后，小周后独自回房后的心境，有不渝的坚贞，坚贞背后还有难掩的寂寥。毕竟，一年三百六十日，风霜刀剑严相逼。信念不可能让你越过今天、明天、每一天，不可能将等待的苦闷、忧愁、寂寞、猜疑轻轻抹去。一切，都是实实在在地存在着，也得实实在在地去面对。

闺房内，香已燃成灰烬，红烛只剩下蜡泪一摊。"珊枕腻，锦衾寒，觉来更漏残。"夜未央，枕上清泪涟涟，锦衾冰冷似铁，一阵阵寒意袭来，这漫长的夜啊，如何才能熬得过去？偏是那恼人的更漏，一声声，一更更，敲打着脆弱而寂寞的心。

　　这是李煜代小周后作闺音,但是这份体贴入微,感同身受,也足以见其心思之细腻,用情何其深。

　　爱与怜,就是感同身受。没有走进对方的心,你永远无法真正体会,只能是隔靴搔痒。

卷四　宫廷

浣溪沙

红日已高三丈透，金炉次第添香兽①。红锦地衣随步皱②。

佳人舞点金钗溜③，酒恶时拈花蕊嗅④。别殿遥闻箫鼓奏。

【注释】　①次第：依次。香兽：用香料做成兽形的炭。②地衣：地毯。③舞点：狂舞到极致。溜：滑动。④酒恶：方言，指饮酒过量、似醉非醉时的感受。宋赵令畤《侯鲭录》卷八："金陵人谓中酒曰酒恶，则知后主词曰'酒恶时拈花蕊嗅'用乡人语也。"

【赏析】　身为南唐国主的李煜，不要说日用必需，就是世人心中的奢侈品，比如至尊、比如权位、比如财富，也是应有尽有了。但这些还不够，还不是有意思的生活。所以，需要一点无用的游戏和享受，这些无用的装点，是愈精致愈好。

"生于深宫之内，长于妇人之手"的李煜，他的"有意思"的生活是怎样的呢？来看看这首词。

这首词一开篇，一股宫廷富贵之气扑面而来。

"红日已高三丈透"，写宫外。他说，太阳已经爬得老高老高了。一个勤政的帝王，或许早已批了一堆的折子、听了一干臣子的奏议，揉揉发酸的眼睛，准备结束早朝了。

"金炉次第添香兽。红锦地衣随步皱"，宫内，这位帝王才刚刚起床。晏起也就罢了，起来后的他，第一件事不是穿上朝服，而是吩咐宫女们将兽炭次第添进金炉，他要继续昨夜的宴游。宫女趋步，鱼贯而入，红锦铺就的地衣也被踏皱了。

金炉、香兽、红锦，色泽明艳异常，迷了人的眼。炉是金铸的，香想必也是极品，龙涎香、伽南香还是檀香？就连地衣亦是华丽的锦缎铺设的。

不动声色的几句描写，包藏着一个帝王的任性与奢华。

在众人期盼的目光中，一场艳异的奢华终于拉开了序幕。

李煜很聪明，他懂得点染和取舍。他没有将整个豪奢华丽的宴乐图搬出来，他只抓了两个细节：佳人舞点金钗溜，酒恶时拈花蕊嗅。

金钗溜，可见舞之盛。一个"溜"字，总让人想到将坠未坠、将留未留之态，像极了佳人"犹抱琵琶""欲说还休"的样子，这样才有勾魂摄魄的效果，引人遐想。设若金钗真是"溜"掉了，也有一种凌乱的美，整饬中一点凌乱，更显女子的媚态。

拈花嗅，可见其醉之甚。我在想，这嗅花的人到底是观者还是舞者呢？可以理解为观者，他一定是边赏舞边品酒，秀色佐酒，别有一番滋味在心头！也可以想象为舞者。此时"酒恶时拈花蕊嗅"不是实指，而是虚写。他写的是舞者之态。舞步妖娆、柔若无骨、似醉似痴，时而做出拈花一嗅的样子，令人销魂。

这首词的歌拍，更是神来之笔。"别殿遥闻箫鼓奏。"此宫酣嬉如是而犹未足，箫鼓之声，又从别殿隐隐传了过来。整个南唐宫廷，都是乐未央！处处奢享，处处行乐。

这首词六句六个场景，没有一句直接写情。我们看到了李煜歌舞升平、流光溢彩的宫廷生活，感受了真正的富贵帝王之气。但是，藏在这场景之后的李煜的心境，我们无法得知。也许他是真的享受这样的生活，也许他在用醉生梦死掩盖内心的空虚。

在这暴烈的享乐欲望中，李煜和他的臣子，像是被一阵狂风撺着仓促向前。

也许他不知道为什么，也不知道要去往何方。命运此刻正凌驾在他的头顶上，冷眼瞧着他。

玉楼春

晓妆初了明肌雪，春殿嫔娥鱼贯列①。笙箫吹断水云间，重按霓裳歌遍彻②。

临春谁更飘香屑③？醉拍阑干情味切。归时休放烛光红④，待踏马蹄清夜月。

【注释】　①明肌雪：肌肤明洁，白滑似雪。鱼贯：游鱼先后接续，比喻一个挨一个地依序排列。②重按：一再按奏。霓裳（ní cháng）：《霓裳羽衣舞》的简称，唐代著名法曲。这是大周后亲手创编的舞曲，舞姿婆娑的仙女演绎虚无缥缈的仙境。"故盛唐时，《霓裳羽衣》最为大曲，乱离之后，绝不复传，后得残谱，以琵琶奏之，于是开元、天宝之遗音复传于世。"歌遍彻：唱完大曲中的最后一曲。唐宋大曲系按一定顺序连接若干小曲而成，又称大遍。其中各小曲亦有称"遍"的。一说遍、彻都是称曲调中的名目。据王国维《宋元戏曲史》云："彻者，如破之末一遍也。"③香屑：香粉，香的粉末。一说指花瓣，花的碎片。④"归时休放"句：据说："后主宫中未尝点烛，每至夜则悬大宝珠，光照一室如日中。"

【赏析】　和上一首《浣溪沙》一样，这首词李煜仍然在展示奢纵至极的宫廷生活。

上片从视角和听觉两个角度，写春殿歌舞之盛况。

"晓妆初了明肌雪，春殿嫔娥鱼贯列。"明媚鲜艳的宫娥们，如同这春日的清晨，一大早整好了装束，鱼贯而入，列于春殿，一场歌舞盛筵即将开始。

"晓妆初了"有版本作"晚妆初了"，窃以为"晓"字更好。一则显出李煜及群臣只争朝夕的享乐之状，二则和结拍处的"清夜月"相呼应，点明了宴游从清晨到夜半，持续了一整天。这比起"夜宴"来，更显豪奢。

"明肌雪"，足见嫔娥之美，肌肤胜雪，自无尘俗之气。"鱼贯列"，足见场面之盛大，嫔娥之众多。稀稀拉拉几个人，哪撑得起皇家盛宴的排场与架势呢？

仅从视觉上，我们已经被深深震撼住了。

"笙箫吹断水云间，重按霓裳歌遍彻。"是从听觉写歌舞之盛。笙箫齐奏，弦歌阵阵，间关莺语，声闻九天。袅袅余音，只达遥远苍茫的云水之间。这感觉很像小晏的"舞低杨柳楼前月，歌尽桃花扇底风"，字面上很难解，感觉上却很美。

下片开笔，李煜又从嗅觉入手继续摹写。"临春谁更飘香屑"，意思是整个歌舞是在香烟渺渺、香气氤氲的氛围里进行的。这香也许不是普通的香，或许是小周后亲手自制的"帐中香"。

"醉拍阑干情味切"，醉是酒醉，更是心醉。醉翁之意不在酒，而在于声色之间。忘形之际，不由得拍阑干，不由得手之舞之足之蹈之了！

描写至此，仿佛已臻高潮，但等待我们的不是"曲终人散"，而是"归时休放烛光红，待踏马蹄清夜月"！他吩咐宫人，不要点起红烛，那样会败了兴。古人曾说："昼长苦夜短，何不秉烛游。"李煜更绝，他不要秉烛，而是和爱妃群臣一起，在月下清辉里打马而游。

他要尽情挥霍自己的时光，燃烧自己的快乐，这架势，分明就像末日前的狂欢，不愿意繁华落幕。

子夜歌

寻春须是先春早，看花莫待花枝老。缥色玉柔擎[1]，醅浮盏面清[2]。

何妨频笑粲，禁苑春归晚[3]。同醉与闲评，诗随羯鼓成[4]。

【注释】 ①缥（piǎo）色玉柔擎（qíng）：缥色，淡青色，青白色。这里指青白色的酒。玉柔，这里指女人洁白柔嫩的手。擎，托举。②醅（pēi）：没有过滤的酒。③频笑粲（càn）：频频地欢笑。粲，露齿而笑，大笑。禁苑：是封建帝王的园林。因帝王所居之处，戒备森严，禁止人们随便通行，所以称王官为禁，称官中为禁中。④闲评：随意品评、议论，即没有固定题目的自由评论。羯（jié）鼓：是唐代很盛行的一种打击乐器，起源于印度，据说南北朝时从西域传入中国内地。

【赏析】 这首《子夜歌》，有的本子调名为《菩萨蛮》。写的依然是行乐，是李煜与臣子诗文燕游行乐。行乐的地点，不是在宫内，而是追随着春的脚步，移步禁苑游春，和群臣吟诗联句。当然，也少不了酒，更少不了女性。

看来古人的行乐方式，远比我们想象的丰富。李煜的词中所写，只是其中一部分。

雍正帝的《十二月行乐图》告诉我们，他们每个月都可以行乐。正月观灯，二月踏青，三月赏桃，四月流觞，五月赛舟，六月纳凉，七月乞巧，八月赏月，九月赏菊，十月画像，十一月参禅，腊月赏雪。

和一般词先景后情不同，这首词开宗明义，表明了立场。

"寻春须是先春早,看花莫待花枝老。"意思是:莫负韶华,及时行乐。岂止是及时行乐,简直有种迫不及待、透支快乐的感觉。寻春吗?不要追着春天到来的步子跑,要走在春天的前面,早早地等着。这和"归时休放烛花红,待踏马蹄清夜月"一样,有种贪婪享受的意味。

看花吗,不要等到花枝空老,酒至微醺,花开至半,那才是最美的时候。携着美人、美酒和一干风雅的臣子,到禁苑寻春游乐。美人的纤纤玉手托着酒盏,新酷的春酒,有种春天般的色泽,盛在青瓷杯中,一汪莹碧。

上片写了寻春,饮酒。下片则写赋诗、晚归。

"同醉与闲评,诗随羯鼓成。"随行的宫人搬出羯鼓,何不来个击鼓吟诗?一干臣子,铺锦列秀,挨藻飞声。一干美人,流连穿梭,频频劝酒。

评是闲评,不拘形式,随意点评,兴致所致而已,如果弄得太过认真,就会失去闲游的闲适意味了。大家你一言,我一语,到最后赢者负者,不分彼此,一齐同饮,都流露出几分醉意了。

不知不觉间,日已偏西。携着满苑春光,一路调笑戏谑,至宫内,已是暮色四合,华灯初起了。一个国君的快乐一日游,到此,也许尚没有完结。等待他的,或许是另一个开始。

采桑子

辘轳金井梧桐晚①,几树惊秋。昼雨新愁,百尺虾须在玉钩②。

琼窗春断双蛾皱,回首边头③。欲寄鳞游,九曲寒波不溯流④。

【注释】 ①辘轳:井上的汲水工具。金井:井边的井栏。②虾须:

指窗帘。③琼窗：精致华美的窗子。双蛾：双眉。古代将女子漂亮而修长的眉毛称为蛾眉，有时将蛾眉省称为蛾，故双眉又可称双蛾。边头：边塞。④鳞游：指书信。传说鲤鱼可以传书，故称书信为鳞游或鱼信。古乐府《饮马长城窟行》："客从远方来，遗我双鲤鱼。呼童烹鲤鱼，中有尺素书。"古人常以尺长的绢帛写信，故又称书信为尺素。溯流：逆流而上。

【赏析】　这首词，写了一种恍惚迷离的思情。是亲情还是爱情，暂且不论。

词的上片是悲秋。伤春悲秋，成了一种共感，一种积淀，一种符号，一种接头的暗号。晕染了整个中国的古诗词长卷，成为一种坚实的底色，牵动着每一根敏感的神经。

"辘轳金井梧桐晚，几树惊秋。"几个意象简单叠加，便渲染出瑟瑟秋意。辘轳、金井、梧桐，无一不是秋之信号。辘轳金井，一般并列出现。"鸡人罢唱晓珑璁，鸦啼金井下疏桐。"金井旁，还有一树梧桐，早已是删繁就简，一枝枝光秃秃的树干兀自嶙峋着，刺进了秋日的长空。

金井梧桐，不但透着秋意，还透着几分皇家的富贵之气。金井，一般是指井栏上有雕饰的井，多用在宫廷园林。梧桐，凤凰非梧桐树不栖，又岂是凡品？

远处，稀疏萧条的几棵树，像是受了惊吓似的，在秋风中瑟瑟颤动。

一个"惊"字，下得极富神韵。秋意太浓，浓得连树都受到了惊吓，人又如何承受？

接下来，很自然从物过渡到人。室内是"百尺虾须在玉钩"，珠帘轻卷，一副没精打采的样子，寂寂然静默着。别小看了珠帘，它和闺中之人最贴心，一卷一放之间，隐藏着她们的心思和情绪。有无人与共的孤独，有见此良人的欢欣。有春宵一度的销魂，也有独听更漏的寂寞。

词之下片抒情，主人公出场了。窗前的她，定格成了一幅雕像，双眉紧皱。堆叠在眉尖上的，是无法言传的愁绪。他一走，一春鱼雁无消息。茫茫无尽的等，成了她生命中的一部分，成了一种仪式，每天，她都在虔诚地履行着。她用银蒜形的帘押压住帘儿，不让外来的光阴侵扰，不让别人窥见她的内心。宁愿一个人，躲在时光里，静静地品尝着这份孤寂。

百无聊赖之际，她看了一眼压在几案上多次提笔又放下的素心笺，想写一封信。但这个念头只是一闪而过，她忽然又觉得索然无味了。以往那些信，都如石沉大海，毫无消息。只怕是写了，这山高水长，万里关山，又能如何？"欲寄鳞游，九曲寒波不溯流。"想寄书信，奈何它九曲寒波，重重阻隔，也是枉然。

从为愁所困，到欲挣破愁城，到最终无奈放下。短短四句，将一段幽微曲折的心绪写得一波三折。

从这首词本身的意境来看，像是在写爱情。也有人说，此词是李煜想念羁押在北宋的弟弟李从善，有感而发，抒发了一种浓浓的手足情。李从善被作为人质羁留在汴京，欲通音讯，显然是不可能的了，正如词中所言："欲寄鳞游，九曲寒波不溯流。"

皇室中，兄弟情稀少得如珍宝，即使有，更多出于利益的考量，不那么纯粹。但李煜是千古帝王中特立独行的异类，他是一个有着真性情的性情中人，从这首词中可以看出他的赤子之心。

清平乐

别来春半，触目柔肠断。砌下落梅如雪乱①，拂了一身还满。

雁来音信无凭②，路遥归梦难成。离恨恰如春草，更行更远还生③。

【注释】　①砌：台阶。②"雁来"句：传说大雁可替人传递书信，因为它们春来秋去,守时守信。和"鱼书"一样,是古人表达乡思相思之情的一个典型意象。③还(xuán):同"旋",立即;很快。

【赏析】 这首词,有人说是写普泛的离情相思,也有人说是李煜怀念十二弟的词,李煜抛开了"闺阁女子"的假面,以真面目、真性情示人。一字一句皆从胸中自然流出,丰神秀绝,俨然一块莹润丰满的水晶。

整首词如俞陛云先生所说:"上段言愁之欲去仍来,犹雪花之拂了又满;下段言人之愈离愈远,犹春草之更远还生。"

"别来春半,触目柔肠断。"点明了时间,春天已经过去了一半。如果没有数着时间,怎能如此清晰断言,春过了一半?春已过半,姹紫嫣红斗芳春的繁花,又该辞枝别树归入尘。尘土埋葬了花,也埋葬了春天。易凋的繁华、易逝的流年啊,叫人触目所见,怎不柔肠寸断?

"砌下落梅如雪乱,拂了一身还满。"这两句绾合了上二句的"触目"与"春半"。触目所见是砌下落梅如雪乱,若不是春天已过半,何至于落梅缤纷,如雪花乱扑蒙人面?"愁肠断"呢?李煜没有直接写,而是用了一个如画般的意境,将愁形象地画了出来。

"雁来音信无凭,路遥归梦难成。"这两句紧承"别来",更深一层,丝丝入扣。前句是说家乡音讯全无。雁来有信,人却没寄来只言片语,一点差可告慰愁怀的念想也没有,然现实世界里没什么指望,只有寄企望于梦中了。步步退让,换来的也只是"路遥归梦难成"!路太遥远,远得连梦也无法达到!短语中隐藏了多少幽微与波折。

"离恨恰如春草,更行更远还生。"紧承上两句而来,一无音讯,二无和梦,悠悠离恨,便如满地"春草",更行、更远、还生。眼前景,心中恨,打并一片。春草遍地,可见愁之多。"野火烧不尽,春风吹又生",可见愁之蓬勃顽固。它如春草般占据心灵的原野,直到将其吞没、荒芜。

俞平伯先生这样评价此词的结句:"于愁则喻春水,于恨则喻春草,颇似重复,而'恰似一江春水向东流',以长句一气直下,'更行更远还生',

以短语一波三折，句法之变幻，直与春水春草之姿态韵味融成一片，外体物情，内抒心象，岂独妙肖，谓之入神也。虽同一无尽，而千里长江，滔滔一往，绵绵芳草，寸接天涯，其所以无尽则不同尽也。词情调情之吻合，词之至者也。"

这首词中有两个典范。

"砌下落梅如雪乱，拂了一身还满。"是诗情兼有画意。它是深情的，有着厚重的质感。它是形象的，有着如画的形式。能将诉诸语言和诉诸形象的两种不同特质的艺术打通者，除了卓绝的造诣，还需要敏感的心。这二点，李煜恰好都具备。

敏感者，总是在寻找新的事物，总是处在一种充满了生命力的不安状态中。李煜用颤笔书写的"金错刀"体，以锦帛代笔的"撮襟书"，以工笔刻画的"铁钩锁"画，无一不是求新求异的结果。

"离恨恰如春草，更行更远还生。"是将愁量化、物象化的标竿。此后晏几道有"恨如芳草，萋萋刬尽还生"，秦少游有"飞红万点愁如海"，李清照有"只恐双溪舴艋舟，载不动许多愁"，更绝的还有贺铸的"试问闲愁都几许，一川烟草，满城飞絮，梅子黄时雨"，他也因此而得了"贺梅子"的雅号。

卷五　降宋

破阵子

　　四十年来家国，三千里地山河①。凤阁龙楼连霄汉，玉树琼枝作烟萝，几曾识干戈②？

　　一旦归为臣虏，沈腰潘鬓消磨③。最是仓皇辞庙日，教坊犹奏别离歌，垂泪对宫娥④。

【注释】　①四十年：南唐自937年先主李昪建国，至975年后主李煜亡国，历时39年。举成数而言"四十年"。②凤阁龙楼：指南唐的宫殿。霄汉：云霄河汉，与"云天"意思相同，极言其高。玉树琼枝：泛指名贵花木。烟萝：烟聚萝缠，形容草木茂盛。干戈：指战争。③沈腰：沈约的瘦腰。《南史·沈约传》载，沈约曾对友人说自己年老多病，百日数旬，皮腰带常要移孔。后世常用沈腰代指人病腰瘦。潘鬓：潘岳的白发。潘岳《秋兴赋》说："斑鬓发以承弁兮。"后人常以潘鬓代指年老发白。④仓皇：匆忙。这里有惊恐慌张的意思。辞庙：离别祖庙，实指自己被迫降宋、离开故国金陵。教坊：掌管妓乐的机关，唐初开始设置。

【赏析】　这首词写了国破家亡、仓皇辞庙时的情形。

　　至于写作时间，颇有争议。若是辞庙时所作，苏东坡对李煜词中所写颇为不屑，他认为此时"举国与人，故当恸哭于九庙之外，谢其民而后行"，而李煜却顾着"挥泪宫娥，听教坊离曲哉"！简直是全无心肝。何况，辞庙之时，后主了无生意，又有何闲暇与心境作词呢？

也有人认为此词就是写于辞庙之时，明人尤侗说，安史之乱时，"明皇将迁幸，当是时，渔阳鼙鼓惊破《霓裳》，天子下殿走矣，犹恋恋于梨园一曲"，何异于李煜之挥泪对宫娥？

清人梁绍壬说："若以填词之法绳后主，则此泪对宫娥挥为有情，对宗社挥为乏味也。"

更多人认为此词是事后追赋。作此词时，李煜已经北上汴京，成为囚徒。

词之上片，极写昔日江南之豪华。气势雄浑，有李煜词少见的豪放。

"四十年来家国，三千里地山河。"这两句是实写，用两个数字对举，写南唐御国之久，疆域之阔。与盛唐诗人之"乾坤万里眼，时序百年心"包举宇内的恢宏比起来，李煜的"四十年"和"三千里"确实寒碜。可是整个五代十国，江山易主、拥土自封，像走马灯一样变幻不息，李煜守着的南唐，已经是长命而又辽阔的了。

"凤阁龙楼连霄汉，玉树琼枝作烟萝，几曾识干戈？"南唐不仅长命、辽阔，还繁华富庶。阁是凤阁，楼是龙楼，帝王气象满得都溢了出来。这些金碧辉煌的宫庙殿宇，鳞次栉比，直冲霄汉。庭内玉树琼枝，密密匝匝，连成一片，远远望去，如雾如烟，何似在人间？玉树琼枝，本不是人间之物，是仙界神品。

江山信美，民阜物丰，耽溺在升平气象中的国君与臣民，又哪里会"识干戈"呢？没有干戈侵扰，才是眼前这一切繁华的保障。

词之下片，写了干戈的光影声色中，一个国君的狼狈、憔悴与凄凉。

"一旦归为臣虏，沈腰潘鬓消磨。"从万乘至尊的国主到卑微如蝼蚁的臣虏，从天上跌落到人间，他已是"沈腰潘鬓消磨"。如沈约衣带渐宽，如潘岳早生华发。悔恨、焦虑、抑郁、无奈、无助，种种情绪噬咬着，他只有憔悴。

"最是仓皇辞庙日，教坊犹奏别离歌，垂泪对宫娥。"辞庙，是告别列祖列宗的魂灵，告别江山社稷，告别臣民百姓，告别他无比眷恋的一切。这是一种庄重的仪式。借由它，他精神的丝缕会牵系着故土的根，在那里求得一分安定。只是，作为败寇的他，早已经没有从容道别、从容安放自己灵魂的权力了，他只能在"仓皇"中辞别。

词的上片，虽然充满了对故国的留恋，但带着自矜与夸耀，摆出一副无辜的样子，说"几曾识干戈"。

词之下片，还沉溺在自怜之中。哪怕是归为臣虏，日益憔悴，他还要用"沈腰潘鬓"这两位美男子的典故自况。哪怕是仓皇辞庙，他念念不忘的是对宫娥抛洒热泪。情虽多而义难容。

如将这首词看作他降宋北上的追忆之作，他有反思，有悔愧，但与后期"俨有基督担荷人类之罪恶"相比，还有一定的差距。

这时的他，还没有完全醒悟。

虞美人

春花秋月何时了，往事知多少？小楼昨夜又东风，故国不堪回首月明中①！

雕栏玉砌应犹在，只是朱颜改②。问君能有几多愁？恰似一江春水向东流。

【注释】 ①故国：指南唐都城金陵。②雕阑玉砌：雕花的栏干和玉石铺的台阶。与上一首"玉楼瑶殿"一样是代指故国宫殿。朱颜改：面容变得枯黄衰老。

【赏析】 此词是李煜的后期之作，是一首千古绝唱。

其绝在于李后主诗情与诗才兼备。诗情是诗人对人事和自然的锐感，这种锐感是天赋异禀，强求不得的。诗才是能够"吾手写吾心"，用极自然纯真的文字将其敏锐的洞察与感触天衣无缝地抒写出来。

这首词自然纯真的文字、自然纯真的感情和心灵妙合无垠，仿若天籁。

其绝在于它极有章法却丝毫见不到半点痕迹。叶嘉莹女士说"全词八句，前六句是两两的对比，同时也是两两的承接，于交错的承应之中有三次永恒与无常的对比"。词曲折动荡如此，读起来却是一气灌注。

循着叶女士的思路，我们来看这首词。

"春花秋月何时了，往事知多少"，此句看似寻常实奇崛。

岁岁花开花谢，年年月盈月缺，是自然得不能再自然的事了，这便是宇宙的永恒。春花与秋月代表着宇宙中最美好的事物。春花明媚鲜艳，寓生之绚烂；秋月沉静皎洁，寓生之静美。何时了，无时了，是说宇宙中的美好生生不息，亘古长存。此句不是"心生厌倦，觉春秋之长"之意。

"往事知多少"，这便是人事的无常。年年岁岁花相似，岁岁年年人不同。春花永恒，秋月永恒，人事在这个永恒中是变动不居的，是无常。看那秋风金谷，夜月乌江。阿房宫冷，铜雀台荒。荣华花上露，富贵草头霜。旧时王谢堂前燕，飞入寻常百姓家。无一不是无常。

"春花秋月何时了，往事知多少"，是将宇宙之永恒与人事之无常鲜明对比，这是宇宙与人生的定律，我们每个人都身处其中，无处遁藏。

"小楼昨夜又东风，故国不堪回首月明中！"这两句直承上二句而来，又暗藏呼应。

"故国不堪"呼应"往事知多少"，"又东风"呼应着"何时了"。"东风"呼应着"春花"，"月明"呼应着"秋月"。严丝合缝又顺势而下，一气灌注。

小楼昨夜又吹起了东风，如春花秋月般，不会因任何人事而有改变，这又是宇宙的永恒了。一轮皓月孤独而永恒地悬在天幕中，可我的故国呢？故国不堪回首！昔日的"四十年来家国，三千里地河山。凤阁龙楼连霄汉，玉树琼枝作烟萝"早已沦入他人之手,江山易主。昔日的"晓妆初了明肌雪,春殿嫔娥鱼贯列""归时休放烛花红,待踏马蹄清夜月"早漫随流水而逝,恍如一梦。

"故国不堪回首月明中",不堪回首,又怎能回首?逝去的已经逝去,这便是人事的无常。

永恒与无常再次遭遇。

"雕栏玉砌应犹在,只是朱颜改。"承接上片的"故国不堪回首月明中",陷入对往事的怀想中。那让他在"笙箫吹断水云间"里"醉拍阑干情未切"的雕栏应该还在吧?那让她"手提金缕鞋"去"刬袜步香阶"的玉砌还在吧?是的,它们还在,也许都在。

"只是朱颜改"。

变的是他,形如槁木,心如死灰。随时光老去的,不只是他的容颜,不只是青丝变白发,还有他的心灵,在屈辱与悔恨之中煎熬的心灵,早已没有了往日的温度。

变的是她们。"重按霓裳歌遍彻""佳人舞点金钗溜",这些妩媚的红颜,是否还有当初的光彩?

变的是江山的主人,它再已不是李氏的南唐,而是赵宋的天下。曾经的家乡变成了他乡,心灵没有栖息之地,又如何安宁?

"雕栏玉砌应犹在"与"只是朱颜改",又是一次永恒与无常的对比。

"问君能有几多愁,恰似一江春水向东流。"忧从中来,不能自已,终于逼出了这个如滔滔江水般一泻而下的千古名句。

若问我的愁情多少?请看这滔滔不息、向东奔流的一江春水。

一问一答,收束全篇。前面六句两两相承又两两对比的渲染与叙写,都被"恰似一江春水向东流"的"愁"兜住了。

纯情词人的一切感受都是纯真的,直接的,敏锐的。所以每当一种感觉来到他心中的时候,他都是没有反省没有节制地直接反射出去,其感情如滔滔滚滚的江水奔流不息。江水随物赋形，遇平原则平缓，逢沟壑则澎湃，一任感情奔流。

奔放不难，直也不难，难的是直而无尽，奔而有余韵。俞平伯先生认为，这点李煜做到了。他说：

"恰似一江春水向东流"，后主语也，其词品似之。盖诗词之作，曲折似难而不难，唯直为难。直者何？奔放之谓也。直不难，奔放不难，难在于无尽。"恰似一江春水向东流"，无尽奔放，可谓难矣。倾一杯水，杯倾水涸，有尽也；逝者如斯，不舍昼夜，无尽也。意竭于言，则有尽，情深于词则无尽。

相见欢

林花谢了春红①，太匆匆。无奈朝来寒雨晚来风。

胭脂泪，相留醉，几时重②。自是人生长恨水长东。

【注释】 ①林花：满林的花，大片大片的花。春红：即春花绚烂的色彩。②胭脂泪：指雨中落花。重（chóng）：重现。指花再开。

【赏析】 清人谭献《词辨》评此词："濡染大笔。""气度雄肆，虽骨子里笔笔在转换，而行之以浑然元气"，也是李煜以"血泪书之"的经典之作。

"林花谢了春红"，一句浅显明白的大白话，像在说一件无关痛痒的事情。事实上，字字句句凝着他的血泪。

林花，不是一株一株的花，而是满林的花。是"众芳芜秽"，而非一花独憔悴。春红，一年之中最美好的季节里最绚丽的色彩。在这个世界上，我们命中碰到的一切美好，都是以秒来计算的，它们消逝得太快。

谢了，不只是过去完成时态，还饱含着词人深深的怜惜。谢了就是谢了，无人能够挽回，就像时光难倒流，覆水再难收。人只能直面这个残酷的现实，像个伤心的孩子，束手无策。

最美好的季节里最美的林花凋落，怎不让人哀痛？

"无奈朝来寒雨晚来风"，像是在追溯因由。让"林花谢了春红，太匆匆"者，是朝来的寒雨，晚来的风。花谢花飞飞满天，红消香断有谁怜。一年三百六十日，风霜刀剑严相逼。风雨摧花，人又能奈何？

我觉得，这句既是在追溯因由，也是情感的渐次递进。林花谢了春红让人哀婉，太匆匆让人沉痛，它们短短有限的光阴里，充满了挫伤打击。朝来寒雨晚来风，轮番来袭，没有停息。尽管这样它们还是要尽情绽放，不辜负春光和生命。

看着林花谢了春红，叹着太匆匆，怨着朝来寒雨晚来风，又怎么样呢？一切无法改变，生活仍然在继续。仍然在他人手下忍辱含垢，生不如死，像一个玩偶，这更是人生最大悲哀。

李煜写的是花，更是惜花自伤身世。

"胭脂泪，相留醉，几时重。"此句从林花转入人事，内在仍有呼应。

胭脂泪，相留醉，是带着雨滴的花挽留惜花人，让他别走，让他再一次沉醉。因为他懂得怜惜它，懂得为它的凋谢哀痛。他解花语，花也解他。

胭脂泪，相留醉，是梨花带雨般的女子邀他再饮一杯，与她同醉。落花伤雨又伤春，不如怜取眼前人。生命短暂，充满了偶然，谁也不知道今天的分离还能不能有明日的重逢，谁也不知道再相逢会在何年何日，就算是相逢了，也无法保证，彼此还有"当时的旧情怀"。物是人非，时过境迁，过去的永远过去，一切都无法重来。

所以，唯一能做的，是活在当下，是抓住眼前实实在在的这一刻。

"自是人生长恨水长东。"从人事转入人生，转入对人类命运的抒写。

自是人生长恨水长东！人之必然长恨，如水之必然东流，滔滔不绝，去而不复。

这长恨到底是什么？是林花谢了，太匆匆，无人能留？是无法预知的朝来寒雨晚来风？是匆匆一别，不知"几时重"？这些都是可恨的表象。操纵这一切的，是隐藏在表象之下、那个无比神秘却又无处不在，想挣脱却无法挣脱的东西——无常。

不想当皇帝的他皇位偏偏砸在他头上，想当皇帝的太子，机关算尽却敌不过短命，这难道不是无常？从一国之君沦为阶下之囚，天上人间的命运，难道不是无常？

兴亡无常，人生无常，命运无常。李煜的这首词，在无意之中，触碰了天机。

浪淘沙令

帘外雨潺潺，春意阑珊①，罗衾不耐五更寒②。梦里不知身是客，一晌贪欢③。

独自莫凭栏，无限江山，别时容易见时难。流水落花春去也，天上人间。

【注释】 ①潺潺（chán）：流水声。这里指雨声。阑珊：将尽，快完了。②罗衾（qīn）：丝绸被子。③客：囚客。一晌（shǎng）：一会儿。

【赏析】 王国维在《人间词话》中说："李重光之词，神秀也。词至李后主而眼界始大，感慨遂深。……'自是人生长恨水长东'、'流水落花春去也，天上人间'，金荃、浣花，能有此气象耶？"

这首词的确是眼界大、感慨深的神秀之作，在西蜀词人的《花间集》中，绝难见到此种气象。如果说李煜前期的词还留有一点花间痕迹，后期之作，已经完全超越了。

"帘外雨潺潺，春意阑珊"，开篇如寻常白话。他说在连绵的春雨中，春已经接近尾声了。潺潺是雨声不断之意。可见这春雨已经持续下了很久了，春雨淋淫，人也透着一种怅然若失而又忧郁的气息。

阑珊，将尽未尽的样子。春意阑珊，是春对这个人间存着些许的眷恋，不肯决绝地转身，躲进夏日的幕布里？或是人对春还留着些许不舍不甘，不敢相信春已将尽，不愿决绝地道别？

"罗衾不耐五更寒"，呼应"雨潺潺"，紧承着"阑珊"。因为"雨潺潺"，天格外阴冷潮湿，薄薄罗衾怎么敌得过一夜寒气侵袭？因为"阑珊"，心有遗憾，意有不甘，又怎么能睡得安稳？所以，不耐五更寒，不只是因为罗衾不耐，还有人心难安。

"梦里不知身是客，一晌贪欢。"这句也是顺承上句的意思而来。罗衾不耐五更寒，自然就会醒来。醒来后，回顾刚刚的梦。梦中他已经不是客居异乡的囚徒，而是回到了故国，回到了南唐，仍然做他的王，仍然和有情人，做快乐事。可惜，只有"一晌"，片刻的美梦稍纵即逝，梦里的余温太淡薄，敌不过五更寒。

下片起句，意脉和上片相连。梦中一晌贪欢，是回到了故国。梦醒后，精神的丝缕自然牵系着故国，身陷囹圄的他，只能远望以当归。独自莫凭栏，说"莫"凭栏，偏偏又要凭栏。他只能凭栏，只能在苍茫的宇宙中拜托白云清风，遥寄他的相思和眷恋，还有深深的悔恨和无奈。

"四十年来家国，三千里地河山"啊，就这样轻而易举地拱手让人，轻而易举地改名换姓。失去它，不过是在一瞬间！想再见，想重返，现在看来，难于上青天，似乎是一个永远也无法实现的梦。败军之将，何足言勇。败国之君，何以言返？

他知道，再见太难。

从另外一个层面理解，"别时容易"不是真的容易，"见时难"倒是真的。和祖先创下的基业、和三千里地河山、和整个南唐的一切道别，哪里有那么容易？他的青春、梦想和生命，甚至是他的呼吸，早已深深扎根在那片土地上，要离去，要连根拔起，哪里有那么容易？

"流水落花春去也，天上人间。"此句又从回忆中跌落到现实。"流水落花"呼应"春意阑珊"，此句既是词人的眼中景，也是他的心中意。

"天上人间"，俞平伯先生认为有四重意思。第一是疑问语气。是词人在问，这些流水和落花，你们的归宿在哪里呢？是天上，还是人间？第二是对比语气，是他的心中意。往日是天上，现在是人间。第三是感叹语气，此情此景，让词人百感交集，发出"天上啊！人间啊！"的感慨。是天上人间一样愁，还是天上人间何处去？第四是文体的呼应，"流水落花"呼应"别时容易"，"天上人间"呼应"见时难"。

种种解释，都很妙。

我个人看来，"天上人间"还有一解。它表达的是一种人生如梦、命运无常的慨叹。这也正是王国维称李后主的词"眼界始大、感慨遂深"的地方。

它让我们跳出了后主一己之离合悲欢，而反观置于整个宇宙中人类的命运。无论是从天上跌入人间，还是在天上，在人间，世上无一事，不被无常吞。

汤显祖认为《董西厢》的结尾有两种，一种是"煞尾"，一种是"度尾"，前者"如骏马收缰，寸步不移"；后者"如画舫笙歌，从远处来，过近处，又向远处去"。此词的"流水落花春去也，天上人间"，便是度尾，如画舫笙歌，从远处来，又向着远处去。余音绕梁，不绝如缕。

相见欢①

无言独上西楼,月如钩。寂寞梧桐深院锁清秋。

剪不断,理还乱②,是离愁。别是一般滋味在心头。

【注释】 ①此词一说是后蜀孟昶作。但艺术风格更接近李后主,所以大多数选本还是录作李后主词。②还(xuán):立即,随即。

【赏析】 这首词,特别有韵律感。李煜不是一般的词人,他精通音律。其词每一句韵律都与人的内在情绪共振,读起来舒缓流畅。

这首词上片三句,长句、短句、长句交错。下片四句,几个短句排列,却又用一个长句收束。长长短短的句子,变换却不紊乱,动静张弛,徐徐疾疾,如珠玉落盘,尤其是每片歇拍处的两个长句。

此词上片写景,下片抒情,形简神丰。

"无言独上西楼,月如钩。"一个人,在月色中天时分,默默地登上了西楼。他上西楼,不是呼朋唤友,或邀一二知音,是独上。他上西楼,不想举杯邀明月,对影成三人,而是无言,不想说话。

月如钩,是他独上西楼遥望所见,也是他独上西楼时的背景。如钩的一弯月,太清,太瘦。散着微微的清光,冷冷俯视着充满悲欢离合的人间。它不是满月,也不是朗月,是一弯如钩的瘦月。很显然,这是秋天的月。

所以,接下来的这句"寂寞梧桐深院锁清秋",补充了为何"月如钩"。凄清月色下,深深庭院里,已经落光了叶子的一株梧桐,在秋夜里,影影绰绰,寂寞而孤独。梧桐是寂寞的,庭院是深深的,一种与世隔绝的冷清与凄凉,好像这是一个被世界遗忘的角落。

上片三句中,无言、独上、锁,都带有封闭隔绝的意味。我们能感觉到，在深秋的月色中，无言独上西楼的他，既隔离世界，也被世界所隔离，一种孤独的状态。

词之下片开篇点出其秋心——愁。

"剪不断，理还乱，是离愁"，在一系列情景的渲染下，他终于开口直诉离愁了。这句话，三个短句，一气直下，可见不得不发。意思是直白的，却有一种水到渠成的自然美。手法很新，正如他说秋是可用来"锁"的，愁在他是可用来"剪"、用来"理"的。

他用一江东去的春水言愁，是说愁之广，愁之不可阻挡。他用更行更远还生的春草言愁，是说愁之如影随形，无处不在，无计消除。这里，他又用"剪不断，理还乱"言愁，是说愁之纷乱，愁之莫可名状。

"别是一般滋味在心头"，他虽然说明了困扰着他的是剪不断、理还乱的离愁，但又无法清晰地表达出它的滋味。别有滋味，百感交集。

本来以为他说"剪不断，理还乱，是离愁"，已经敞开怀抱了，到最后他留给我们的仍是"别是一般滋味在心头"的欲说还休。想说不能说，或是想说无法说，才最寂寞。结果他又回到了开头时的"无言独上"的闭锁状态。

他还是躲在一个寂寞的角落里，寂寞地舔着自己的伤口。将过往的人生故事，一幕幕放给自己看，挚爱过的，挣扎过的，怨恨过的，狂喜过的，拥有过的，失去过的，一一呈现，又一一收藏在他的心之角落，或是记忆的地下室里。

乌夜啼

昨夜风兼雨，帘帏飒飒秋声①。烛残漏断频欹枕②，起坐不能平。

世事漫随流水，算来一梦浮生。醉乡路稳宜频到，此外不堪行。

【注释】 ①帘帏：指窗帘。②漏断：即壶水漏尽。古代用铜壶滴漏来计时，壶水漏尽，表明夜尽更深。

【赏析】 叶嘉莹女士说，同样出之于自然，陶渊明是融日光之七色于一色，似质而实绮，似癯而实腴，因为他有节制有反省，有出乎其外的高致。李煜却缺少节制与反省，他的感情郁积于心，凭着一颗真率的赤子之心，必欲一吐而后快。大概是"入乎其内"太深，无高致，却有生机。

陶渊明的诗，是于静中得之，写作时，感情冷静节制。李煜的诗，是由静入动时得之，写作时，感情很强烈。在前面几首词比如《虞美人》《相见欢》中，我们尚且看得到一些反省与节制，这首词，却是一腔愁怀，喷薄而发。

词之上片借由风雨无端，秋声飒飒，道尽他"起坐不能平"的焦虑与苦闷。

"昨夜风兼雨，帘帏飒飒秋声。"首句是室外景，秋风萧萧，席卷一切，秋雨也来助阵，苦雨秋风交相侵袭。次句是室内景。室内的帘帏，在风中摇摆。在这种境况下，人又如何呢？——烛残漏断频欹枕，起坐不能平。他一会儿在床上辗转反侧，一会儿站起来，一会又坐下。像一个失了魂魄的人，片刻不得安宁。如此反复，几乎彻夜难眠，不觉间已是更深漏尽。是什么让他不得安宁？

词之下片有了交代。过片紧承着上片，言旧事如梦，不堪回首。

昨日一国之君，今日归为臣虏；昨日笙歌醉梦，今日"烛残漏断"；四十年来家国换姓，三千里地河山易主。人世无常，生命无常。原来，这世上的一切，终将随着不舍昼夜的流水徒然流走，在历史的长河中淹没无痕。人之一生，又算得了什么呢？如梦、如幻、如泡影，到头来，唯余空空。漫，徒然。一个"漫"字，显得极空幻，极虚妄。算来，想来。显得极迷惘、极无奈。

这一句，不只是写他自己，也写尽了茫茫人世众生相。王国维说："道君（指宋徽宗）不过自道身世之戚，后主则俨有释迦、基督担荷人类罪恶之意。"李煜词中有种悲天悯人之情怀。

他要如何自处？回答是："醉乡路稳宜频到，此外不堪行。"还是沉醉于醉乡吧，古人早说过：何以解忧，唯有杜康。更重要的是，醉乡对他这个没有自由动辄得咎的幽囚之徒来说，是最安稳的庇护所，是他全身远祸的工具。

秉烛夜游及时行乐也好，温柔乡也好，白云乡也好，睡乡也好，但求无愧于人，无怍于心，在劳劳尘世，觅一块可供心灵安放的去处，如此便好。

子夜歌

人生愁恨何能免，销魂独我情何限①！故国梦重归，觉来双泪垂②。

高楼谁与上？长记秋晴望。往事已成空，还如一梦中。

【注释】　①销魂：极度哀伤痛苦。②故国：指南唐。

【赏析】　这首词充满了故国之思和人生之慨。全词几乎没有任何修饰，纯用白描，纯任性灵。读这首词，你始终能感到词中有一个情感强烈的"我"在。

同样是后期之作，比如《相见欢》，"林花谢了春红，太匆匆。无奈朝来寒雨晚来风。"他没有直接告诉你他要传达的是一种什么样的感情，只能从景的描述中，看到他对繁华易逝、生命无常的深深无奈。这首词却不然，他的感情毫无节制和修饰，就那样流了出来。这与他"纯任赤子之心"的个性有关，也与他的人生境界有关。

他虽然经历了从天上到人间，从帝王到囚徒的人生巨变，但他承受巨变的时间只有三年。他走得过早，四十二岁便去世，生命正当盛年。虽然他悟到了"往事已成空，还如一梦中"，却远远没有到"痛而不言"的大彻大悟之境。

私意以为，这首《子夜歌》和那首《相见欢》比起来，写作时间一定要早一些。他有痛，便呼号。有悟，便告白。尚没有"痛而无语"或是"悟而不言"，那才是"拈花微笑"的超脱与彻悟。《相观欢》中，已经有了一点点冷静的端倪了，所以应该是在他更加醒悟之后所作。

此时的李煜沉溺在家国巨变、人生陆沉的痛中，衣带渐宽终不悔，为"伊"消得人憔悴，尚无"蓦然回首，那人却在灯火阑珊处"的从容与顿悟。

上片以两个问句发端，"人生愁恨何能免？销魂独我情何限？""将古往今来之人生及一己之一生说明"，接着两句"故国梦重归，觉来双泪垂"，写梦回故国之痛、梦醒成空之悲。

下片换头"高楼谁与上？长记秋晴望"写眼前，高楼独上，秋晴空望。结句以"往事已成空，还如一梦中"之慨，将真幻、今昔打成一片，慨叹人生虚无，恍如一梦。

词之脉络大致清晰如是。分开来看，每句都不简单。

"故国梦重归，觉来双泪垂。"写梦里又回到了故国。一个"重"字可见，故国是他梦萦魂牵的地方，一次次在梦里出现。醒来后，不觉泪流满面。

"高楼谁与上？长记秋晴望。"是在眼前之境中融入了故国之思。

高楼谁与上，可能是李煜真真切切地站在高楼上，"远望以当归"。也可能只是李煜心中的一个念想。他想上，但念及再无人与共，无人相知，索性作罢了吧。还有可能是李煜对故国人的一种殷殷期望。他在想此际故国人会不会与他一样，在盼着他的归去。这是从对面入手的写法。

"人生愁恨何能免，销魂独我情何限""往事已成空，还如一梦中"重在人生之叹。两者一为起句一为结句。以它来看人之一生，像一个预言。人之一生，不都是起于有情痴而结于万事空吗？

有人说，"人分两种，一种人有往事，另一种人没有往事。有往事的人爱生命，对时光流逝无比痛惜，因而怀着一种特别的爱意，把自己所经历的一切珍藏在心灵的谷仓里。没有往事的人对时光流逝毫不在乎，这种麻木使他轻慢万物，凡经历的一切都如过眼烟云，随风飘散，什么也留不下。"

李煜是个有往事的人。往事让他饱受痛苦折磨，也让他的生命在痛苦中无比丰盈，让他的灵魂在炼狱中无比高贵。

浪淘沙

往事只堪哀，对景难排①。秋风庭院藓侵阶②。一任珠帘闲不卷，终日谁来。

金锁已沉埋，壮气蒿莱③。晚凉天净月华开。想得玉楼瑶殿影，空照秦淮④。

【注释】　①排：排遣；消释。②藓（xiǎn）：苔藓。苔藓一般是生长在阴暗潮湿的地方。现在台阶上长满了苔藓，表明很少有人来走动。

③金锁：一种用金制的铠甲。蒿莱：两种野生植物，泛指荒草，乱草。此处意思是指豪情壮气已消沉。④玉楼瑶殿：指南唐故国的宫殿。秦淮：即秦淮河，南唐都城金陵（今江苏南京）的名胜之地。在古诗词中，秦淮是繁华如梦的典型意象。

【赏析】 个人以为，这首充满了故国之思的词作，是李煜后期词作中最有历史感的一首。他后期的词作，眼界大而感慨深，触碰到"人生长恨"，触碰到"往事如梦"，触碰到"流水落花春去也，天上人间"，但没有哪首词像这首一样，有种深深的历史感。

金锁沉埋，空照秦淮。历史的面影穿梭其中，他要告诉我们的岂止是故国之思，还有历史的虚无。风流总被雨打风吹去，人类的一切努力，是在与永恒拔河。

上片还没有历史气息。

首句"往事只堪哀，对景难排"起得非常突兀、有气势。往事只剩下哀痛，也只能哀痛。这种悲哀，哪怕是对着再好的景，也无济于事，难以排解。他已经将自己置于困境当中了。

"秋风庭院藓侵阶。"更让人难堪的是，这个景并不美，面对着它，只会陷入更大的惶恐与孤独之中。一个孤寂的小院，满园肃杀的秋风。在这里你几乎看不见任何有生机的东西，因为一切都被秋风裹挟着黯然退场。在这里，你看不见任何一点希望的颜色，唯一的一点绿，不是别的，是只适于生长在幽僻冷暗之处的苔藓。"藓侵阶"，刺目的意象，看得让人发怵，心似冰冻。"侵"，带着嚣张而强悍的气势。这里，盛长着冷清荒芜。

我不知道，这是李煜的生活环境，还是他彼时彼地的心境。或许，兼而有之。

"一任珠帘闲不卷，终日谁来。"意绪上又递进了一层。既然此处荒寒而幽僻，人在其中，无法突围，只有任由珠帘闲垂在那里，无心去卷。卷珠帘是为了谁？终日无人来，自然更不需要卷了。"一任"，懒得管它，带有意兴索然的自暴自弃或无力回天的无奈感。

下片，他从往事中打捞起一片残骸，历史的残骸。而这，也正是让他深陷悲哀的原因。

"金锁已沉埋，壮气蒿莱。"不是眼中景，是心中意。金锁代表着金陵的王气，暗喻南唐国都金陵。金陵的王气已经沉埋在历史的风沙中，曾经的辉煌与显赫，还有壮怀已经散落在荒烟蔓草中，找不到一丝丝痕迹。

金锁沉埋，壮气蒿莱，既是怀想三国时吴晋大战，也是李煜对南唐覆国的隐喻与慨叹。吴晋大战后司马氏将三国归于一统，何等豪迈！北宋入侵南唐前，他还有"四十年来家国，三千里地河山"，只是，眼下这一切，都似幻梦一场。

沉埋在蒿莱中的岂止是历史与故国，还有他的壮气与希望啊。

"晚凉天净月华开。想得玉楼瑶殿影，空照秦淮。"此句从上片的白昼之景转入到夜晚了。如水的凉月，铺洒下来。照着眼前这个沉溺于"金锁沉埋，壮气蒿莱"的历史之慨中的人。他在想，故国的玉楼瑶殿、凤阁龙楼依然还在吧，它们在月下的秦淮河畔，投下了参差斑驳的倒影。如今南唐已破灭，君主成囚虏，秋月还是那轮秋月，物是人已非、事过境已迁，只是"空照秦淮"而已。

又或是，他遥望秋夜月华里的玉楼瑶殿，美则美矣，却只能是一个神话，一个传说。就像是此时回忆中的故国宫宛，缥缈虚妄。映照在秦淮河里，没有繁华，没有神话，只是一轮月照着空空如也的秦淮河。

金陵和秦淮，承载了太多历史的记忆，它们就是历史的符号。

金陵，即南京，又称秣陵，它号称六朝金粉，十代古都。先后有东吴、东晋和南朝的宋、齐、梁、陈（史称六朝），还有南唐、明、太平天国、中华民国 10 个朝代的政权在此建立。在历史长河中，它见证着一场场繁华如春梦般迅速消歇，留下的是繁华过后的零落与凄凉。

它是最富有历史沧桑感的古都。

秦淮是金陵最富象征意义的地标。

秦淮河畔的乌衣巷曾住着东晋的王谢两大望族，如今旧时王谢堂前燕，早已飞入寻常百姓家。秦淮河上有尽得风流的秦淮八艳，连河水里都渗透着脂粉与艳异之气。

望江南

其一

多少恨，昨夜梦魂中。还似旧时游上苑①，车如流水马如龙。花月正春风。

其二

多少泪，断脸复横颐②。心事莫将和泪说，凤笙休向泪时吹③，肠断更无疑。

【注释】 ①旧时：指在南唐当国主之时。上苑：古代帝王游猎的园林。此指南唐的宫苑。②断脸复横颐：形容脸上泪水纵横的样子。颐：面颊。③凤笙：管乐器。笙身做成凤形，故称凤笙。

【赏析】 这两首词当是李煜入宋后所作。

第一首《望江南》中的江南，确实美得像一个梦。只是这个梦是为了以昔日繁华反衬今日之凄凉，以昔日乐反衬今日之悲，正反相衬，今昔对比，哀乐相形，以乐景写悲，反倍增其悲。

"多少恨，昨夜梦魂中。"昨夜的一场梦，让他心中恨意堆积。不是梦太残忍，而是梦境太美。太美的梦提醒着太残酷的现实，让他难以自处。

"还似旧时游上苑，车如流水马如龙。花月正春风。"此三句交代梦境所见。以"还似"二字领起，一气贯注。他梦见了昔日的"上苑游"，梦见了

"上苑游"中的"车如流水马如龙"。车马的喧阗犹然在耳，让人逸兴横飞。紧接着，以"花月正春风"作结。春花在春光明媚中盛放，春月在春夜里温柔如水，一年中最美的季节里的最美的景致全部都集中在这里了，让人迷醉。还不够，还有"吹面不寒"的杨柳风，抚摸着春花秋月，抚慰着游人在春光中充盈而飞扬的春心。花月正春风，何尝不是他生活中最纯粹、最美好、最干净明澈、最春风得意的时刻呢？这一句将梦游之乐推向高潮，然后在高潮中陡然结束。

所以梦境中"花月正春风"越是兴会淋漓，现实中"梦里不知身是客，一晌贪欢"的悲慨愈是浓烈。

第二首直揭哀音，凄厉已极。

起笔便是"多少泪"，想必是"一晌贪欢"后，愈是悲不自胜，只能任凭眼泪"断脸复横颐"了。李煜应该感到庆幸，此时的他尚有泪，痛到无泪，那更是人生至苦。"心事莫将和泪说"，虽然情绪一度失控，但泪水决了堤，"心事"却不能一泻而出。或许是满腔悔恨无法说，或许是故国情怀不能说，或许是现状之苦不能说。他时刻没忘记，自己是一个囚徒，是一个被提着线被操纵的玩偶。"凤笙休向泪时吹"，不但"心事"不可说，凤笙也不能吹起，一腔哀思无法倾诉。想像古人那样"欲将心思付瑶琴"，竟然也是不可得的了。

悲苦之情，层层推进，唯一的结局，便只有"肠断更无疑"了。

李煜一共写了四首《望江南》，一般人认为这四首都是他入宋后所作，但我觉得以"闲梦远"为题的两首，是他早期的作品，一首写江南之芳春，一首写江南之清秋。在那二首词中，我们看不到他的悔恨苦闷，流露其中的是生之欢悦和不谙世事的轻愁。

这两首词，是入宋幽囚时所作。一首写江南的景，梦中之景，只是这梦已经不是玫瑰色，而是灰色。一首写江南的人，美人。或理解为借美人之口夫子自道，也未尝不可。

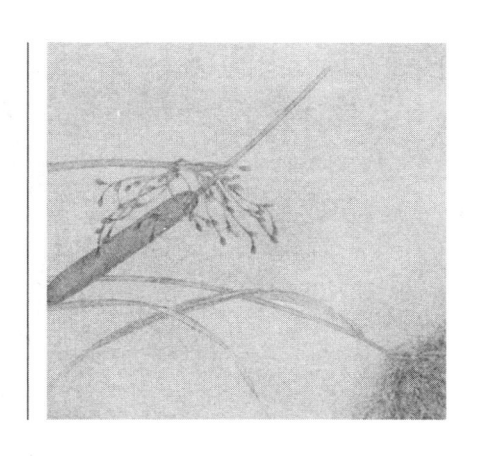

李清照词集

李清照其人其词

面　影

　　李清照在整个中国文学史上，是一个异彩。但她崛起于大宋这个时代，似乎并不完全是偶然。"华夏民族文化历千年之演变，造极于赵宋之世。"两宋文化的空前繁荣，给她提供了土壤。两宋文化清雅阴柔的审美气质，给她提供了契机。而宋词，这种感性多情的文学形式，是她呈现自我风华的最佳载体。

　　两宋特有的文化气质成全了她，她也在两宋文化的长河中激起了一朵绚烂的、堪与男子媲美的浪花。

　　两宋时期，士大夫阶层的社会地位到达极至，由此而影响了士人文化的空前繁盛，波及诗、词、文、书、画各个领域。他们一方面高扬道德主体、内心情操，一方面大肆提倡士人的雅趣、文人的韵味。在文化审美趣味上，则呈现出尚"清雅"、重"平淡"的特征。

　　他们追求的"清雅"，是一种非圣非凡的境界。既不等同于不食人间烟火、超逸绝尘的隐逸，也不等同于混迹尘下、下里巴人的俗气。它"不执"于外物，始终保持着心灵的敏感与丰富。在红尘车马和自然日常之中觅一方心灵之清境。

只要有清兴，生活中处处有雅韵。喝茶、熏香、玩古，无不渗透着清雅之意，也无不是宋代士人对"清雅"之审美趣味的践行。泡在茶香、熏香、书香当中，李清照犹如一枝清梅，傲然绽放在大宋士人群体的枝头。

她爱喝茶。与赵明诚屏居青州时，两人最大的乐趣是在整理收集金石之余赌书泼茶。茶香氤氲在她的生活中，也氤氲在她的诗词里，更渗透在她的记忆里。南渡之后，或是病中初起之时，或是元宵佳节之夜，她眷念着往日的茶香，情不能自已。

她也懂茶。在她眼里，茶不只是发挥了一种养生功能。茶之性淡与味长，也贴合了她清雅的审美趣味。而分茶，则是茶之实用功能与禅意的完美结合。"豆蔻连梢煎煮水，莫分茶""生香熏袖，活火分茶"，分茶是她的茶语。

李清照爱金石古玩。

宋代"学士大夫雅多好之"。对古器的赏玩是对时间的超越，它能激发赏者的幽思，也能表现收藏者的学识与清雅。宋代士人对古玩金石的收藏与痴爱是空前的，但也仅限于士人。李清照作为一介女流，凭着对金石的一片痴心和卓异的才情，也加入"文玩"者的行列。她与赵明诚半生致力于金石，其间甘苦，她在《金石录》后序中都提到了。而这些金石文物最终遗失在战火中，让她在恋恋怅怅不已之际，只能对苍天而问命运，这种无力无助与绝望，又岂是旁观者所能体会其万一？

她与赵明诚的姻缘，因金石之故，而闪现出如金子般的光辉。金石的流失，也意味着她生命的黯淡与枯萎。那些金石带着她的情感和体温，早已与她是二而一的东西了。

赏玩金石，对一个闺中女子来说，不只是一种趣味，一种性情，更是一种胸怀，一种境界。她说过，她之至乐"在声色犬马之上"，她"甘心老是乡"。一个本应在社会体系之中默默无闻站在时光深处的女子，却有着如此坚定的情怀，清雅的趣味，高尚的境界，这不能不算一种奇迹。

"吾辈自有乐地，悦耳初不在色，盈耳初不在声，尝见前辈诸老先生多蓄书法、名画、古琴、旧砚，良以是也。"弃声色耳目之乐而专金石古玩之韵，需要静，需要心灵充实而淡泊。这种情怀，不正是现代人所缺乏的吗？

两宋之际，士人的地位达至空前，市民文化也空前繁荣。宋代改变了唐时坊市的区分制度，不但任何街道都可以开店营业，还取消了"禁夜"。市民文化的兴盛，既让士大夫享受着都市的繁华和活泼泼的生活气息，又让他们不自觉地与市民之"俗"保持着一定距离。这种心态很微妙，市民文化审美趣味仍悄然渗透并影响着士人的生活。

体现在审美理想上，则是崇尚淡泊。你只要看看《清明上河图》，便能明白宋代的市民文化与活泼的生活气息。你只要看看宋代的瓷器，那种不外露、不张扬的简练淡雅，便能明白宋人所追求的"平淡"是一种什么样的境界。

这些气质，在李清照的身上我们都能感受到。

但最能让李清照是李清照的，是宋代的另一种文体——词。

词本来产生于晚唐五代，而造极于两宋。自李煜开始，词又从民间走向士大夫阶层。两宋的士大夫，在"言志"之诗外，是如此钟爱这条可"言情"的"词之小道"，一方面遮遮掩掩，一方面又情不自禁地投入到它的怀抱。词虽在文人士大夫手中雅化了，但它的母体是民间，是市民。

词之天然的言情功能与阴柔气质，简直是为女性量身订制的。奇怪的是，一直以来是"男子作闺音"，它在静静等待着，等着一个最适合它的代言人——于是，她来了。

是词，让她如鱼得水，丰富了她的生活和生命。也是她，让词呈现异彩，在词史上留下了唯一一个不可磨灭的女性身影。

她，为词而生，以借词而生！

际　遇

幸和不幸，她都拥有了，也都是成全。你看到的华美，其实无一不是成全。所有的平淡流年，背后都有一个很长的故事。张爱玲说："如果你认识从前的我，也许会原谅现在的我。"

每个人，都是无数过去的集合体。这些过去，又是由每个人特殊的身世际遇组成的。

际遇会将人生整合分流，人无法永远生活在同一片水域。有些属于小溪，有些属于湖泊，有些，注定要汇成大江大河。

我不想从她的身世背景说起，虽然她的父亲是苏轼的再传弟子，母亲也颇通文墨，这些对她到底有怎样的影响，看不见，摸不着。会渗透在她的血液里，但不能决定一切。她十六岁之前的生活，无人知道。

家学渊源，时代濡染，这些陈辞滥调不用再重复。她成名那么早，十六岁时所写的诗与词，已然惊动了汴京。在渊源和濡染之外，我更相信，这是天赋。

唯天赋，非人力能及，不可强求。

偏巧她的天赋又发挥得那么好，没有受到过多的阻挠。

她有"词"这个特定的文学形式，并借由"词"来延伸她的想象、情感和生命。

她有父亲为她逢人说项，"中郎有女堪传才"，是对她的褒扬，也是对她的纵容。

她的青春是明媚的，"常记溪亭日暮，兴尽晚回舟"，多么自由。偶尔有点"知否，知否，应是绿肥红瘦"的忧伤，也那么透明。

她与赵明诚的婚姻是幸运的。

夫妇而擅朋友之胜，这是她人生际遇中最值得书写的一笔。

女性过去几千年来的角色定位，都拘泥于道德和功能层面。大抵不外乎"宜室宜家"四个字。她们只能低眉顺首，做一个个成功或不成功男人背后的女人。不谈感情，不谈爱情。谈了，就被视为异数。要么逃不了悲剧的命运，要么被推上道德的审判席。

男人要表达他的感情，可以对着歌儿，对着舞女，就是不能对着闺中那个为他传宗接代的人。十年一觉扬州梦，赢得青楼薄幸名——对他们而言，不是耻辱，是荣耀。"今夕何夕，见此良人"的惊喜莫名少而又少，"桑之落矣，其黄而陨"的怨妇多而又多。能从一而终，就是一种幸运，"爱情"两个字，太奢侈。

几千年来，既是夫妇又兼知己者，寥如星辰。李清照与赵明诚就是其中的一对。

金石是维系他们情感的媒介，也是他们毕一生之力共同致力的事业。有此追求，劳劳尘世里，既有情怀，也有雅韵；既成寄托，也成趣味。

青州屏居的那十年，成了她生命中抹不去的底色与回忆。

还有词。对李清照的咏絮之才，赵明诚欣赏并包容。为了超越李清照的那句"帘卷西风，人比黄比瘦"，他可以将自己关在家里三天三夜，苦苦思索。这样的行为，有点傻气，却在傻当中证明了他对她的激赏与诚恳。在莱州时，对李清照踏雪觅诗，他虽然"每苦之"，却并没有阻止李清照的自由。

李清照的人生又是不幸的。

以南渡为界，她的生活被活生生拆分成两个部分。

一路流亡与颠沛，文物丧失殆尽，国家风雨飘摇，家庭支离破碎，她柔弱的肩膀扛着这一切，独自蹒跚在异乡的深夜里。

南渡这个历史际遇，是她人生的不幸，也磨砺了她的品性，淘洗出真金。是她人生中不堪回首也无法逃避的际遇。

国家不幸诗家幸，赋到沧桑辞更工。

时代的变幻熔铸入她个人的际遇，让她的词走出狭小的闺阁私情，变得厚重而凝练。就如李后主，如果没有亡国之变故，他又如何变得"眼界始大，感慨遂深"，又如何憬悟到宇宙与人生的无常、历史的盛衰与宿命呢？

"一切文学，余爱以血书者。"文学之至真至诚难道非得以个人的亲历为代价吗？非得用整个北宋的沦陷来成全一个千古的词人吗？别羡慕她，在那个时代里，唯真诚足以倾城。

超　拔

李清照的性格中有女人天生的柔婉细腻、敏感多情，也有一般女人所没有的清傲与刚性。

柔婉多情，让她在爱的世界中更像一个小女人。清傲刚性，让她超拔于流俗之上，成为一个独特的大女人。如水般的缓缓柔情和如山般的悠悠厚味，让她在两宋的天空里脱颖而出。如果没有那点点不同，她也只会是第二个魏夫人或朱淑真，或者是淹没在历史长河中的一个没有名字的女人。

她小女人的本性，随处可见。在"怕郎猜道，奴面不如花面好。云鬓斜簪，徒要教郎比并看"的娇嗔灵动里，在"此情无计可消除，才下眉头，却上心头"的细腻缠绵里，在"帘卷西风，人比黄花瘦"的销魂憔悴里，在"多少事，欲说还休"的敏感微妙里。她身上散发出来的女人味，本色而又天然，不会比任何一个女人少。

如果她个性里只有女人的一面，她永远会低在尘埃里，开不出花来。

真正让她成为独特的这一个，成为李清照的，是她的清傲与刚性，一种诞生于婀娜中的刚性。

她的确是清傲的。

一个人如果才华和见识真的高人一等，傲慢也就不会太过分。十六岁时，一曲《如梦令》，已然惊动了汴京。一首《和张文潜诗》，更让人窥见了隐藏在柔弱外表之下、一个豆蔻少女不让须眉的见识与胆气。她有资格清傲，因为这种清傲不是出自浅陋无知，它有着充沛的底气。

仔细读读她的词，如果说"言为心声"，在她早期的词中你能感受到一种精神上的优越和自信弥漫其中。

她说桂花"何须浅碧轻红色，自是花中第一流""风度精神如彦辅，大鲜明"，她说梅花"莫辞醉，此花不与群花比"，她买得一枝春欲放，也"徒要教郎比并看"。对她而言，不与群芳争艳，她也自是令人不敢逼视的那一朵。

她的清傲与超拔更体现在那篇《词论》上。

清人裴畅对她的傲，颇为不满："易安自恃其才，藐视一切，语本不足存。以一妇人能开此大口，其妄不待言，其狂亦不可及也。"她对当时文坛、词坛上的前辈大家挨个评论一番，直指其短，让人震惊。她说：

> 逮至本朝，礼乐文武大备。又涵养百余年，始有柳屯田永者，变旧声作新声，出《乐章集》，大得声称于世；虽协音律，而词语尘下。又有张子野、宋子京兄弟，沈唐、元绛、晁次膺辈继出，虽时时有妙语，而破碎何足名家！至晏元献、欧阳永叔、苏子瞻，学际天人，作为小歌词，直如酌蠡水于大海，然皆句读不葺之诗尔。又往往不协音律，何耶？……王介甫、曾子固，文章似西汉，若作一小歌词，则人必绝倒，不可读也。乃知词别是一家，知之者少。后晏叔原、贺方回、秦少游、黄鲁直出，始能知之。又晏苦无铺叙。贺苦少典重。秦即专主情致，而少故实。譬如贫家美女，虽极妍丽丰逸，而终乏富贵态。黄即尚故实而多疵病，譬如良玉有瑕，价自减半矣。

且不论其合理与否，单是这种敢挑战权威主流的勇气，也决非一般中庸之辈所能做到的。而她批得如此尖锐，"破"得如此决绝，没有私心，只是为了强调"词别是一家"的理论！宋词在当时勃兴，呈现出庞杂的形态，需要一定的理论去规范提升引导。

如果这种理论，依然是四平八稳的中庸并取，如果倡导这种理论的人，没有新人耳目的真知与坚定不移的风范，又如何启人思、醒人志呢？

她的超拔，还在于她的婚姻。

她用自己的切身经历告诉人们，女子在婚姻中也有要求幸福、表达自我的权利，这是朦胧的女性意识觉醒。觉醒是灵性的开花，一个觉醒的灵魂，才能将生命推至更广大更丰富的境界。

她和赵明诚的婚姻，有天定，也有人为，并不是误打误撞的伉俪情深。一个是有见识的闺中才女，一个是倾心于金石整理的素心人，二人的结合本来就有基础。婚后，二人志同道合，吟赏风月，致力金石。闺房之乐，让感情更加绸缪；闲情雅趣，让心思更加澄明。共饮共醉，赌书泼茶；同进同出，收集金石。相依相守，淡泊明志。

他们是平等的，是夫妻更是知音。

她远远走在同时代女子的前面，堪堪是"此花不与群花比"。当无数后人以仰望的姿势看着她时，她信手一阕小词，便波澜了你我的整个世界。

她超出流俗的还在后头。

南渡之后，在流离漂泊、夫死家亡、支离憔悴、孤苦无依之际，她选择了再嫁。再嫁需要勇气，尤其是在重贞节烈妇的伦理束缚之下。再嫁，并没有让她找到真正的知心人，却让她陷入了说不尽的龌龊和折磨之中。她没法麻木，没法勉强，没法迁就，没法窒息自我的心性，做一个逆来顺受的软弱之人。

她的个性，让她不会忍辱。她选择了用诉讼来结束这段不堪的婚姻。

她的举动，再次震惊了世人。

多少年后，当人们说起这段婚姻，指指点点的姿态，从来没有停止过。

我不能选择怎么生，怎么死，但我能决定怎么爱，怎么活。这是我要的尊严和傲骨。

她的刚性，还在于她的识见上。

整个宋代，上至君下至臣，大多数像被驯服的兽一般，缺少躁烈、刚健的血性。它逢打必输，逢败必纳贡称臣。让人惊讶的是，这样子却存活了三百多年，还造就了空前的文明繁盛。

生在这样的国家里，她大可以随遇而安，自得其乐。可她骨子里那种野与傲，让她时时不忘壮国威振国魂。她呼唤铁血，渴望驰骋，身为一介女流，却对整个缺少骨头的北宋士人和君臣，表达了深深的忧虑和不满。

少女时代便有《和张文潜诗》，直击时弊。金人南犯之初，她渴望有一个像项羽一样"生当作人杰，死亦为鬼雄"的节烈之士；暮年流落飘零，闻韩肖胄要出使金国，她依旧奉上一颗热切盼望的心。

傲慢是天然的，谦逊只在人工。

她无法放下她的傲和刚性。如果让她就此忍气吞声，那是装出来的。

她无法忘怀家国之痛，无法忘怀已逝的青春，无法与这个世界温暖相依，放下一切痛苦和心中的执念，在临安做一个安于生活的顺民。

所以，时间过去了，她始终过不去，始终痛苦。

天才是像陨石一样，注定了要燃烧自己来照亮他的时代。

孤　独

超越于时代的人，注定不为时代所理解或宽容，注定在引人瞩目的同时，也引人侧目。

这样的人，最终是孤独的。

年轻气盛，就容易恃才傲物。

她"自少年便有诗名，才力华赡，逼近前辈"。因为有资本，有实力，她才敢写出那篇几乎挑战了所有大家前辈的《词论》。也因为她的挑战，南宋胡仔说她："蚍蜉撼大树，可笑不自量。"持有这种心态的人，在当时岂止他一人？

她在词中以真情真面示人，毫不造作，毫不掩饰她的喜与忧。"一面风情深有韵，半笺娇恨寄幽怀。""云鬓斜簪，徒要教郎比并看。"宋人王灼说她："作长短句，能曲折尽人意，轻巧尖新，姿态百出。闾巷荒淫之语，肆意落笔。自古缙绅之家，能文妇女，未见如此无顾藉也。"在时人眼中，她的肆意与无顾藉，是大家闺秀中独一无二的。

当她老了，欲以平生所学授予一个她认为有天赋的有缘人，那个十岁的女孩子却告诉她："才藻非女子事也。"在那个时代，女子无才便是德。"摛藻丽句，固非女子之事。"那些男子，不都是这样认为的吗？

纵然她"天姿秀发，性灵钟慧，有奇男子之所不如"，亦是不合时宜，不合主流。注定要受人诋毁或非议，注定要承受不为人所知的孤独和痛苦。

胸有异志，就难免不与人群。

她的乐不在声色犬马之间，所以她尚清雅，尚淡泊。她乐在诗、酒、茶、金石古玩，而不是这个社会规定给女子的妇德、妇功。所有当时在士大夫之中盛行的雅好，她莫不参与。赵明诚成全并欣赏她，是她人生之大幸。而这个时代，并非人人都是与她相知相惜的赵明诚。

青州屏居十年之后，赵明诚重新步入仕途。她感觉到一种前所未有的孤独。初至莱州后，见不到诗书、金石，她感觉能陪伴她理解她的只有"乌有先生子虚子"。浓浓的孤独感，弥漫在她的心间，也弥漫在她的词句里。

以往与明诚分居两地，相思难解，心中亦有寂寞。对，是寂寞，而不是孤独。寂寞是可解的，只要知心人的陪伴即可。孤独是不可解的，是茫茫宇宙中无边无际无着落的失重，唯独自面对，素颜修行。

眼前的世道人心，往往不容于木秀于林，行高于众。

晚年，当她以诉讼的方式结束不堪的婚姻，一如既往地做真正的自我时，流言如矢，众口铄金，一个飘零在异乡、无儿无夫无依靠的老妇，又该如何承受？

听听当时人怎么说她："然无检操，晚节流落江湖间以卒。""然不终晚节，流落以死。""晚节流荡无归。"……

世人苛求她失于"妇节"，却从没正视她的"气节"。

南渡之后，南宋偏安于一隅，那么多的人"直把杭州作汴州"，抖抖衣袖，载欣载驰地投入新的生活，独她以一个女子的身份，怀抱着旧梦，以一点不屈的"气节"自苦如斯。

她追念往事。

往事不一定都那么美好，但那里留下了她的青春与华年。留下了一个时代给她的优裕与自由。她喜欢那时的自己，那时的空气，那时的风。

她追念故人。

如席慕蓉的《七里香》里说的："我以为，我已经把你藏好了，藏在那样深，那样冷的，昔日的心底。我以为，只要绝口不提，只要让日子继续地过去，你就终于，终于会变成一个，古老的秘密。可是，不眠的夜，仍然太长，而，早生的白发，又泄露了，我的悲伤。"

漫长的夜和早生的华发，藏不住她的悲伤。

她追念故国。

虽至暮年，她一如既往地保留着她的风骨，不容在残破的江山里苟且。她"至今思项羽，不肯过江东"，她上书韩肖冑，支持北伐，她在《打马图赋》中彰显着"男儿到死心如铁"的血性与铿锵。

如果她健忘一些，如果她不那么执着，她原本可以像所有南渡的君臣一样，安于现在的生活。她不肯。总是醒着，总是行高于众，独抱浓愁无好梦，仍然陷入深深的孤独。

孤独和喧嚣都难以忍受。如果一定要忍受，我宁可选择孤独。

她的孤独，是因为她的超拔。她的超拔，源于她的性格。

"尽管在人的一生中，外在变化不断发生，但人的性格却始终如一，这好比虽然有一连串的变奏，但主旋律却维持不变。无人能够脱离自身的个性。"

她的个性有柔婉，也有清刚。芳馨之中自有神骏之气，呢呢之语不乏磊落不凡。清刚之气，让她在任何时候，不忘自己的气节，不改自己的初衷。所以，她比一般人更长情，心里装了太多的旧梦，怎么留下空隙给新的生活？

只有孤独。

幸好，修行的路总是孤独的，智慧必来自孤独。

那些能克服当代性的人，才能跳出来，成为不平凡不平庸的人。

其　词

如果说李煜是"词中之帝"，李清照则是"词中之后"，词中二李，在词的天空里，永远闪耀着不可磨灭的逼人光辉。和李煜一样，李清照留词不多，确定可考的也只有四五十首，加上存疑词，也不到百首。

结合李清照的生平行迹和其词的表达内容，我试着将她的词的分为这样几个部分：

待字闺中。这个时期的词写于她初到汴京前后。惊人的天赋、良好的家学素养、文化名人的揄扬提携，让她在只有十六七岁时，便以词而名动京城。这个时期的创作中有少女的明媚青春，也有少女的忧伤。

初嫁初别。这个时期的词主要是她和赵明诚结婚前后。初嫁的甜蜜和润泽，让她的词充满欢愉和自信。而后因党争而被迫离京，回到章丘明水老家。与赵明诚初别，她的词充满了婉约的相思和柔情。

屏居辗转。青州十年的屏居，是她和赵明诚一生最幸福的记忆。但随着明诚在莱州淄州的辗转，她们的分离也成了常态。而关于赵明诚是否纳妾，让她生"婕妤之叹"；她是否无子嗣，而生"庄姜之悲"，无法定论。但她在词中隐约流露的怨而不怒，却也有迹可寻。离别让她的词充满了相思之痛。因为感同身受，与"男子作闺音"相比，她的词烙着鲜明的个性。

南渡死别。南渡前后，她和明诚一直在辗转流离之中，行踪追随皇帝，一路向南。江宁死别，更让她失去了人生中的灵魂伴侣，真正成了一个没有国也没有家的孤独的人。这段时期，她的词充满了对故国、故乡、故人的深深眷恋和回忆。

颠沛暮景。暮年她主要在临安一带。经历文物丧失殆尽之悲，经历张汝舟骗婚之痛，眼看着南宋小朝廷偏安一隅不思进取的现状，走在人生暮年的她，将一切痛苦化为更深的对故国故乡的追思和回忆。这也是她这个时期词作的主旋律。

她的词在艺术上善用白描，语言精炼，风格清新，音律和婉，善于造境，这些都不用赘言。她的词不是作出来的，而是长在她的心里，从心里自然流出来的。因为内心丰厚的土壤和特殊的文化际遇，造就并成全了这样一个独特的她，模仿不得。

卷一　闺中

如梦令①

常记溪亭日暮②，沉醉不知归路。兴尽晚回舟，误入藕花深处。争渡，争渡③，惊起一滩鸥鹭。

【注释】　①如梦令：词牌名，又名"忆仙姿""宴桃源"。五代时后唐庄宗李存勖创作。《清真集》入"中吕调"。三十三字，五仄韵，一叠韵。②溪亭：一是泛指溪水边的亭阁，在李清照的故乡章丘明水一带。一说溪亭是济南七十二名泉之一。③争：怎，怎么。

【赏析】　这首《如梦令》也是一首佳作，虽然没有"绿肥红瘦"那一首有名。

比较李清照的两首《如梦令》，有"绿肥红瘦"名句的那一首，自古及今，好评如潮，赞语连篇；而眼前的这一首，为人提及者且少，好评就更加寥落。但眼前的一首，词人却分明陶醉其中了。

且看开篇的"常记"二字，个中的消息就已经透露。"常记"者，自然是常常记起之意。念念不忘乃至于刻骨铭心，就可想而知了。此词非当时当地之作，从词的内容推测，当时李清照离开家乡到汴京后回忆故乡而作。

人们年少时最渴望的是什么呢？是自由，是快乐，是无忧无虑的生活。这首词所描绘的，就正是这种自由、快乐、无忧无虑的生活。这一天，词人应该是很早就出门了吧。可时至"日暮"、即傍晚时分，她还"沉醉"在"溪亭"的景色之中，而没有回家的念头。她一定是被日落时特有的景色给迷住了。她是在目不转睛地看着夕阳一点点地下落，欣赏着它那慢慢消散的余晖呢，还是想起了"为霞尚满天"、"半江瑟瑟半江红"一类的美妙诗句？抑或是什么都不看、什么都不想，只闭起双眼，让自己融于这溪亭的暮色？也许都是吧！总之，过了许久许久，直到夜幕把所有日落时的色彩都遮蔽起来的时候，她终于长长地舒了一口气，带着极大的满足，准备回家了。可"兴"是"尽"了，回家的路却分辨不清了。船划着划着，怎么荷柄越来越高、荷叶越来越密、荷香越来越浓、船也越来越难行了呢？糟糕，原来是划离河道了。那就赶紧调整船头吧！划呀划，划呀划，看谁划得快，看谁先到家，——不期然间，一场有趣的划船比赛就在暮色中上演了！"争渡，争渡"，原来，来溪亭游赏的不止是清照一人，所划乘的也不止是一条小船。那么，谁是头儿呢？当然是李清照了；难道能写出"生当作人杰，死亦为鬼雄"（《夏日绝句》）之诗句的人，小时候不是个孩子王吗？而且，她和她的小伙伴们也一定是人人船桨在手的，要不怎么能尽兴尽致呢！自然，这样的大家闺秀，出游时一定会有一些仆从跟着；而此时，那些仆从也一定和岸上的"鸥鹭"一样，只能在一旁惊叫着了。

真是一次开心的"一日游"啊！

至于这首词的写法，也是颇可让人叹服的。黄苏称李清照的另一首《如梦令》（昨夜雨疏风骤）是"短幅中藏无数曲折"（《蓼园词选》），这一首更是。你看，词人先把时间压缩在了日落至夜幕降临这一段很短的时间里，然后就在这时间内驰骋起自己的笔力。按常理，日之将落，游赏止息，是得赶紧收拾东西、乘船回家了。但词人却不，她是"日暮"而不归，"沉醉"而忘归。此为第一层曲折，也是后来几次曲折的条件和背景。接下来，"兴尽"而路迷、而"误入"他处，是二层曲折；所"误入"的地方又并不是什么烂泥污淖，而是让人喜出望外的别有洞天的"藕花深处"，是三层曲折；由出离"藕花深处"而拨正船头，并发起了一场兴味十足的竞渡比赛，是四层曲折；人在兴奋中，却惊扰了岸边水鸟的好梦，是五层曲折；余韵中，词人和伙伴们先为水鸟的"惊起"而惊叫，后为原是一场虚惊而开心大笑，是六层曲折。三十三字中，竟有六层曲折，且六次曲折又统一在已说"兴尽"而兴却总也不尽的总体转折之中，且行且转，一折再折，折转相递，兴澜叠生。试问，此等妙手，古往今来几人曾有，又几人能有？

梅尧臣《东溪》诗云："薄暮归来车马疲。""薄暮"即归，"归来"即疲，此是常态；李词正此一反折矣！（郭红欣　尹育阁）

如梦令

昨夜雨疏风骤，浓睡不消残酒①。试问卷帘人②，却道海棠依旧。知否，知否？应是绿肥红瘦③。

【注释】　①浓睡：酣睡。残酒：尚未消散的醉意。②卷帘人：有学者认为此指侍女。③绿肥红瘦：绿叶繁茂，红花凋零，这里指暮春。

【赏析】　这首词很短，但看点却很多，如"绿肥红瘦"四字，如"知否"叠字。而黄苏和陈廷焯却能避熟就生，独称其层次，曰"短幅中藏无数曲折"（黄苏《蓼园词选》），曰"只数语中，层次曲折有味"（陈廷焯《云韶集》卷十）。黄、陈二人所论，确有眼光，但惜其所言未详，今试为言之。

诗人善感，易安尤甚。海棠花开，花开嫣然，她一定是时时流连花前，赏花自赏，把青春的花看作了青春的自己。但这一夜，风雨却起了，雨虽萧"疏"而风却狂"骤"。自己虽惜花情切，奈何又退不得风雨，只好窗前酌酒，聊以舒忧。"浓睡不消残酒"云，可知这酒一定是喝了不少的。多酒因为情深，酒醒情犹未减，而且还多了份急切，一大早醒来，就急不可耐地想知道那海棠花到底怎么样了。但越想知道，却又越怕知道。其实，词人又何尝不知道那海棠花是怕风怕雨的，经这一夜的风雨，那花岂有不受损的！但易伤易感的她又实在不忍心亲睹那花儿受损的样子，于是便在她和海棠花之间设置了一道"屏障"、一个海棠受损信息的传递者——卷帘人，想通过传递者的传递，来减缓自己直面那摧折之花所引起的情感冲击。词人的心理预期，一定是想听到一声惊叫或一声叹息，把自己的预想证实，然后沉到自己凄然的情绪中，去品尝那既伤且美的橄榄般的滋味。

但词人的心理预想却一下子落空了！她一声深情的、郑重的、怯怯的"海棠如何"的问话之后，听到的却是淡淡的、随意的、若无其事的卷帘女的回答——"海棠依旧"！

朱光潜先生曾讲过一个故事，说："有人向海边农夫称赞他的门前海景美，他很羞涩地指着屋后的菜园说：'海没什么，屋后的一园菜倒还不错。'"(《朱光潜美学文集》卷二) 显然，因为身份、地位、修养、心境的不同，造成了看海人和农夫之间观察事物的眼光的不同；也因为身份、地位、修养、心境的不同，造成了文学家李清照和侍女卷帘人之间的问答的错位。侍女的生活是现实的，卷帘须经心，看花可漫意，忽听问讯，抬眼看那海棠，可不就是有红有绿、红绿一片、和昨天一样的吗？而李清照就大不同了。她是生活在诗意里，海棠哪里是在室外，分明就在她心中，或者根本就是她自己！她的判断当然有她自己实际的生活经验在内，但更多的则是她的心理感受，——这看"应是绿肥红瘦"中的"应是"二字便知。一个现实，一个浪漫，一个大眼漫观，一个用心感受，那结果怎么能一样呢？但词人却不管这些，当她听到"海棠依旧"的回答后，一下子就急了：怎么能一样呢？你再仔细瞧瞧，应该是"绿肥红瘦"才对呀！言语之中，好像还颇有一种责怪的味道呢！

其实，又何必去责怪一个侍女呢！李清照之多愁多感、之诗情诗趣，就是其夫赵明诚也是不能够完全感受和领略的。周辉《清波杂志》曾载："易安族人言：明诚在建康日，易安每值天大雪，即顶笠披蓑，循城远览以寻诗,得句必邀其夫赓和,明诚每苦之也。"易安之乐竟变成了明诚之"苦",这是我们怎么也想不到的!王国维说:"有诗人之境界,有常人之境界。诗人之境界,惟诗人能感之而能写之。"(《人间词话附录》)"绿肥红瘦"自是诗人之境界,庸常诗人尚且难感难入,何况一侍女哉!但这只是问题的一个方面。从情节和结构上来看,若无卷帘女的介入,就无法生出主仆二人你来我往,问得意深、答得语淡、责得急切、纠得妙绝的种种曲折与趣味。而无此种妙绝的曲折与趣味,这首《如梦令》还能有足赤的价值吗?点睛的"绿肥红瘦"是不是也要为此而两脚悬空、大失其色呢?黄、陈之论,大概就是生发于此的吧!(郭红欣)

点绛唇[①]

蹴罢秋千[②],起来慵整纤纤手。露浓花瘦,薄汗轻衣透。

见客入来,袜刬金钗溜[③]。和羞走[④],倚门回首,却把青梅嗅。

【注释】 ①点绛唇:词牌名。词调本南朝宋江淹《咏美人春游》:"白雪凝琼貌,明珠点绛唇。"又叫《点樱桃》等,五代冯延巳是最早用此调名填词者。②蹴(cù):踏,此处指打秋千。③袜刬(chǎn):这里指没穿鞋以袜着地。④走:小跑。

【赏析】 一首《点绛唇》,一组明快流丽的动态镜头,一段纯真而丰饶的青涩时光。

它让我们感到无比亲切,又无比熟悉:那不正是你或我都曾经经历过的吗?在某年某月的某一天,某一个时候,那种欲说还休的矜持,那种微妙而狡黠的羞涩，就那样不期而遇，撞击着你的心扉。

也只有闺中才俊李清照，才写得出这样一段细腻而富有神韵的美。她也一定有过这样一种心灵弥满的状态，一种生命开花的状态，才将少女这婉曲的心思写得如此真实。较之五代或是同时代的男子作闺音的隔膜，她更有优势，更能直指女儿心。

"蹴罢秋千，起来慵整纤纤手。露浓花瘦，薄汗轻衣透。"这分明是在写一种静态，一种少女的慵倦和婉约，所以她从荡罢秋千写起，而没有去写荡着秋千的张扬与飞动。远远望去，宁静如一幅山水写意，素雅如一隅独自开放的茉莉花，有一种静如处子的美。

转瞬间，这种静美的画面被打破了。"见客人来，袜刬金钗溜。和羞走。倚门回首，却把青梅嗅。"由于陌生者的无意闯入，打破了少女的沉静。她花容不整，慌不择路，和着羞要逃走，却又在门口停住了，倚门偷觑，眼波流动，这又是一种动如脱兔的美了。而收束处尤其动人，"倚门回首，却把青梅嗅"，心理微妙却要借一枝梅子去掩饰，女儿家的心思比这青青梅子还要耐人寻味。想这来人，定是一个风神俊朗的少年郎。

有人说，来人可能是一个熟人或是一位长者，不一定是个少年。果真这样，少女绝不至于慌成这样，那样太小家子气，哪里还有一个大家闺秀的样儿？果真这样，少女也不至于要倚门偷觑，眼波流动。在远远的地方，一个回眸。就像，就像是替自己罩上一个假面，却又小心翼翼地狡黠地用手指点着，这是独有的情怀初开的少女风情。

李清照的这首词脱胎于韩偓《香奁集》中的《偶见》："见客人来和笑走，手搓梅子映中门。"这一"笑"一"羞"，一"搓"一"嗅"，境界相差，岂止泾渭？"笑"的放荡与"羞"的矜持，"搓"的忸怩笨拙与"嗅"的自然轻灵，雅俗之别，不可同日而语。

这首词流露着一种东方式的含蓄之美。内敛而优美，平静而强烈，从内到外散发出一种优雅从容。就像徐志摩那句："最是那一低头的温柔，像一朵水莲花不胜凉风的娇羞。"

一抹淡淡的颦眉,一个不经意的回眸,所有的意韵都在只可意会不可言传之中,这就是古典东方美的神韵。林语堂先生说:"中装与西装在哲学上的不同之点就是,后者在显出人体的线形,而前者在意遮隐之。"我们喜欢李清照及她笔下的这个少女,也许,更在于她寄托了我们对古典美的一种情结,对含蓄美的一种向往。

正如这首词的词牌名——《点绛唇》,无需浓墨重彩,无需大肆渲染,只红唇一点,便满纸风情!

浣溪沙①

莫许杯深琥珀浓②,未成沉醉意先融。疏钟已应晚来风。

瑞脑香消魂梦断③,辟寒金小髻鬟松④。醒时空对烛花红⑤。

【注释】 ①浣溪沙:本唐教坊曲名,因春秋时期人西施浣纱于若耶溪而得名,后用作词牌名。一作"浣溪纱",又名"浣沙溪""小庭花""醉木犀"等。双调四十二字,一般是平韵。②莫许:即莫辞的意思。琥珀:这里指色如琥珀的美酒。③瑞脑,一种名贵的香。④辟寒金:相传昆明国有一种益鸟,常吐金屑如粟,铸之可以为器。王嘉《拾遗记》卷七:"宫人争以鸟吐之金,用饰钗佩,谓之辟寒金。"这里借指首饰。⑤烛花:犹灯花。烛芯燃烧后,余烬结成的花形。据说灯花跳跃象征喜事来临。

【赏析】 这首词历来提及的并不多。以下四首《浣溪沙》情调题旨基本相似,或可视作李清照早期的怀春之作,一种深婉含蓄的闺情,一段微妙曲折的心绪。和男子作闺音相比,此词真切而传神。

词一开篇便写了一种六神无主、如梦如醉的慵倦情态。一个"融"字,将慵懒、百无聊赖的情态勾画得如在目前,而这种慵倦,非关病酒,更非伤春,是一种郁结未伸,盘曲在心,想说无人可诉,想捕捉又迷离恍惚的心绪。时间就在这种状态中流逝,不知不觉间,稀疏的钟声应和着阵阵晚风,天色已近黄昏。

日间求醉不成,夜间求梦魂梦又断,这种无聊赖的怀春情绪,无法摆脱又无法遏止,叫人如何是好?魂梦断,鬓鬟松,一个人在永日长夜里,不言不语,对着跳跃的烛花,继续发呆,出神,与长夜对峙。

笼罩着全词的是一种说不清、道不明的闺情,无迹可求,却有神可感,读来让人不得不惊叹词人幽微细腻的传神写照之术,这种婉约、含蓄的特色,自有一种大家闺秀气质。值得一提的是,词中有"琥珀浓""瑞脑香""辟寒金"这些色泽艳美而又充满富贵之气的词语,这些皆非一般女子能消受的,词中写来,更是贴合李清照"大家闺秀"的身份。

这种大家闺秀气,融入在她的骨血中,又自然渗透在她的词里,自然无痕。男子作闺音,如雾里看花,终究是隔了一层。

浣溪沙

小院闲窗春已深①,重帘未卷影沉沉。倚楼无语理瑶琴②。

远岫出云催薄暮③,细风吹雨弄轻阴④。梨花欲谢恐难禁。

【注释】 ①闲窗：雕花的窗子。闲，阑。亦有本作"间窗"，装有护栏的窗子。②理：拨弄。瑶琴：琴的美称，泛指古琴。③远岫（xiù）：远山。岫，山峰。出于陶渊明《归去来辞》："云无心以出岫，鸟倦飞而知还。"薄暮：太阳将落，指黄昏。④轻阴：暗淡的轻云。

【赏析】 人大了，心事也跟着见长。对月伤心，见花落泪，不要问我为什么，有时候，就连自己也说不清。就这样被忧愁击中了，莫名伤感，莫名惆怅。像是为了某个人、某件事、某种情，却又无法具体是哪个人、哪件事，哪种情。最后，只是沉陷在忧伤的情绪里，忘了来路，忘了归路。

这种情绪，这种心境，恐怕我们都曾经历过。写这首词时，李清照在汴京，此词当是她早期的闺情之作。

这首《浣溪沙》，我看到了一个幽闭在闺中的女子的轻愁。

小院，闲窗。闭锁的院子里，唯一能打破禁锢、连接外界的，就只是一扇闲窗。春已深。像一幕布景，一切都在春深的前提下展开来。春深，意味着什么？意味着绿肥红瘦，意味着美人迟暮，意味着如花般的美好，都在风雨和光阴中匆匆逝去，人只能眼睁睁地看着这一切。

帘未卷起，人窝在室内，影子和心事一样沉，要如何消解呢？

这忧啊，这伤啊，轻轻爬搔着，让人无所适从，无能为力，心中有种灼烧般的感觉，说也说不出。只能，倚楼无语理瑶琴。倚楼，无语，理瑶琴，这是一连串的动作转换。寻寻觅觅之后，只能是将心事付瑶琴。管它知音少不少，管它弦断有谁听，只是借着一把瑶琴，将一腔莫名的忧伤弹拨出去。

上片，我们见到了她的忧伤状态。下片，她透露了忧伤的起因。只是这种透露，是含蓄蕴藉、不动声色的。

她说，你看远岫出山，催着薄暮。云无心而出岫，意味着鸟倦飞而知还，意味着天色已黄昏。黄昏，是个隐秘的暗号。它是忧伤，是惆怅，是一切应得其所归却不得归的世间有情的深深渴求与企望。那么，一颗飘荡着的心，又将归往何处呢？

她说，你看细风吹雨，轻阴漠漠。黄昏更兼细雨，这次第相续的疾景流年，到底想连起手来，做些什么？细风吹雨，湿了轻阴，湿了一个少女的心。造化里的漠漠轻阴，挥之不去。心里的轻阴，接踵而至，越来越重。

她说，你看梨花欲谢，难禁摧折。惜花爱花之心呼之欲出，自伤之情欲盖弥彰。一切忧愁似乎有了落脚，似乎又无法言说。

这首词中，我们找不到她到底所为何事。伤春悲逝，也只是其中的一点。悲伤的源头，无法索解。

莫名忧伤，莫名惆怅，莫名寂寞，莫名幸福。

太多的莫名，织就了青春这张网。人在其中，感受着就罢了。

浣溪沙

淡荡春光寒食天①，玉炉沉水袅残烟②。梦回山枕隐花钿③。

海燕未来人斗草④，江梅已过柳生绵⑤。黄昏疏雨湿秋千。

【注释】　①淡荡：和舒的样子，多用以形容春天的景物。寒食：节令名。在清明前一二日。相传春秋时，介之推辅佐晋文公回国后，隐于山中，晋文公烧山逼他出来辅佐自己，介之推不从，抱树被焚而死。为悼念他，遂定是日禁火寒食。《荆楚岁时记》："去冬节一百五日，即有疾风甚雨，谓之寒食，禁火三日。"②玉炉：香炉之美称。沉水：沉水香，一种名贵的香料。③山枕：两端隆起如山形的凹枕。花钿：用金片镶嵌成花形的首饰。④斗草：古代年轻妇女儿童以竞采百草比赛优胜的游戏，又名斗百草。⑤柳绵：即柳絮。柳树的种子带有白色绒毛，像白色的棉絮，故称。

【赏析】 此词是寒食日即景之作，表达了一种少女莫名的忧伤情绪。

春光尚没有关不住的浓烈，料峭，微冷，淡淡的。人也是无情无绪，慵懒地倚在绣床上。不知在想些什么，也许什么也没有想，莫名惆怅，无主无神。这样过了多久？不知道。沉沉中，不觉睡去。

醒来时，花钿凌乱躺在山枕旁，玉炉里，沉水香已燃烧殆尽，残烟袅袅，不绝如缕。丝丝缕缕缠绕着她不宁而忧伤的心绪。刚才的那个梦，已经太模糊，想竭力记起什么，却怎么也想不起，想捕捉什么，空空的。一种难言的感觉，压在心头，越来越沉。

不能再这样把自己关在屋里，思绪在跑马。这样想着，她下意识地走到窗前，眺望着户外，想纾解一下自己的心绪。忧伤并没有停息，从户内转移到了户外。

今年的春天，来得晚了些。海燕还没见飞回来，邻家的女孩，早按捺不住，忙着呼朋引伴，玩斗草游戏。她们热闹着她们的，她只是远远站在一旁，静静地看着。也想着加入，只是这个春天，恁是没情绪。还是罢了吧。

江水边，梅花早已凋零，绿的肥红的稀。两岸的柳早已抽芽，柳絮在空中纷飞。不知道要落在哪个角落里，哪里才是它们的归宿呢？叹今生，谁取谁收？如此一想，本来有些轻的心忽地又变得沉重起来了。

不知不觉，已经到了黄昏。一天的时间，就在莫名的忧伤和惆怅中去了。

天下了丝丝细雨，在黄昏时分，打湿了后花园里她常常光顾的秋千。

黄昏疏雨湿秋千，唯一的乐趣也被这雨剥夺了。

其实，她知道，没有这场雨湿秋千，自己恐也难有兴致。

以我观物，物皆著我之色彩。戴着淡淡的忧伤的有色眼镜，她眼中见到的一切，莫不笼上了一层淡淡的伤，莫不成为自己情绪的投射。一切向外的寻求，最终都指向了她的内心。

淡淡的春光里，淡淡的忧伤。一个心事重重的女子，再已不复往日的单纯。心有所期，心有所盼，却又无力言说，无法言说。只一个人沉浸在自己的情绪里。

从她早期的词中，我们大致可以看见古代一个女子的生活面貌。可以溪亭泛舟，可以打打秋千，无情无绪时，理一理瑶琴。或者吟诗看书，想念一个人。外面的世界再怎样大，怎样精彩，属于她们的舞台只有这么大。

幸好还有各种时令节俗。寒食、端午、中秋、重阳、元宵，种种节日，种种习俗，让人们打破生活惯常的轨道，在庸常之中，寻找到一种惊喜与激情。

属于女子的节日，恐怕只有诸如春来斗草、七夕乞巧之类的了。还有元宵观灯，或在灯火阑珊处，邂逅一段爱情。或在月上柳梢之际，人约黄昏之后。

全词从结构上看，也极有意思。一般词上片写景，下片抒情，或是情景互相融合，这首词在做法上完全不一样。全词六句，犹如六个完整的画面，每个画面都是二三种事物的组合，但这种组合之间又有一种流动的意绪贯穿其中，巧妙而又和谐。马致远的《天净沙·秋思》与之有异曲同工之妙。

浣溪沙

髻子伤春慵更梳，晚风庭院落梅初。淡云来往月疏疏。

玉鸭熏炉闲瑞脑①，朱樱斗帐掩流苏②。遗犀还解辟寒无③？

【注释】 ①玉鸭熏炉：玉制的鸭形熏香炉。瑞脑：一种香料名，一名"龙脑"。闲瑞脑：意思是香料放在熏炉里而没有点燃。②朱樱：这里指帐子的颜色。斗帐：形如覆斗的帐子。流苏：指帐子下垂的穗儿，一般用五色羽毛或彩线盘结而成。③遗犀：犀，指犀牛的角。遗，疑为"通"之误。通犀，通天犀，角上有一白缕直上到尖端，故名。意思是把犀角悬挂在帐子上，即镇帏犀。辟寒：驱寒。

【赏析】 这是一首伤春之作，全词笼罩着无聊无赖的伤感情绪，与上一首《浣溪沙》相比，同样六句六景，流动在其中的情绪呼之欲出。有人说髻子是少女的发式，此词当是李清照待字闺中之作。

上片写室外，时间从清晨到夜晚。起笔便呈现出一种慵倦之态，因无悦己者，连妆容也懒得打理了。小院里那株梅，在晚风中纷纷落下了花瓣。惊觉，春天已经要过去了。淡云微月点缀的夜色里，人依旧无寐。景写得清雅节制，带着一丝慵懒的气息，和词中主人公的心绪倒是十分贴合。

下片过渡到室内。因为无情无绪，闲愁萦心，平日里最爱的熏香，此时此刻也闲置在一旁，玉鸭形的香炉，名贵的瑞脑香，这样的富丽堂皇还不够，紧接着朱缨、流苏、斗帐，色泽香艳，充满了女性柔婉气息；只是这小帐是没有放下来的，虽然考究，却乏温馨，给人一种冷冷清清的感觉。所以，接下来的这句"遗犀还解辟寒无"，有水到渠成之妙。因冷清，自然让人心生寒意，而一句多情的反问，更彰显了主人公内心的凄冷。据《开元天宝遗事》载，遗犀的来历是这样的："开元二年冬至，交趾国进犀一株，色黄似金。使者请以金盘置于殿中，温温然有暖气袭人。"遗犀能生出温然暖气，而此时，因为环境和人物内心的双重冷清，定然是不解"辟寒"了。

不知道写此词时的李清照怎么会如此伤感？少女情怀总是诗，只是这诗篇，要碰到能解的人，才能唱和，才能充满温度。也许，此时的李清照，内心萌动的怀春之情，无法对人言说，哪怕是自己的父母。如是她陷于这样一种不可解，不能解，说不清又道不明的莫名伤感意绪之中，无法自拔，深深沉溺。

该如何安放，这躁动的青春情怀呢？现实中的她，依旧会伤春，依旧在流苏半掩的帐帏中，望着帘钩上的灵犀，傻傻地问着，你冷么，你懂得我的冷么？

寂寞足以让人手足无措，等待太过漫长，人要有足够的坚强，才能在凌乱的发丝中抬起头，给世界一抹明媚的笑。

浣溪沙

绣面芙蓉一笑开①，斜飞宝鸭衬香腮②。眼波才动被人猜。

一面风情深有韵，半笺娇恨寄幽怀。月移花影约重来③。

【注释】 ①绣面：形容面容姣美。芙蓉：荷花，此处形容少女的面容。②宝鸭：指鸭形的宝钗。一说指鸭形香炉。③月移花影：唐代元稹《莺莺传》："待月西厢下，迎风户半开。拂墙花影动，疑是玉人来。"此处指约会时间在月斜之时。

【赏析】 有人说，这首词不是李清照所作。陈迩冬先生说，人们之所以会这样想，"那里由于他们心目中只有女神和女奴，没有平等的女人的缘故。"此词，写了一个主动大胆追求自己所爱的女子形象，颇像《诗经》中那些素朴任性的女子。

"半笺娇恨寄幽怀，月移花影约重来。"待字闺中的大家闺秀李清照，断然不会轻分罗带，暗结兰襟。我相信她没有此种举动，却无法否认，少女时代的她没有此种情怀。所以不妨把这首词想象成她待字闺中盼着郎骑竹马来将她迎娶的诉求。只是这种诉求,她借一首词和词中的女子说了出来。

想象中这位少女,有着芙蓉一样的秀美。她斜靠在"宝鸭"香炉边,凝神回想,太过忘我,丝丝甜蜜藏也藏不住,从眉梢眼角中溢了出来。她想掩饰,怕被人窥到自己的心思,却怎么也掩饰不住,终于那点甜蜜在芙蓉般的绣面上绽放开来。

一面风情深有韵,你若不来,我怎敢盛开?便纵有千种风情,万般韵致,都是虚设,都是蹉跎,更与何人说呢?这样想来,她竟顾不得少女"眼波才动被人猜"的矜持了,唯以"半笺娇恨寄幽怀"。情书写的是爱而不得、爱而不见的娇恨。幽幽情怀,都化作一句"月移花影约重来"的邀约。

因为感同身受,因为深深懂得等待之苦,李清照剥去了少女的矜持,借了她一个胆,让她大胆地向情人发出邀约,月移花影时分,你要来。

有花堪折直须折,莫待无花空折枝。

古时的女子,属于她们的青春太短太短,短得让人无时无刻不处在害怕红颜蹉跎、美人迟暮的自伤与恐惧当中。是啊,她们的一生,仿佛都在用尽力气等待一场姻缘,那几乎是她们的全部,是她们的宿命。没有谁敢拖延,敢耽搁。世界,给她们提供的几乎是一条单向的路。她们一直是被选择的对象,千年的等待,是她们最经典的姿态。这首词有点一反常态,变被动为主动,主动发出爱的信号,殊为可贵。

双调忆王孙[①] 赏荷

湖上风来波浩渺,秋已暮、红稀香少[②]。水光山色与人亲,说不尽、无穷好。

莲子已成荷叶老,清露洗、蘋花汀草[③]。眠沙鸥鹭不回头,似也恨、人归早。

【注释】 ①双调忆王孙:词牌名。忆王孙,原为单调三十一字,此扩充为双调。此词词牌原为《忆王孙》,有误。②红、香:以颜色、气味指代花,指秋天万物萧瑟。③蘋:亦称田字草,多年生浅水草本蕨类植物。汀:水边平地。

【赏析】 文人墨客向来有"悲秋"的传统,所谓"悲哉秋之为气也"。面对秋天枯萎憔悴的花草,萧条冷落的景色,人生不如意之事就会涌上心头,多愁善感的文人不免凄凄惨惨、唏嘘感慨、伤心不已。宋代之前,只有极个别心胸开阔的诗人能跳出"悲秋"的传统,以欣喜的眼光赏识着秋天的美景。中唐诗人刘禹锡一生频遭挫折,却始终不改倔强刚硬的个性,他对秋天的景色就有另外一副眼光,《秋词》说:"自古逢秋悲寂寥,我言秋日胜春朝。晴空一鹤排云上,便引诗情到碧霄。"诗歌否定了历来"逢秋悲寂寥"的陈词滥调,独标"秋日胜春朝"的观点。请看:秋高气爽,晴空万里,一鹤排云而上,是多么地高扬豪迈。诗人的诗情也因此给引向了碧霄,变得视野开阔,心胸爽朗。晚唐诗人杜牧出身名门,才华出众,自视甚高,一生积极想有所作为,他对秋日景色也有另一番赏识,《山行》说:"远上寒山石径斜,白云生处有人家。停车坐爱枫林晚,霜叶红于二月花。"秋日远上寒山,诗人不着眼于冷落萧条的景色,依然兴致勃勃。当他遥望发现"白云生处有人家"时,一种欣慰喜悦的情感涌上心头。诗人浏览景色,发现了"霜叶红于二月花"的秋日别致景色,火红的色彩中充满了生机,诗歌也因此具有一种高朗爽健、意气风发、俊逸明丽的特色。

李清照作为女子世界中的豪俊,其豁达的胸襟、爽朗的个性、开阔的视野,毫不逊色于前辈优秀诗人。面对"红稀香少"的暮秋季节,词人不是在为荷花稀落、荷叶枯萎等流逝的风光景色而惋惜感伤,而是兴趣盎然地与"水光山色"相亲,品尝大自然"无穷"的美妙,以充满诗意的画笔勾勒出一幅优美动人的深秋湖面风景图。这里,湖水浩渺,波光粼粼,清澈的绿波与岸边的"蘋花汀草"掩映成辉。整个画面的色调清新秀丽,景物疏落有致。少女的欢欣,使得"莲子已成荷叶老"的深秋湖面也透露出勃勃生机。词人是这样地喜爱自然山水的美好风光,以至留连徘徊,依依难舍。然而,词人却转折一层表达,不直接写自己留连忘返的情思,而是写"眠沙鸥鹭"对早早归去游人的埋怨,以表述自身对"水光山色"的无限依恋之情。可以设想,词人今天又是一次"兴尽晚回舟",临别之际却再度留恋,词人完全陶醉于迷人的风光景色之中。只有感觉到现实生活的美好灿烂,对现实生活充满了热情,对未来充满了信心,词人才会用如此轻灵欢快的笔调去描绘暮秋景色,以如此爽朗开阔的胸襟去拥抱自然。

北宋词人中有欧阳修可以与之比拟。其《采桑子》说:"群芳过后西湖好。狼藉残红,飞絮蒙蒙,垂柳阑干尽日风。"欣赏春暮景色,依然开朗乐观,突破春怨秋愁的模式。在男尊女卑的封建社会里,女子承受更多的压力,遭受更多的挫折打击。能有这样一种开朗豁达的胸襟,李清照是独一无二的。(诸葛忆兵)

卷二　初别

减字木兰花①

卖花担上，买得一枝春欲放。泪染轻匀，犹带彤霞晓露痕。

怕郎猜道，奴面不如花面好。云鬓斜簪，徒要教郎比并看②。

【注释】　①减字木兰花：词牌名。又名《木兰春》《减兰》等，即《木兰花》一、三、五、七句各减三字。②徒：只、但。郎：在古代既是妇女对丈夫的称呼，也是对所爱男子的称呼，这里指前者。比并：对比。

【赏析】　宋徽宗靖国建中元年（1101），李清照适赵明诚。

那一年，她18岁，他21岁。在爱的世界里，她成了一个小女人。和所有女人一样，她也有小性子、坏脾气或是不可理喻，请别在意，那是她在撒娇，在贪恋一种被哄的幸福感觉。

这首《减字木兰花》，记取了她新婚绸缪浓情的一个片断。

春天无声无息地来了。它在梅边，在柳梢，在卖花农的花担上。

清晨，卖花农担着担子，走街串巷，吆喝声唤醒了沉睡的春光。她喜欢卖花担子，简单、随意，盛放着形形色色的春花，带着清晨的露珠，清纯如她的欢欣。还有，花农带给她期盼与欣喜，满满的生活的味道，轻甜的气息。她买了一枝，花枝上露珠轻颤。

此时，她想起了房中的那个他。想着自己一点点坠落进他的温存里，深深沉溺。拈着这枝春花,她盈盈地向院里走去。这份欣喜,也要让他分享才好。

轻快的步子转瞬间变得有些犹疑。看着手中这枝花,娇艳欲滴,媚眼盈盈的,她心里生了怯。"怕郎猜道,奴面不如花面好。"他会不会觉得这枝倾城的芳姿,把我比了下去了呢?如花美眷。花美?人美?倒是一个十分有趣的问题。

如此想着,一丝狡黠泛起。她将这枝春花斜插在云鬓上,悄悄走进房里。他正背对着她,她轻轻地伸出双臂,环绕在他的腰间,满怀期待,娇嗔地问道:"花美,还是人美?"

他识破了女儿家的这点小心思,笑而不语,看着她撒娇的样子,像宠着一个任性的孩子。

花美还是人美,并不重要。重要的是,要知情识趣,懂得这点点挑逗的美。日子,在这点小细节中温软馨香起来。这种体贴与心有灵犀,比任何答案都熨帖。若真要比出个高低,唐突了佳人,那才是煞风景。

这首词与晚唐那首《菩萨蛮》有某种相似之处:

牡丹含露真珠颗,美人折向庭前过。含笑问檀郎:花强妾貌强?
檀郎故相恼,须道花枝好。一向发娇嗔,碎挼花打人。

檀郎的傻,是装出来的,惹得佳人"碎挼花打人",一副任性刁蛮的样子,倒也充满野朴之美。李清照的这首词只写到提问,便突然煞尾。后事如何,只有读者自己去想了。

有人认为此词充满闾巷市井之气,并非正宗的易安体,甚至怀疑此词并非李清照所作。据我看来,以李清照清傲脱俗的气质来看,作这样一首"压倒须眉"的另类之作,也属正常。这正好见出词人的多面性。

渔家傲[1]

　　雪里已知春信至，寒梅点缀琼枝腻[2]。香脸半开娇旖旎，当庭际，玉人浴出新妆洗。

　　造化可能偏有意，故教明月玲珑地。共赏金尊沈绿蚁[3]，莫辞醉，此花不与群花比。

【注释】 ①渔家傲：词牌名。《词谱》卷十四云："此调始自晏殊，因词有'神仙一曲渔家傲'句，取以为名。"双调六十二字。②春信：春天的消息。琼枝：此指覆雪悬冰的梅枝。③金尊：珍贵的酒杯。尊：同"樽"。沈：同"沉"。绿蚁：本来指古代酿酒时上面浮的碎屑沫子，也叫浮蚁，后来指酒的代称。

【赏析】 这首词写雪里赏梅的情趣，突出雪梅晶莹的外观和高洁的品格。李清照与闺中同伴一起饮酒赏玩雪中寒梅，故云"共赏金尊"。"绿蚁"指美酒，本指古代酿酒时漂浮的碎屑沫子，也叫"浮蚁"，后成为酒的代称。在大雪覆盖的严寒早春时节，人们无法从气候中感觉春意，仿佛依然是隆冬季节。词人则透过雪中一枝"寒梅"，感觉到"春信"的已经来临。李清照《蝶恋花》说："暖雨晴风初破冻，柳眼梅腮，已觉春心动。"寒梅报春，多少次给词人带来期望。词人的欢快和浪漫，洋溢在这酷冷的日子里。为了好好端详这一片雪白背景中独自傲放的"寒梅"，词人准备了"金尊"美酒，放怀畅饮。早春的景色，因这一枝"寒梅"而平添数分"旖旎"风光，变得妩媚多姿。词人以"香脸半开"写寒梅初绽，以"娇旖旎"写寒梅的妩媚柔美，以"玉人新浴"、"新妆"写寒梅的净洁、清丽、高雅。对此寒梅流连忘返，以至明月升起，天地间一片晶莹玲珑剔透。今日的赏梅十分尽兴，饮酒可以"莫辞醉"，时间可以一直流连到"明月"升起。即写出对寒梅的极度喜爱之情，又写出李清照相对自由的生活环境。古代女子有此生活相对自由，难能可贵。早年李清照外出游玩就可以一直到"日暮"而"沉醉不知归路"。品味此词，赏梅的地点应该在家庭花园中，闺中同伴能够从容举杯直到明月升起。所以，李清照就可以更加无拘束地开怀畅饮、徘徊花下了。李清照倔强自信的独立个性，与此相对自由的生活环境密切相关。无论是婚前负管教李清照责任的父亲李格非，还是婚后李清照的丈夫赵明诚，都给了李清照更多的关爱和自由，读此词可以感受到这一点。李清照有过人的文学天赋，又有如此独立的个性，当然自视甚高。"此花不与群花比"，雪里"寒梅"的秀丽、高洁、孤傲，都是超然于群芳之上，这又隐隐是李清照卓然独立、桀骜不驯性格的写照。

李清照最喜欢梅花，咏物词中最多的是咏梅花之作，一共写了六首，分别为《玉楼春》（红酥肯放琼苞碎）、《孤雁儿》（藤床纸帐朝眠起）、《清平乐》（年年雪里）、《渔家傲》（雪里已知春信近）、《殢人娇》（玉瘦香浓）、《满庭芳》（小阁藏春）。每咏梅花，词人往往以梅花自喻，即：梅花经常成为李清照自我形象的写照。梅花的意象，几乎串联了词人一生的变化。如《玉楼春》所勾勒的红梅形象，与新婚少妇花蕾绽放般的美艳容貌最为相似；《孤雁儿》表层次是咏梅，深层次是悼亡，通过咏梅，逐步引出悼亡的主题。

沈曾植《菌阁琐谈》评价李清照的词说："易安倜傥有丈夫气，乃闺阁中之苏、辛，非秦、柳也。"从《渔家傲》（天接云涛连晓雾）一词中可以品味这种创作特色，从此词中同样可以体会到这一特色。"莫辞醉"的豪爽，流连忘返的畅快，在对女子诸多严厉管束的封建时代，不是一种"丈夫气"的表现吗？对生活充满了热情向往的李清照，在她的笔下，写秋景而不萧条，写早春而不严酷，处处挥洒着词人非凡的生命活力。（诸葛忆兵）

摊破浣溪沙①

揉破黄金万点轻②,剪成碧玉叶层层。风度精神如彦辅③,大鲜明④。

梅蕊重重何俗甚,丁香千结苦麤生⑤。熏透愁人千里梦,却无情。

【注释】　①摊破浣溪沙:词牌名,《浣溪沙》的变体,又名《添字浣溪沙》。②黄金:这里比喻桂花。③彦辅:指西晋的乐广。他是有雅量高致的正人君子,气度不凡,是李清照心目中的一种理想人格。语本《世说新语·品藻》:"王夷甫太鲜明,乐彦辅我所敬。"显然,李清照记反了,风度精神大鲜明的是王夷甫,而非彦辅。④大:四印斋本《漱玉词》作"太",注"一作'大'"。古代"大"与"太"相通。⑤苦麤("粗"之古体)生:张相《诗词曲语辞汇释》卷二谓:"苦粗生,犹云太粗生,亦甚辞。"苦粗:不舒展、低俗而不可爱。苦:嫌弃。

【赏析】　此词旧本有副题为《桂花》,是咏物词。提起咏物词,最妙的不过苏东坡的那首咏杨花之作。李清照喜欢梅,她的词作中写到梅的颇有一些,其中有四五篇写得非常妙。这首咏桂之作,也写得颇为玲珑,咏物而不滞于物,分不出是在咏物还是自咏,在咏物词中也属上乘之作。

上片从色、形和精神气质三个层面写桂花,三个比喻,写得很好。以"揉破黄金万点轻"喻桂之金黄,桂花的细碎繁密;以"剪成碧玉叶层层"喻桂叶之深碧和重重有致;以"风度精神如彦辅"喻桂花风流蕴藉的不凡气质。

层层设喻，似已将桂的形色与气度写尽了。但下片又延伸开去，用两重对照，层层议论写桂之香气。她说梅蕊重重，显得繁富而俗气，丁香花蕾簇结，显得打眼而粗俗。言下之意，桂花是清丽脱俗的。因这句"梅蕊重重何俗甚"对梅花的贬抑，让很多人觉得此词不是李清照所为。李清照喜梅爱梅不言而喻，且说梅"自是花中第一流"，既然如此，又何来桂又胜梅？其实，这只是她在写作时为自圆其说而取的一种权宜之计，又何必当真？若将写作完全等同于作者的真实想法，岂不可笑？

"熏透愁人千里梦，却无情。"这句也很有争议。争议点在于"熏透愁人"的香气，到底是桂花香气，还是承接前两句，是梅花和丁香的香气。若理解为桂花的香气，此词在结构上真是大开大合，用梅和丁香反比桂花之后，又以否定桂花之香气的逆转，衬托自己思恋故乡故国的乡愁之深浓。花香再浓，也无法排遣自己的忧思；若理解为丁香的香气，则顺承上面的意旨，说丁香无情，熏破她的梦，从侧面赞美了桂花的品质和情趣。

两种理解，都讲得通。一首小词，包含如此丰富的意韵，这便是李清照的高明之处。

醉花阴[①]

薄雾浓云愁永昼，瑞脑消金兽[②]。佳节又重阳[③]，玉枕纱厨[④]，半夜凉初透。

东篱把酒黄昏后[⑤]，有暗香盈袖。莫道不销魂，帘卷西风，人比黄花瘦[⑥]。

【注释】 ①醉花阴：词牌名，双调小令，仄韵格，五十二字，上下阕各五句三仄韵。此词牌以李清照写的为代表作。②瑞脑：一种熏香名。

又称龙脑,即冰片。消金兽:兽形香炉里香料逐渐燃尽。③重阳:农历九月九日为重阳节。《周易》以"九"为阳数,日月皆值阳数,并且相重,故名。这是个古老的节日,人们通常在这天佩茱萸以避邪,并登高赏菊。④纱厨:即防蚊蝇的纱帐。⑤东篱:源自东晋陶渊明《饮酒》:"采菊东篱下,悠悠见南山。"是诗人惯用的咏菊典故。⑥黄花:指菊花。《礼记·月令》:"鞠有黄华"。鞠,本用菊。唐王绩《九月九日》:"忽见黄花吐,方知素节回。"

【赏析】 李清照的重阳《醉花阴》词相传有一个故事:"易安以重阳《醉花阴》词函致明诚。明诚叹赏,自愧弗逮,务欲胜之,一切谢客,忘食忘寝者三日夜,得五十阕,杂易安作以示友人陆德夫。德夫玩之再三,曰:'只三句绝佳。'明诚诘之,答曰:'莫道不消魂,帘卷西风,人比黄花瘦。'正易安作也。"(见元伊世珍《嫏嬛记》)这个故事不一定是真实的,但是它说明这首词最好的是最后三句。现在我们要分析这最后三句,先得看看它的全首。

词的开头,描写一系列美好的景物,美好的环境。"薄雾浓云"是比喻香炉出来的香烟。可是香雾迷濛反而使人发愁,觉得白天的时间是那样长。这里已经点出她虽然处在舒适的环境中,但是心中仍有愁闷。"佳节又重阳"三句,点出时间是凉爽的秋夜。"纱厨"是有纱帐的床。下片开头两句写重阳对酒赏菊。"东篱"用陶渊明"采菊东篱下"诗意。"人比黄花瘦"的"黄花",指菊花。《礼记》月令:"鞠(菊)有黄花"。"有暗香盈袖"也是指菊花。从开头到此,都是写好环境、好光景:有金兽焚香,有"玉枕纱厨",并且对酒赏花,这正是他们青春夫妻在重阳佳节共度的好环境。然而现在夫妻离别,因而这佳节美景反而勾引起人的离愁别恨。全首词只是写美好环境中的愁闷心情,突出这些美好的景物的描写,目的是加强刻画她的离愁。

在末了三句里,"人比黄花瘦"一句是警句。"瘦"字并且是词眼。词眼犹人之眼目，它是全词精神集中表现的地方。清照和赵明诚结婚以后，夫妻感情甚笃。他们一起研究文艺学、金石学，生活美满。婚后不久，明诚离家远游，清照不忍相别。这首词没有明写相思，而以深婉含蓄笔墨出之。词一开头"薄雾浓云愁永昼"的"愁"字，就已点出离愁。由于爱人不在身边，她白天是焚香闷坐，黄昏后把酒对菊，独自一人，更添惆怅，更觉魂销。最后用"人比黄花瘦"结束全篇，"瘦"字和首句的"愁"字相呼应。因为有刻骨的离愁，所以衣带渐宽，腰肢瘦损。"人比黄花瘦"五字，以生动的形象来表达感情，而"为伊消得人憔悴"之含意，自在其中。

在诗词中，作为警句，一般是不轻易拿出来的。这句"人比黄花瘦"之所以能给人深刻的印象，除了它本身运用比喻，描写出鲜明的人物形象之外，句子安排得妥当，也是其原因之一。她在这个结句的前面，先用一句"莫道不消魂"带动宕语气的句子作引，再加一句写动态的"帘卷西风"，这以后，才拿出"人比黄花瘦"警句来。人物到最后才出现。这警句不是孤立的，三句联成一气，前面两句环绕后面一句，起到绿叶红花的作用。经过作者的精心安排，好像电影中的一个特写镜头，形象性很强。这首词末了一个"瘦"字，归结全首词的情意，上面种种景物描写，都是为了表达这点精神，因而它确实称得上是"词眼"。以炼字来说，李清照另有《如梦令》"绿肥红瘦"之句，为人所传诵。这里她说的"人比黄花瘦"一句，也是前人未曾说过的，有它突出的创造性。（夏承焘）

怨王孙

梦断漏悄，愁浓酒恼。宝枕生寒，翠屏向晓。门外谁扫残红，夜来风。

玉箫声断人何处①？春又去，忍把归期负。此情此恨，此际拟托行云，问东君②。

【注释】 ①玉箫声断：此句用萧史和弄玉吹箫，最后双双乘凤归去的典故。大意是那个与自己琴瑟和鸣的人，到哪里去了呢？②东君：指春神。五行之说中以四季之春与四方之东相配，此处指春季。《楚辞·九歌》中有东君篇，东君指日神。

【赏析】 此词是存疑之作，有人说是无名氏所作。

若是李清照所作，当作于她与赵明诚两地分居期间。或是因党争离开汴京，或是在莱州淄州期间，明诚因仕途辗转，与李清照常是离多聚少。

此词的主旨是寄托相思之情，盼良人早归。是一般闺阁愁怨之旨。上片写景，交代了小时间，天渐晓。梦断了，滴漏也快滴尽了，愁依然是那么浓，酒也难消。一开篇，浓愁扑面而来。宝枕生出阵阵寒意，这寒，应是一种心理温度。晨曦透过屏风，告诉她，新的一天又到了。真真是年华似水啊。"门外谁扫残红，夜来风"，正是应证了时光的流逝，转眼落红成阵，风还不依不饶的，像一个摧花手。

词之下片，从时序的流逝，自然过渡到美人迟暮，青春蹉跎。一个"又"字，表明一年年皆是如此，今年亦如此。一个"忍"字，带着埋怨又带着不甘，说好的归期再次成空。此情此恨只能托付给自由的行云，托给送春的春神。希望它们能捎去自己的思恋和深情。

全词颇似一个小女子的口吻，写得稍平，"然终无伧气"，毕竟是词中作手所写。李清照的词，有着女性特有的婉约气质，她的很多情感是遮掩的部分，心事也是慢慢透露，而不是像苏东坡或其他男性作者一样，直接讲出来。这首词和她其他的词比起来，开篇直言其愁，且在下片不断渲染，显得有些急于表白的意味，确实有点不同，也难怪有学者认为此词要存疑了。

玉楼春

红酥肯放琼苞碎，探著南枝开遍未。不知酝藉几多香，但见包藏无限意。

道人憔悴春窗底①，闷损阑干愁不倚。要来小酌便来休②，未必明朝风不起。

【注释】 ①道人：解释约有以下数种：一是"道人"二字均系作者自指；二是"人"为作者自指，"道"是别人这样说我、议论我的意思；三是"道人"是"知人"或"见人"的意思。这里采取的是第三种含义，即红梅看见词人的憔悴、知道她的内心苦衷。②小酌：指比较随便的饮宴。休：语助词，含有"啊"的意思。便来休：即"快来啊"的意思。

【赏析】 此首咏的是历史文化意蕴极为丰富而深远的果梅的蓓蕾。博古通今，又熟读《诗经》的李清照，她不会不知道梅之为物，早在上古人们的心目中，果梅即被视为"和羹"，从人文的视角看来，用以佐餐的梅子好比是位极人臣的宰相，起着调和朝廷上下各种关系的举足轻重的作用；在日常生活中，梅子同盐类似均为不可或缺的调味品，李清照本人就曾以酸梅佐餐宴请至亲好友，所以梅在古代的重要性于此可见一斑。

然而，这种梅在我国唐代以后的北方逐渐难以自然生长。据竺可桢的有关论著记载，唐代以前，黄河流域下游到处有梅树生长。相传李隆基即因其妃子江采苹居处多梅而赐名梅妃。嗣后二三十年，元稹曾写过《赋得春雪映早梅》等诗，可证长安曲江一带仍有梅树生长。梅是亚热带植物，只能抵抗到零下十四摄氏度的寒冷。或许因此，《扪虱新话》下集卷一才有这样一段令人解颐的记载:"北人不识梅,南人不识雪,盖梅至北方则变而成杏,今江、湖、二浙,四五月之间,梅欲黄落而雨,谓之梅雨,转淮而北则否,亦地气然也。语曰南人不识雪,而道似杨花,然南方杨实无花,以此知北人不但不识梅,而且无梅雨……"

到了北宋,气候逐渐转冷,梅在北中国的许多地方已难以越冬,在李清照的原籍今济南一带,赏梅便成了隆重之事,比如苏轼,他曾对在宋神宗熙宁末年路过济南被邀赏梅之事念念不忘。李清照从出生到十五六岁之前,主要生活在齐鲁一带,她自然也不识梅,所以这首词不可能写于其原籍,而是写于京都一带。因为那时在长安和洛阳皇家花园和富人府邸中,仍有春梅绽放。在宋人笔记《曲洧旧闻》中说,许昌、洛阳等地有江梅、绿萼梅等优良品种栽培。这类记载,与《漱玉词》中的咏梅之作相当吻合。

上述这一切,对于解读这首《玉楼春》来说,还只是停留在有关知识层面上的背景材料。在这些背景材料中,有一种现象颇为发人深思,即在李清照现存可靠和较为可靠的约五十首词中,咏物之作几占半数。咏物词中,又以专事咏梅者数量为最。梅不仅是李清照词作的重要主人公,还是她最好的朋友,以至是她本人的化身。其状梅之语,多系喻己之辞。凡是不便说明的心里话,便托咏梅以出之。梅的命运几乎与《漱玉词》作者的命运合而为一。

朱彝尊《静志居诗话》卷十八,认为此词结拍二句"皆得此花之神"。此说的大体意思是:李清照的此二咏梅之句,犹如林逋、苏轼等人的咏梅名作,都能体现出梅的神韵。其实,李清照此词更可谓"伤心人别有怀抱"!

这首词大约作于宋徽宗崇宁前期、新旧党争反复无常之时;写作地点可能是词人的娘家老屋。这年早春,她的心情很不好,脸色憔悴,打不起精神。回到娘家,一头扎在她作女儿时的闺房,春天来了也懒得出门。因为自己愁闷不堪,尤其不愿再去凭栏眺望。但是对于小院中那株红梅,却一直像老朋友一样放在心上,并时不时地前来探望。

有一天，她发现红梅在刹那间，从花苞中绽放了亮丽的笑脸，仿佛在急于表达它对自己的"无限"情意。这首《玉楼春》不是一般的咏梅词。而是词人把梅作为与自己患难与共的朋友，向它倾吐她的内心隐秘。而此梅又仿佛是她"心有灵犀一点通"的知己。它看到窗前的她如此憔悴，竟没有心思依栏遐想。它便招呼她说："快过来一起饮一杯酒罢，说不定明天风暴一起，你我都有可能大祸临头呢！"（陈祖美）

小重山①

春到长门春草青②，红梅些子破③，未开匀，碧云笼碾玉成尘④，留晓梦，惊破一瓯春⑤。

花影压重门，疏帘铺淡月⑥，好黄昏。二年三度负东君，归来也，著意过今春⑦。

【注释】①小重山：词牌名。又名《小重山令》。《金奁集》入"双调"。唐人一般用此调写"宫怨"，调子悲凉。五十八字，前后片各四平韵。②长门：西汉时期的宫殿名。汉武帝的陈皇后因妒失宠，打入长门宫。西汉司马相如有《长门赋序》："孝武皇帝陈皇后，时得幸，颇妒。别在长门宫，愁闷悲思。"③些子：宋时口语，一些，少许。破：绽开、吐艳。④碧云：指茶团、茶饼。宋代的茶叶大都制成团状，饮用时要碾碎再煮。此处以茶叶之颜色指代茶饼，亦可理解为茶笼上雕饰的花纹。笼碾：两种碾茶用具，这里指把茶团放在各种器皿中碾碎。玉成尘：把茶团碾得细如粉尘。宋时崇尚团茶，即将茶叶调和香料压制成团状，用时再碾碎，故称"碾玉"。⑤一瓯（ōu）春：此处指一瓯春茶。瓯：

指饮茶容器。李煜《渔父》词:"花满渚,酒满瓯。"⑥疏帘:指有雕饰的帷帘。⑦东君:原为《楚辞·九歌》篇名,以东君为日神,后演变为春神。词中指美好的春光。著意:即着意,用心。

【赏析】 崇宁五年(1106)正月,宋徽宗销毁了由蔡京领头一手炮制的元祐党人碑,大赦元祐党人,给了李格非一个"监庙差遣"的职位。党禁解除后,李清照也于此年正月重返汴京。这首《小重山》,应当作于她刚归于汴京之后,是她早期的作品。字里行间,充满了劫后余生的喜悦。

这个春天,有些不一样。心里残存着一点点难以置信,发现春仿佛蔓延到了长门,满眼春草葱茏的样子。墙头上那枝红梅有的已经挣破了花骨朵,急着开放,深深浅浅的,并不均匀。

长门是汉代长安的离宫,是陈皇后失宠于汉武帝后的住处。最不可能逢春、最不可能重生、最不可能沾得雨露君恩的长门,也是春草青青,这真是一个奇迹。重返汴京,对李清照和她的父亲来说,一样是个奇迹,一个奢华的梦。红梅的开放似乎带着某种寓意,她要好好整理一下自己悲欣交集的心情。

独坐在汴京的闺房里,置身于渐近的春光里,她只想好好休息一下。待晓梦醒来,从茶炉中取出一团茶,碾细,就像碧玉碾作尘。再将茶置入杯中,续上茶水,借一盏新茗,抚平自己惊魂未定的心。茶色碧玉般,杯中盛放的不是水,分明是一瓯春。只可惜,这一瓯春,被梦中残存的惊惧给惊破了。

劫后余生,半梦半醒,悲欣交集。这是刚刚走过漫漫长夜,从遥远的地方回到家中的李清照的微妙心理。

下阕中她回过了神,好好打理了一下自己的心情,做好准备,过今春。

稍事平复后,她开始打量眼前似曾熟悉而陌生的一切。此时此刻,天色已黄昏。但见,花影重重,印在朱色门面上。稀疏的珠帘未卷,筛着淡淡的月,花前月下,疏影横斜。多好的黄昏。时光在她心中轰然剥落,人沉醉在其中。

她终于按捺不住地要说出心中的喜悦。二年三度,我一次又一次错过了汴京的春光盛景。回来了,我回来了,从这刻开始,我要做个幸福的人,吟诗、对酒、观月、赏花,把这个春好好地过,好好珍惜。

一剪梅

红藕香残玉簟秋①。轻解罗裳,独上兰舟。云中谁寄锦书来②?雁字回时,月满西楼。

花自飘零水自流。一种相思,两处闲愁。此情无计可消除,才下眉头,却上心头。

【注释】 ①玉簟:指竹席。②锦书:前秦秦州刺史窦滔之妻苏蕙,于锦上织了一首回文诗寄给被流放的丈夫,倾诉思念之情。后世常用锦书指夫妻间往来的书信。

【赏析】 李清照诗、词、文皆有相当高的造诣,但以词为最佳,堪称宋代婉约词派的代表作家。其词多写闺情相思,南渡后,则有身世感慨之作。后人将其词辑为《漱玉词》。《一剪梅》即为其闺情词的代表作之一,是李清照在赵明诚远游之后的离别相思之作,当属早期之作。

起句"红藕香残玉簟秋",除了展示"红藕香残"的视觉物象之外,还通过竹席(玉簟)清凉的触觉来增强了秋天的寒意。而且,还暗示了此词故事发生的环境地点为莲塘,从而也就过渡到了下文的"轻解罗裳,独上兰舟"。

"轻",为轻慢、轻柔,为少妇固有动作;"独",则为独自、孤独,为思妇特有情态。"罗裳",为绫罗绸缎织制的裙子,表明女主人公的身份为富有人家;"兰舟"即用木兰木制造的精美舟船,亦泛指画舫游艇。荡舟的虽不乏逍遥愉悦者,然而却也常有愁闷忧郁者,尤其是孤独寂寞的思妇怨女,如南朝民歌《西洲曲》:"开门郎不至,出门采红莲。采莲南塘秋,莲花过人头。"李清照《武陵春》亦有云:"闻说双溪春尚好,也拟泛轻舟。只恐双溪舴艋舟,载不动、许多愁。"此处"轻解罗裳,独上兰舟",正当为描写孤独寂寞的情状。

为何愁苦?接下来说明:"云中谁寄锦书来?雁字回时,月满西楼。""雁字回时"即指秋天大雁回归南方,照应了起句的秋景。另外又有大雁传书的传说,鸿雁传书也就因此成为后世诗词常用的典故。而"月满西楼",则是一个思妇月夜思君盼郎的典型意象。与李清照齐名的女词人魏夫人即有词曰:"离肠泪眼,肠断泪痕流不断。明月西楼,一曲栏杆一倍愁。"(《减字木兰花》)可见,李清照词的"雁字回时,月满西楼"二句,形象鲜明,意蕴丰富,并且对"云中谁寄锦书来"句的"自问",做了充满期盼憧憬却也不无哀怨的"自答"。

上片通过景与事来抒情,下片则集中正面抒情。然而换头仍以物象面目呈现:"花自飘零水自流。"从景色特征看,此句与李后主《浪淘沙》词的"流水落花春去也"颇相似,因而也就颇有暮春景色的特点。但李清照词的写作背景为秋季,故"花自飘零水自流"句当不是对秋景的写实,而是为了配合抒情而创造的写意。花的飘零,意味着美的消失;水的流逝,更象征着时光的消逝;而两个"自"字的复迭,便是强调了不以人的意志为转移的客观规律。于是,在这个写意画面中,幽幽地流露出美人迟暮的哀伤,亦冷冷地倾诉着时不我待的感慨。

由此,作者水到渠成地推出带有哲理思辨性的相思名句:"一种相思,两处闲愁。"秦观、辛弃疾皆有类似的名句:"当时明月,两处照相思。"(秦观《一丛花》)"千里月、两地相思。"(辛弃疾《婆罗门引》)相比之下,秦、辛的词句更具形象性,是以"月"的意象,勾连相隔两地的相思之情；而李清照的此句则摈弃形象，纯然以抽象的语词阐述相思之情虽相隔两地却一样愁苦的人生常理，因而尤具哲思性。

结句却又翻进一层，再从形象的角度，对相思情展开描写："此情无计可消除，才下眉头，却上心头。""此情"是紧承上文的相思情；而"无计可消除"则开启下文，即"才下眉头，却上心头"，是具体描绘"无计可消除"的相思情。"才下眉头，却上心头"二句，采取了先抑后扬、以退为进的手法，十分形象生动而又虚实相生地描绘了相思情的微妙表现。（王力坚）

蝶恋花

暖雨和风初破冻，柳眼梅腮[①]，已觉春心动。酒意诗情谁与共？泪融残粉花钿重。

乍试夹衫金缕缝，山枕斜欹，枕损钗头凤。独抱浓愁无好梦，夜阑犹剪灯花弄[②]。

【注释】　①柳眼：刚生出的柳芽。梅腮：梅花花蕾外层的花瓣。②灯花：灯蕊燃烧后所结，形似花。古人认为灯花跳跃是喜事之兆。

【赏析】　真挚大胆而又曲折委婉地表达伉俪之情，是李清照的擅场。这首词是作者所谓"别是一家"理论主张的较完美体现，也就是过去评论者所说的："她不向词的广处开拓，却向词的高处求精；她不必从词的传统范围以外去寻找原料，却只把词的范围以内的原料醇化起来，变成更精致的产物。"（傅东华《李清照》）诚然，此词的原料是婉约词家常用的良辰美景和离怀别苦，而经过作者的一番浓缩醇化，的确酿出了新意。比如，紧接破题的"柳眼梅腮"，与"绿肥红瘦"、"宠柳娇花"相并列，也可以称得上"易安奇句"。此句之奇，在于意蕴丰富、承前启后，即补充起句的景，又极为简练地领出了春心勃发的思妇形象。就是这个姣好的形象，被离愁折磨得坐卧不安，如痴如迷。到底是谁，值得作者如此思念？词中巧妙的构思和设问，简直收到了如同戏剧悬念般的艺术效果。

词论家在称道此作写景之工的同时，多已注意到词人以乐景衬哀情而倍增其哀的匠心所在。她先大笔渲染冬去春来，雨暖风晴，柳萌梅绽，景色宜人。接着写面对大好春光，之所以无心观赏，是因为没有亲人陪伴，只得独自伤心流泪。宜人的美景、华贵的服饰她全然不顾，在"暖雨晴风"的天气里，竟无情无绪地斜靠在枕头上，任凭首饰枕损。此词感情真挚而细腻，形象鲜明而生动，贴切地表达了作者"一别怀万恨，起坐为不宁"、"忧来如循环，匪席不可卷"（汉秦嘉《赠妇诗》）的对亲人深切眷念的情愫。

结句"独抱浓愁无好梦，夜阑犹剪灯花弄"，虽不像"人比黄花瘦"和"怎一个愁字了得"等句那样被人传诵，然而，就词意的含蓄传神，以及思妇情思的微妙而言，此句亦颇有意趣。杜甫有"灯花何太喜，绿酒正相亲"（《独酌成诗》）的诗句，相传灯花为喜事的预兆。况且此句的含义尚不止于此。无独有偶，沈祖棻《涉江词》有云："风卷罗幕，凉逼灯花如菽。夜深共谁剪烛？"盼人不归，主人公自然会感到失望和凄苦，这又可以加深上片的"酒意诗情谁与共"的反诘语意，使主题的表达更深沉含蓄。总之，这首词写得蕴藉而不隐晦，妍婉而不靡腻；流畅不失于浅易，怨悒不陷于颓唐：正是一首正宗的婉约词。

陈廷焯曾说："宋闺秀词自以易安为冠。"（《白雨斋词话》卷六）但他紧接着又说："葛长庚（道士）词脱尽方外气，李易安词却未能脱尽闺阁气。"如果这是一种微辞，那么，这首《蝶恋花》恰好证明这一隐约的批评是说中了的。这首词确实使人感到闺阁气（包括脂粉气）甚重，但这又是与作者的身世生活相关的。话说回来，要一个封建时代的大家闺秀填词脱掉闺阁气，而且是"脱尽"，这哪能做得到呢？

行香子 七夕[①]

　　草际鸣蛩[②]，惊落梧桐。正人间天上愁浓。云阶月地，关锁千重。纵浮槎来，浮槎去[③]，不相逢。

　　星桥鹊驾[④]，经年才见，想离情别恨难穷。牵牛织女[⑤]，莫是离中。甚霎儿晴，霎儿雨，霎儿风[⑥]。

【注释】　①行香子：词牌名，又名《爇心香》。双调小令，六十六字，上片五平韵，下片四平韵。②蛩（qióng）：蟋蟀。③"纵浮槎（chá）"三句：隐括典故借喻词人与其夫因党争被迫分离之事。张华《博物志》记载，天河与海可通，每年八月有浮槎，来往从不失期。有人矢志要上天宫，带了许多吃食浮槎而往，航行十数天竟到达了天河。他看到牛郎在河边饮牛，织女却在很遥远的天宫中。浮槎：指往来于海上和天河之间的木筏。④星桥鹊驾：传说七夕牛郎织女在天河相会时，喜鹊为之搭桥，故称鹊桥。⑤牵牛织女：二星宿名。李善注：《史记》曰"牵牛为牺牲，其北织女，织女，天女孙也。"曹植《九咏》注曰："牵牛为夫，织女为妇。织女、牵牛之星各处一旁，七月七日得一会同矣。"⑥甚霎（shà）儿："甚"是领字，此处含有"正"的意思。霎儿：一会儿。

【赏析】　此词副题是七夕，借七夕写秋怨和与其夫赵明诚相思相望不相亲的忧伤。

　　"七夕"，秋天的某一个特殊的日子。传说中，那天有千千万万只喜鹊从四面八方飞来聚集到银河架起一座桥梁，被西王母隔开在银河两岸的牛郎织女就能在鹊桥上相会了！以前读秦观的《鹊桥仙》，记住了"金风玉露一相逢，便胜却人间无数"，以为鹊桥相会牛郎织女是快乐甜蜜的。

但是阅读李清照的《行香子》，我品尝到了词中浓郁的忧伤，弥漫于字里行间，弥漫于宇宙天地。秋草已经枯黄，稀稀落落的。草丛中，偶尔传来蟋蟀断断续续的叫声，那是它最后的绝唱。草地上有一棵梧桐树，几阵秋风吹过，叶子所剩无几。而蟋蟀凄厉，鸣叫惊破了梧桐叶的美梦，一个哆嗦，叶子便飘然落地。这个七夕，李清照看到的是一片萧条，没有淡淡温暖的秋阳，没有凌霜竞开的黄花。七夕是牛郎织女相会的日子，但李清照想到的是他们分离的日日夜夜。天宫以云为阶以月为地，关卡重重，道路封锁。纵然银河上有浮槎往来，但西王母有令，牛郎织女一年中只能在七夕那天相会。于是所有的浮槎只能徒增他们的悲伤。看着船来船往，却不能登上船只去看望对岸心爱的人。那是三百六十五天的煎熬，那是化不开的忧伤。

一年一度的鹊桥已经架起，词人想象着他们应该在互诉衷肠了吧！一年的分别，三百六十五天的思念，有多少话要说给对方听。但是词人又担心他们莫非还没见面，你看这天气一会儿晴朗，一会儿下雨，一会儿又起风，会不会阻挡了牛郎织女前去相会的脚步？在民间，认为雨是织女哭时的泪水洒向人间。那泪水，有未相见时思念的泪，有见面时喜极而泣的泪，有别离时恋恋不舍的泪。织女的泪化作秋雨洒向人间，人间的李清照却在担心风雨阻碍了牛郎织女的相见，正是天上人间一处愁啊！

李清照的忧愁不仅仅是为了牛郎织女，她自有她的忧愁。写作《行香子》的时候，李清照和赵明诚新婚不久但分居两地。当时，北宋朝廷"党争"严重，李清照的父亲李格非与廖正一、李禧、董荣一起被称为"苏门后四学士"，以苏轼为代表的旧党受打击后，李格非也受到牵连被列入"元祐党人"，革去京东提刑之职，逐出京城。第二年的元宵节过后，李清照回明水去探望父母和弟弟，赵明诚说好最多个把月就会派人去接她的。但是国家的政治形势发生了大变化，对"元祐"党人的打击日益加深，规定"党人弟子及所有受党争牵连罢职的臣僚，一律不准进入京城"。就这样，赵明诚迟迟没去接李清照。李清照是元宵节后离开京城的，到了那年的七夕，赵明诚还没有去接她。于是那年七夕，李清照望着鹊桥相会的牛郎织女，想到自己不能与丈夫团聚，心中的悲苦就情不自禁地流淌在词作中了。她也憎恨朝廷的"党争"，词中的"甚霎儿晴，霎儿雨，霎儿风"不正是动荡不安的政治形势的映现吗？

满庭芳①

小阁藏春，闲窗锁昼，画堂无限深幽。篆香烧尽②，日影下帘钩。手种江梅渐好，又何必、临水登楼。无人到，寂寥浑似，何逊在扬州③。

从来，知韵胜，难堪雨藉，不耐风揉。更谁家横笛，吹动浓愁。莫恨香消雪减，须信道、扫迹难留④。难言处、良宵淡月，疏影尚风流。

【注释】　①满庭芳：词牌名，又作《满庭霜》，调名源自唐吴融《废宅》："满庭芳草易黄昏。"②篆香：对盘香的喻称。③浑似：完全像。何逊在扬州：语出杜甫《和裴迪登蜀州东亭送客逢早梅相忆见寄》"东阁官梅动诗兴，还如何逊在扬州"之句。④扫迹：语出孔稚珪《北山移文》"乍低枝而扫迹"。原意指扫除干净，不留痕迹。

【赏析】　这首词写于崇宁三年（1104）左右。

父亲被遣返，她回到明水老家探望父母。说好的，小住一段时间后，明诚会来接她回去。结果，朝廷局势日日堪忧，"党人弟子及所有受党争牵连罢职的臣僚，一律不准入京城"。明诚迟迟没来接她。过了春暮，过了七夕，过了重阳。在难以预料中等着盼着，又是一年春来到。

占尽春机的梅，此种际遇下，在她眼里无复往日的"春欲放"。失去了呵护与爱宠，又怎敢自信满满地说"此花不与群花比"？此刻，一枝"残梅"，倒合她的意。"以我观物，物皆著我之色彩。"同样一枝梅，在不同的心境下，诉说着不一样的情怀。

词的上半阕，说尽了她的无聊、孤寂，一个人深深掉进了残缺的境地。

小阁里春来了，但被藏着。白日的光阴，闭锁在一扇闲窗之后。这个画堂，无限深幽。人陷其中，慢慢地沉坠，像是掉进了万丈深渊般惶恐、无力。一个人什么也不想做，熏一炷香，消磨时光。把日影一点点看落，看着它下到帘钩背后。一天恍惚流过，又到了黄昏。她自己安慰自己说，往日里自己亲手种下的那株江梅，长得越发标致了。要赏梅，就在自家院内。又何必，临水登楼？自己也实在提不起精神登楼，这是自圆其说。想想自己的这个模样，这种孤寂的境况，多像当年的何逊，独在扬州，对花彷徨，终日不能去。

寂寞者易自伤自怜。她怜惜着眼前的残梅，也怜惜着自己。字里行间，有多少不平意。从来，人们都说着梅的风韵风骨，其实，它也是脆弱的，远没有你想象的那样坚强。它"难堪雨藉，不耐风揉"，风风雨雨的搓揉，本来已经难以承受了，"更谁家横笛，吹动浓愁。"读到这里，我心里咯噔一下。一向有着"此花不与群花比""自是花中第一流"之自信的李清照，原来也只是小女人一个。在茫无际涯的等面前，在无尽无着的相思离愁中，她谋生谋爱、低眉颔首。

如果已经沉入到了谷底，还会怎样沉下去呢？所以，无尽的自伤自怜快让人窒息的时候，她给了我们一抹亮色。"莫恨香消雪减，须信道、扫迹难留。"不要一味埋怨梅香已消，梅色已旧，你要相信，就算风雨扫尽了梅的踪迹，它的风姿也依然存留。良窗淡月下，暗香疏影，一派风流，有一种难以言说的美。这是自伤自怜之人的自我安慰与解脱。

庆清朝[①]

禁幄低张[②]，彤阑巧护，就中独占残春。容华淡伫，绰约俱见天真[③]。待得群花过后，一番风露晓妆新。妖娆艳态，妒风笑月，长殢东君[④]。

东城边，南陌上，正日烘池馆，竞走香轮。绮筵散日，谁人可继芳尘。更好明光宫殿[⑤]，几枝先近日边匀[⑥]。金尊倒，拚了尽烛，不管黄昏。

【注释】 ①庆清朝（zhāo）：此词调名他本多作《庆清朝慢》，似为变调。②禁幄（wò）低张：指护花的帷幕低垂，帐幕严密有如宫禁，谓"禁幄"。幄，帐幕。③伫（zhù）：久立。绰（chuò）约，姿态柔美。④殢（tì）：滞留。⑤明光宫殿：汉代宫殿名，包括明光宫和明光殿。据《三辅黄图》载，明光宫建于汉武帝太初四年（公元前101年）秋，在长乐宫中。明光殿位于未央宫西，这里借指北宋汴京的宫殿。⑥日边：太阳的旁边。

【赏析】 这是一首咏物词，但所咏对象是牡丹还是芍药，有争议。

有人说是芍药，词中有"就中独占残春"之句。芍药春末时节盛开，又称"婪尾春"。苏东坡有诗："一声啼鴂画楼东，魏紫姚黄扫地空。多谢化工怜寂寞，尚留芍药殿春风。"魏紫姚黄指牡丹，苏轼认为牡丹过后尚留芍药殿春风。也有人认为是牡丹，牡丹又称"谷雨花"，也是在春天最后时节谷雨时分开放，此时花事将近，且古时有谷雨赏牡丹的习俗。从词中描写的赏花盛况来看，倒也贴合。

"谷雨三朝看牡丹",谷雨时节赏牡丹的习俗已绵延千年。古时习俗,凡有花之处,皆有仕女游观,也有在夜间垂幕悬灯,宴饮赏花的,号曰"花会"。

清蔡云诗:"神祠别馆聚游人,谷雨看花局一新。不信相逢无国色,锦棚只护玉楼春。"描写的正是牡丹花会时节游人如织的热闹情形。"不信相逢无国色,锦棚只护玉楼春",写了牡丹中的名贵品种有专属的锦棚呵护这样一种习俗。颇似此词中所说的"禁幄低张,彤阑巧护"。

词的上片描写宫苑内花的容姿,用工笔手法,烘云托月,将所咏之花形、色、香、韵写得穷形尽相。下阕写赏花盛况。层层铺张,井然有序。结句以惜花伤春之情绾住,水到渠成。全词自始至终没点明所咏之物,所谓不着一字,尽得风流,也可算是咏物高手了。

这样的赏花盛会,在今天或许已渐渐为人淡忘,即使有,也没有了往日那种隆重的兴味。这首词,为我们留下了旧日习俗的一个剪影。

念奴娇① 春情

萧条庭院,又斜风细雨,重门须闭②。宠柳娇花寒食近③,种种恼人天气。险韵诗成,扶头酒醒,别是闲滋味④。征鸿过尽,万千心事难寄。

楼上几日春寒,帘垂四面,玉阑干慵倚。被冷香消新梦觉,不许愁人不起。清露晨流,新桐初引⑤,多少游春意。日高烟敛,更看今日晴未⑥。

【注释】 ①念奴娇:词牌名。又名《百字令》《酹江月》《大江去》,双调一百字,前后阕各四仄韵。②重门:多层的门。③寒食:古代在清明节前两天的节日，禁火三天，只吃冷食，故称寒食。据传此节日为纪念不食周粟而被火焚烧抱树以死的介之推。④险韵诗：以生僻而又难押之字为韵脚的诗。扶头酒：一种烈性酒，饮之易醉。⑤"清露"句：典出《世说新语》。王恭和王忱原是好友，后因政治上的芥蒂而分手。只是每次遇见良辰美景，王恭总会想到王忱。面对山石流泉，王忱便恢复为王忱，是一个精彩的人，是一个可以共享无限清机的老友。有一次，春日绝早，王恭独自漫步一幽极胜极之处，"于时清露晨流，新桐初引"，王恭忽然怅怅冒出一句："王大故自濯濯。"语气里半是生气半是爱惜。清晨初映着阳光的闪烁的露水，露水妆点下的桐树刚抽了芽，遂使人变得纯洁明亮起来，甚至强烈地怀想那个有过嫌隙的朋友。李清照大约也被这光景迷住了，所以她的《念奴娇》里竟把"清露晨流，新桐初引"的句子全搬过去了。⑥烟敛：烟收、烟散。烟，这里指像烟一样弥漫在空中的云气。晴未：天气晴了没有？

【赏析】　这首词也是写别情，与《凤凰台上忆吹箫》（香冷金猊）同一主题，但它只对这点略为涉及，旋即放过，而着重于描写春天景物及在这种景物中的心情，将伤别、伤春之感从侧面流露出来，与那首正面极写"离怀别苦"者，手法全异。

它一上来写庭院之中春寒犹重，离万紫千红、芳菲满眼的时候，还隔着一段时间，故以萧条形容之。庭院本已萧条，何况又加上斜风细雨，得把重重门户都关上呢？"萧条庭院"，本已无足观赏；风雨闭门，更是不能观赏：这就显示了环境和气氛。用一"又"字，则可见斜风细雨，近来常有，感到烦闷，绝非偶然。

细数季节，已近寒食，也就是到了"宠柳娇花"的时候。被爱曰"宠"，可爱曰"娇"，本来是形容人的字眼，这里却将它们用在柳、花之上，这就密切了它们与人的关系，加重人对它们的珍视。前人评"宠柳娇花"之语为"奇俊"（黄昇《花庵词选》），为"新丽"（王世贞《艺苑卮言》），是不错的。由于春寒，花未放，柳未舒，应当来临的浓春美景，却被一片萧条、几番风雨代替了。因春寒而犹觉萧条，是一种；因风雨而备感沉闷，是一种；风雨且非一次，是一种。所以说"种种恼人天气"。这种天气，又并不是在秋冬之际，而是在本来应当是满目芳菲的春天，就更为可恼了。

因为烦恼，所以须要排遣。赋诗饮酒，是人们常用来排遣的方法。我们的词人也是这么尝试了的。她不但做诗，还做了很难的险韵诗（以生僻的或不适合于作韵脚的字协韵的诗）；不但喝酒，还喝了很易醉的扶头酒（一种烈性酒）。可是，险韵诗做成了，扶头酒也醒了，仍然觉得空荡荡的。觉得天气不好，觉得排遣无方，闲得无聊，归根到底，还是由于自己有一件没有说出来的心事。李后主《相见欢》云："剪不断，理还乱，是离愁，别是一番滋味在心头。"这里所说的"别是闲滋味"，说破了，就是这个意思。

经过以上一番铺叙腾挪，然后才把别情正面提出，然而才一提到，便又放过。要说的是心事，要寄的在远方，归雁虽能寄书，而且不断飞过，但心事万千，何能尽寄，所以终于也只能"多少事、欲说还休"了。

上片所写，都是近来情事。过片则从近来转到当天。古代建筑，室在中间，四面有廊，廊外有阑，帘即挂于室外廊上阑边。连日春寒，四面的帘子都放下了。由于心事重重，懒得倚阑眺远（即柳永《八声甘州》"不忍登高临远"之意），以致当天天气已有转好的征兆的时候，帘子也都还没有卷起来。这三句写春寒，也写人懒。

"被冷"两句，依照事情发生的顺序，应在"玉阑干慵倚"之前。由于被也冷了，香也消了，梦也醒了，只好起来。"不许"两字，说明老是躺着，既很无聊，再不起来，也无办法。虽然被迫起了床，可是什么也不想做，当然也不想倚阑，所以四面的帘子，就仍然让它垂着了。"慵倚"承"垂帘"，"被冷"承"春寒"，"慵"承"愁"。以上皆当日一时情事。

以下，另作一意，笔势也忽然宕开。"清露晨流，新桐初引"，语出《世说新语·赏誉篇》，这里用以描摹院中风雨已过、天色渐开的景物。一面不想倚阑，一面又想游春，形容心情矛盾。一会儿，太阳也高了，雾气也散了，分明已经转晴，却还要"更看今日晴未"，正是极写其久雨幽居的苦闷。她在天气转晴以后是出门游春呢？还是仍旧闭门枯坐，连阑干都不倚呢？让读者来回答这个问题吧。

《蓼园词选》云："只写心绪落寞，近寒食更难遣耳，陡然而起，便尔深邃；至前段云'重门须闭'，后段云'不许（愁人不）起'，一开一合，情各戛戛生新。起处雨，结句晴，局法浑成。"所论本词结构很是，可正《〈词综〉偶评》以为它是"有句无章"之误。

古代诗歌中所写女性的相思之情，多由男性代为执笔，虽然有许多也能体贴入微，但总不如她们自己写得那么真挚深刻，亲切动人。从这两首在艺术手段上很不相同的作品中，我们不难看到这位杰出的女作家在这一方面的成就。（沈祖棻）

点绛唇[①]　闺思

寂寞深闺，柔肠一寸愁千缕。惜春春去，几点催花雨。

倚遍阑干，只是无情绪。人何处，连天芳草，望断归来路[②]。

【注释】　①点绛唇：词牌名。此调因江淹《咏美人春游》诗中有"白雪凝琼貌，明珠点绛唇"句而取名。双调四十一字。上阕四句，下阕五句。②"连天"二句：化用《楚辞·招隐士》"王孙游兮不归，春草生兮萋萋"之句意，以表达期待良人归来的愿望。

【赏析】 这首词里，我们依旧看见词人在春天里等待归人的身影，或许作于因党争牵连，她不得不回到家乡，与新婚的丈夫分隔两地。也许是等得太久了，她少了些婉转，多了些直白。这首词明白如话，语浅情深。

"寂寞深闺，柔肠一寸愁千缕。"写深闺独处的相思之苦。将抽象情感具象化，李清照最是擅长。或许女子本来就是感性的，她们习惯将一切抽象不明变得可触可嗅可感。她轻巧驾驭着各种感官，将它们打并成一片。她说绿是肥的，红是瘦的；她说玉是瘦的，檀是轻的；她说梦是清的，香是浓的。她说花影有重量，压住了重门；她说梦是残忍的，惊破了一瓯春。她说舴艋舟太轻，载不动许多愁。她说柔肠一寸绕愁千缕，多与少、轻与重，不言而喻。

"惜春春去，几点催花雨。"写青春易逝的闲愁。冷雨无情，催花凋零，不需要太多，花太娇，几点就足够酿成悲剧。她很心痛，自己的青春就在等待中，被季候里的风风雨雨，被看不见的时光之手生生耗尽。当然，这里的风风雨雨，也可理解为党争的风雨，累及本无意于党争的她。

上片写景，下片直抒离情相思。

"倚遍阑干，只是无情绪"，相思难耐，唯登高远眺。这种选择，是千百年来，等待与盼望者惯用的。心里的渴望借登高与远眺插上翅膀，挣破沉重渺小的肉身，穿过千里万里、千年万年的时空，直抵有情人的身旁。可惜，好像这个法子对她来说没有用。阑干倚遍了，不知几多回，也没有看到一点点令人欣喜的迹象，烦恼更甚，只是无情绪。

"连天芳草，望断归来路"，依然是在远望。没情没绪也别无选择，人痴痴地望，仿佛这样能感动天与地，盼来奇迹。向远处望，远些，再远些，直到目力尽处，芳草与天际连成了一片，把归路望断。

"过尽千帆皆不是，斜晖脉脉水悠悠。"温庭筠不早已说过了么？

"平芜尽处是春山，行人更在春山外。"欧阳修不早已提醒过你么？

"误几回，天际识归舟。"柳永不也是试过了么？

明知无望，偏偏要望。心里的那点执念，最后还是成了虚妄。

做一个男子多好，也曾守望。可他守望的是天下，是无比的广阔与宏大。守望边关，守望家国，守望荣誉，守望梦想。以天地为家，以时空为限，纵横九万里，横贯三千年。这个守望，够大。

一个女子的守望，那么卑微，只守望着一个人，一个家。岁月太深，多少守望物是人非。时光太浅，多少等待时过境迁。这样的不幸，我们见得太多太多了。虽是一个大家闺秀，虽然收获了意想不到的伉俪情深，但等待，依然是李清照这个旧时代女子的生活常态与主色调，无法幸免。

卷三　辗转

诉衷情[①]　枕畔闻残梅喷香

夜来沉醉卸妆迟[②]，梅萼插残枝。酒醒熏破春睡，梦远不成归。

人悄悄，月依依，翠帘垂。更挼残蕊[③]，更捻余香[④]，更得些时[⑤]。

【注释】　①诉衷情：原为唐教坊曲名，后用为词牌名。唐温庭筠取《离骚》"众不可户说兮，孰云察余之中情"之意，创制此调。又名《桃花水》《试周郎》。双调四十四字，上下片各三平韵。②沉醉：大醉。③挼：又。挼：揉搓。④捻：用手指搓转，其程度比"挼"更进一层。⑤得：需要。

【赏析】　明诚知江宁府（南宋时又称金陵，后改称建康）已有一段时间了。每次听闻朝政时局后，她都会忍不住心惊，忍不住内心激起微澜，之后，慢慢平息。

早已过了不惑之年，可她骨子里依然有一种天真的东西。这个东西，让她不够合群，也不容易快乐起来。这个东西，也让她能够在喧嚣的人世，临水照花，自得其乐。

据宋人笔记《清波杂志》载："明诚在建康日，易安每值天大雪，即顶笠披蓑，循城远览以寻诗。得句，必邀其夫赓和，明诚每苦之也。"不甘心无法摆脱的庸常与麻木，一个敏感的人总会在单调中发现异色，发现美。那样，才能证明自己还有一颗不死的心，还活着。只是，此时的明诚，也无复往日在青州时赌书泼茶的情怀了。一是事多，二是无心，三是才短。从前之至乐变成现在难以应付的苦。这到底是一种成熟，还是一种世故？是一种冷静的理智，还是浑浊的迟钝？

是自己要求太高，还是太天真？

无法改变了。更多的时候，还是自己一个人安静地坚强，安静地过。

这首《诉衷情》便是这种心境的写照与产物。

"夜来沉醉卸妆迟，梅萼插残枝。"又见酒，又见梅。李清照爱酒，诗里散发着酒的醇香。也爱梅，这枝梅从豆蔻的清纯直到暮年的萧瑟，一直陪伴着她，不离不弃。

她又喝酒了。没说为什么要喝，只说夜里因喝得太多，太醉，妆也懒得卸去便睡了。醒来后，插在发鬓上的梅花瓣被压得散落在枕上，枝干上唯余梅花蕊，狼藉落寞的样子。

"酒醒熏破春睡，梦远不成归。"这枝梅太香，熏破了她的梦。她曾怪桂花"熏破愁人千里梦，太无情"，这里又怪起了梅。其实，都是因为自己的心绪不佳。她喜欢的应该是含蓄内敛、细水长流的清香，像她一样。梅香熏破了她的梦，梦太虚幻，太遥远，无法借她一双脱离沉重肉身和现实的翅膀，让她可以回到想去的地方——旧国或是汴京。

往昔太美，今朝太冷，想得到一点温暖力量，只能到旧梦里去寻，去回味。却又被熏破，无聊无绪更甚。

下片，果真更是无聊无情无绪。

"人悄悄，月依依，翠帘垂。"一切都沉睡在夜的怀抱里，人睡了，鸟睡了，花睡了，唯一轮孤月，陪伴着她这个在深夜无法安眠的人。翠帘低垂，她能做些什么呢？只有待在室内。"更挼残蕊，更捻馀香，更得些时。"

轻轻揉搓着梅的残蕊，揉着漫漫长夜的光阴，夜太黑，夜太长，想将它碾碎。手上沾着些梅的余香，她嗅了嗅，好像也没有刚醒时那样馥郁了。如此无聊、重复,时间又缓缓流过了一些。

一个人,在寂寞里,独守凄凉,独饮离殇;一个人,打发无可言说的寂寞,打发无奈的静谧的时光。想起以后还要这样过好多年,真是让人恐慌。唯一可以让她的生活变得有意义的金石,在乱离时世中,得到与保存,都成了一种奢侈。

"更挼残蕊,更捻馀香,更得些时。"三个"更"字叠加,有种急管繁弦般的促迫,这种促迫更显出她内心的空寂与无聊。李清照善用叠字,如"甚霎儿晴,霎儿雨,霎儿风",如后面即将出场的"寻寻觅觅,冷冷清清,凄凄惨惨戚戚",皆属于此列。她的叠字运用,带有浓烈的女性气息,充满感性的细腻与女性的直觉,情感在这种叠字中似乎要满溢。若从一个男子的口中说出来,显得有些矫情。

菩萨蛮①

风柔日薄春犹早②,夹衫乍著心情好③。睡起觉微寒,梅花鬓上残④。

故乡何处是,忘了除非醉。沉水卧时烧⑤,香消酒未消。

【注释】　①菩萨蛮:原唐教坊曲,后用为词牌名。亦作《菩萨鬘》,又名《子夜歌》《重叠金》等。据说创调于唐开元天宝年间,李白曾有作。双调四十四字,上下阕各四句,均为两仄韵,两平韵。②风柔日薄:指早春阳光和煦宜人。③乍著:刚刚穿上。④梅花:此处当指插在鬓角上的春梅。一说指梅花妆。《太平御览》卷九七引《宋书》,南朝宋武帝女寿阳公主人日卧于含章殿檐下,梅花落额上,成五出之花。拂之不去，此后有梅花妆。⑤沉水：即沉水香，也叫沉香，一种熏香料。

【赏析】　作为一个女人，一个女词人，李清照总是沉溺于自己的内心，并捕捉它微妙的波动。南渡前她的情绪波动围绕着明诚的去留，南渡后最开始的那段时间里，她的情绪波动一直围绕着故国故土。

这首词应该是南渡后在金陵所作。

上片写她嗅到了春的气息。

风，是轻柔的，犹如一双温柔手，抚摸着它遇到的每个人。日，是和暖的，还没有露出凌厉的气象。春尚浅，像柳梢头酝酿的新芽，等待绽放。这样的时节，穿着夹衫，心情正好。可你别被她的好心情骗过了。

"睡起觉微寒，梅花鬓上残。"也许是因为刚刚睡起的缘故，忽然感觉到丝丝寒意。这点寒，迅速从身体传递到心里。看着刚睡起镜中的自己，鬓上的那朵梅花，已经凋残。这已经不是那枝"春欲放"的梅花了，正像历经了风雨流年的自己。想到这里，心中涌起一种悲哀和惊惧。

我惊讶于她情绪的深刻和细腻。乍喜还悲的情绪，乍暖还寒的心境，细腻微妙，一颗粗糙的心体会不到，也传达不出。她的女性特质再次镌刻在词里。男子作闺音，可以摹写女子的态与形，甚至是她们的小心思，却写不出这种敏感与细腻，一种带着体温的微妙情绪。

下片抒情，她的悲伤还在蔓延。

"故乡何处是，忘了除非醉。"故乡，一个她不敢轻易触碰的字眼，她怕一说出来，就会流出眼泪。可她终于忍不住说了出来。此前，她说"空梦长安，认取长安道"，说"梦远不成归"，绕着弯子不碰"故乡"两个字，此时情感酝酿到了极致，实在无法再控制下去，她简直是在呼喊：故乡何处是，忘了除非醉！

回不去的故乡，也忘不掉。能怎么办呢？除非醉。

"醉乡路稳宜频到，此外不堪行"这是宋之阶下囚、南唐的亡国之君李煜在回首故国而无望的情形下，给自己开出的药方。一个"词中之帝"，一个"婉约词宗",隔着并不太遥远的时空,呼应。

卧时烧的沉水香,已经燃尽,香气全无。酒却醉得太深,还残留着醉意。醉深,是因为愁浓。喝酒,是她对故乡的祭奠与忘却,眷恋与不舍。情有多浓,醉就有多深。香消酒未消,是必然的。

这个春天的早上,她只能以自己特有的方式、以女性的柔弱与细腻告慰故乡,告慰自己漂泊的灵魂。

她无法像其他南渡词人那样慷慨激昂,而是将悲伤碾碎了,揉细了,温柔地铺洒在心灵的水域。也无法做一个逍遥的隐者,"诗万首,酒千觞。几曾着眼看侯王?玉楼金阙慵归去,且插梅花醉洛阳。"偕隐皆风流,从来都是男子的选择。

她只能婉约地诉说着自己的悲伤。

菩萨蛮

归鸿声断残云碧,背窗雪落炉烟直。烛底凤钗明,钗头人胜轻[①]。

角声催晓漏[②],曙色回牛斗[③]。春意看花难,西风留旧寒。

【注释】 ①凤钗:即头钗,古代妇女的首饰。因其形如凤,故名。人胜:剪成人形的首饰。《荆楚岁时记》:"正月七日为人日。以七种菜为羹,剪彩为人,或镂金薄(箔)为人,以贴屏风,亦戴之头鬓。"人胜:是古人于人日所戴饰物,始于晋唐。②角:古代军中的一种乐器。漏:古代滴水计时的器具。③牛斗:两个星宿名。

【赏析】 靖康之变后,成千上万的中原官员追随着皇帝赵构潮水般仓皇南逃。

1127年三月，赵明诚的母亲在江宁去逝，赵明诚须离任回江宁奔丧。李清照只身前往江宁，此时赵明诚虽在丁忧期间，却破例任江宁知府。带着丧失文物之痛和一路奔波的仓皇，到了江宁的李清照，全无意绪。

这首《菩萨蛮》写于此时，词中写了她在异乡度过人日的境况，思乡愁和家国忧，隐隐蕴含在其中。婉约的风格依旧，在词境上却有了往日所没有的宏阔。已经四十五岁的她，无复往日精致的脆弱与无谓的忧伤了。种种人生况味夹杂在一起，让人有点欲说还休。

人日，即每年的正月初七。据宗懔《荆楚岁时记》记载，两汉魏晋时江南一代的人日习俗是："正月七日为人日，以七种菜为羹，剪彩为人或镂金箔为人以贴屏风，亦戴之头鬓。又造华胜以相遗。"正月初七这天，人们将七种菜合煮成羹汤，食之，可以祛病避邪，并用五彩丝绢或金箔剪成人的形象贴在屏风上或戴在鬓发上，作装饰避邪，或剪纸花互相馈赠。如果这一天天气晴好，则意味着未来一年人事和悦、吉祥平安。文人学士则喜欢在这一天登高赋诗。

李清照在人日这天，却停留在挥之不去的寂寥里，提不起兴致。

已是薄暮时分了。抬头可见丝丝残云挂在天际，留恋着不肯离去。辽阔长空里，有点点归鸿，凄厉的叫声随着远逝的影子若有若无。这只雁，是否是旧时相识？"雁过也，正伤心，却是旧时相识。"若果如此，它是否带来了故乡的消息？想北方，此时应该还在天寒地冻时节吧？站在这里遥望着北方，心里只觉一阵凄凉。

窗外，雪已经落了，架不住屋内的阵阵暖意。屋内，炉烟袅袅，直直向空中飘去。这个日子，本来是热闹的，她却怏怏的，毫无意绪，一个人待在室内，守着一炉烟，呆呆出神。心底有莫名的怅惘，时间悄然流去。最后的一线光从窗外隐去，黑夜在指尖流淌，人有一种被淹没的感觉。

映着微弱的烛光，人在静寂里低头不语。烛影下，钗头上贴着的人胜轻轻摇了一下，显得分外轻盈寂寞。她在季节的深处，听着外面的喧嚣，还有乐声。故乡，却离她越来越远了。

下片过渡到室外。

又闻号角声，一声声催着更漏。凛凛"金风"涤荡着大地，所到之处，摧枯拉朽，寒意森森。回春，怕是无望了。天色渐明，曙色已开。牛斗星已隐在曙光中，渐渐消失。

"角声催晓漏，曙色回牛斗"，意境苍凉，视野宏阔，突破了她往日局限于个人情感小天地，局限于闺阁绣楼的束缚。经霜后的生命，历炼得更有韧性了。

这个人日，时间从黄昏到深夜，从深夜到天明，不断流转。空间上，从室外到室内，复从室内到室外，循环往复。她淡淡地说，我们淡淡地听。越是有故事的人，越从容沉静。经历了沧桑巨变的人，有种被岁月沉淀后的洗练与纯粹。此时此刻，什么也不想说。

漫天弥漫的沉静中，一个人更容易看到时间，看到自己的内心。

好事近①

风定落花深，帘外拥红堆雪②。长记海棠开后，正伤春时节。

酒阑歌罢玉尊空，青缸暗明灭③。魂梦不堪幽怨，更一声啼鴂④。

【注释】　①《好事近》：词牌名，流行于唐代，意思是好戏快开始了，即大曲的序曲。又名《钓船笛》《翠圆枝》《倚秋千》等。②风定：风停。深：厚。拥：簇拥。红、雪：这里比喻各种颜色的花。③酒阑

(lán)：喝完了酒。阑：干、尽。玉尊：即"玉樽"，原指玉制的酒器，后泛指精美贵重的酒杯。釭：灯。④啼鴂(jué)：即鹈鴂。《汉书·扬雄传》注："鹈鴂，一名子规，一名杜鹃，常以立夏鸣，鸣则众芳皆歇。"传说杜鹃是望帝所化，有"杜鹃啼血"之说，此处指一种幽怨的情怀。

【赏析】 有人认为，这首词当作于南渡之前，是伤春思夫之作。也有人认为，这首词作于南渡之后，是思国怀乡之作。明明灭灭的灯光，伴随着明明灭灭的往事和家国故乡的面影，在夜空中特别刺人眼目。

怎么会这样呢？又陷入了往事和回忆之中。往事明明灭灭，回忆若隐若现，心事似沉还浮。这个夜，注定是不眠的。

是的，这首词写的是夜阑人静后，一个寂寞的醒客的孤独。

词先写昼，再转入夜。昼只是为夜的幽怨作了渲染。

"风定落花深，帘外拥红堆雪。"我不知道，风怎么可以用"定"，好像有一种魔力般，让它瞬间束手就擒。落花又怎么可以用"深"？这就是李清照的尖巧清新之处，她不屑于落入俗套，总是恰如其分地另辟蹊径。她想说的是，春已深，花事尽。

帘外所见都是落花的残骸，"拥红堆雪"，红的白的，挨挨挤挤，乱成阵。她喜欢用色彩直指其物，比如绿肥红瘦。这一场盛大的谢幕，这一场绚烂的花事，让她又记起了海棠开后的伤春时节。

知否，知否，应是绿肥红瘦。你永远都不会明白一个闺中人对落花的情意与伤感，三春好景过，春光凋零，美人迟暮。逝去的春光中隐着一颗不安的心。

酒阑。歌罢。玉尊空。浩歌狂热，醉生梦死，一切都已经结束，一切都没有用。酒阑人散后，留下的满地狼藉和空虚，让人更加无所适从。想醉去，终于还是醒着；想忘却，终于还是记起。

在这样的夜阑人静中，我还能做些什么？看着青釭暗明灭，影影幢幢，更显诡异魅惑。

明明灭灭的灯光,一些人、一些事就这么明明灭灭地闪现在沿途风景中。"明灭"这个词的确诡异。它与光和影有关,适合生长在暗处。隐隐约约,闪闪烁烁,摇摆不定,给人得到的温暖,也给人失去的恐惧。在酒阑歌罢玉尊空的夜里,在一个醉者的眼中,扑朔迷离,恍若置身于梦境。

魂梦不堪幽怨,更一声啼鴂。明明灭灭的光,已甚为诡异幽怨,魂魄入梦,难以将息。更有一声啼鴂,让本来幽怨的梦境,又添凄厉。啼鴂,一说是杜鹃,常在百花凋残的时候鸣叫。屈原《离骚》:"恐鹈鴂之先鸣兮,使夫百草为之不芳。"《汉书·杨雄传》注:"鹈鴂,一名子规,一名杜鹃,常以立夏鸣,鸣则众芳皆歇。"它不是普通的鸟,而是送春、葬春的鸟。若看成杜鹃,更有意味。相传战国时蜀王杜宇称帝,号望帝,为蜀治水有功,后禅位臣子,退隐西山,死后化为杜鹃鸟,亦曰子规鸟,至春则啼,闻者凄恻。李商隐说:"沧海月明珠有泪,望帝春心托杜鹃。"

望帝春心,杜鹃啼血,到底是为了故国故人,还是为了一段情?或许两者兼而有之。这个声音,打破了她幽怨的梦境,却将她置于更为幽怨的境地。

鹧鸪天

寒日萧萧上琐窗①,梧桐应恨夜来霜。酒阑更喜团茶苦②,梦断偏宜瑞脑香。

秋已尽,日犹长,仲宣怀远更凄凉③。不如随分尊前醉④,莫负东篱菊蕊黄。

【注释】　①萧萧:凄清冷落的样子。琐窗:刻有连锁纹饰之窗户。②酒阑:酒尽,酒酣。阑:残,尽。司马迁《史记·高祖本纪》有"酒阑"，裴骃集解曰："阑，言希也。谓饮酒者半罢半在，谓之阑。"团茶：团片状之茶饼，饮用时碾碎。宋代有龙团、凤团、小龙团等多种品种，是比较名贵的茶。欧阳修《归田录》卷二："茶之品，莫贵于龙凤，谓之团茶，凡八饼重一斤。"③仲宣：王粲，字仲宣，"建安七子"之一。其《登楼赋》抒写去国怀乡之思。④随分：随便，随意。

【赏析】 这首词很可能是南渡之后，明诚罢官，夫妇二人至池阳后所作。国不是国，家不成家，很难有什么可以让人振奋了。世间事，除了生死，一切都是闲事。喝酒、饮茶、熏香、赏花，莫不如此。

秋意渐浓，孤独的一天又开始了。

秋天的日头，好像也瘦小了许多。尤其是在日暮时分，黯淡的金色，仿佛渗透着某种寒意，像萧萧秋风中跌跌撞撞的黄叶，向地平线隐去。琐窗上残留的一线泛着黄晕的光，让人有些冷。

院内的几株梧桐，已经简洁得不成样子。几片焦黄的叶，经络黯淡失色，不复夏日的生机，孤零零挂在树枝上，不肯离去，像是贪恋着夏日最后的温存。风来了，又有几片坠落。剩下的几片，哪里抵挡得住夜来的寒霜？

开篇萧条寂寥。这样的夜，还有什么可做呢？

昨日酒饮得太多，宿醉的感觉有些难受。这个时候，更喜欢喝点团茶，清香绵软，甘醇中带着苦涩，可以消腻、解酒，还可以把时光消磨。

什么时候开始做的梦？她已记不清楚了。只知道睡得不安，梦也容易惊醒。这个梦记不大清楚，留下的感觉，惆怅、惊惧，盘旋在心头，久久不散。此时此刻，如游丝般袅袅的瑞脑香，更加宜人。

团茶苦，瑞脑香，生活是精致富贵的，她却只是富贵中的一个闲人。人终要学会自我消解，没有习惯孤独，你就不可能拥有内心的平和。

团茶和瑞脑，是将孤独转化为平和之后才能体会到的悠长滋味。

下片的时间似乎又转到次日黄昏了。

秋已尽，日犹长。秋天就这样悄然接近尾声了，流年如梭，让人心惊。

她又在惊叹时序变迁了。黄昏显得分外漫长，总也不肯退场。其实不是黄昏太长，是黄昏容易引起人的哀愁，让时光变得漫长。"日暮乡关何处是，烟波江上使人愁"，人在黄昏的时候，内心有种强烈的归家冲动。因为，"日之夕矣，牛羊下括"，万物各归其所，各回其家。家，才能让飘荡在黑夜中的心落地安息。

看着暮色中赶着归去的最后的那只寒鸦，她说：我想回家。

从金陵辗转到了池阳，家的影子越来越依稀，她知道，一切再也回不去。昔日的辉煌也如眼前的落日一样，无可逃地隐在黑暗里。想起建安七子中的王粲，也是在这样的日暮时分，和自己一样登楼远望，"情眷眷而怀归兮，孰忧思之可任！……悲旧乡之壅隔兮，涕横坠而弗禁。"她理解他的心境，萧条异代有知音，王粲若肯前来，可以聊慰乡思。

当悲伤沉坠到了谷底，还怎样再沉下去呢？不如照例像往日一样，尊前醉酒，聊以消忧。或是，看一看东篱的那丛菊吧，开得正黄。东篱赏菊，南山种豆，陶渊明早就在茫茫浊世中，身体力行，给陷入痛苦中的人一剂心灵的良方。何妨同行？

这首词流利婉转，一气呵成，又暗藏着意绪的起伏跌宕。女性的细腻婉约照旧深植其中，没有半点痕迹。

只是以往的她，总是在心情乍好的时候又还寒，不相信幸福来得太真，不敢奢侈地沉醉享受，犹豫间，情绪又变得低落。这首词中的她，一改往日的模样，在忧愁浓得化不开的时候，在心绪跌到谷底的时候，忽然又上扬。终于在愁苦阴郁中注入了一点亮色，给了自己一个喘息的机会。

酒阑的时候，有团茶可品。梦断的时候，有瑞脑香可闻。

仲宣怀远，不如随分尊前。日暮愁长，不如东篱赏菊。

虽然隐藏着忧伤，但她还是慢慢学会了放下。

鹧鸪天① 桂花

暗淡轻黄体性柔，情疏迹远只香留②。何须浅碧轻红色，自是花中第一流。

梅定妒，菊应羞，画阑开处冠中秋③。骚人可煞无情思④，何事当年不见收⑤。

【注释】 ①鹧鸪天：词牌名。小令词调，又名《思佳客》《思越人》等。唐人郑嵎诗"春游鸡鹿塞，家在鹧鸪天"，调名源于此。②疏：疏放。迹远：桂树多生长于深山中，故云。③画阑：即画栏，指饰有彩绘的栏杆。冠：居于首位。④骚人：指屈原，因其作《离骚》，故称其为"骚人"。唐李白《古风五十九首》："正声何微茫，哀怨起骚人。"可煞：表示疑问，是否。⑤何事：为何，何故。

【赏析】 李清照最喜欢梅花，词中的咏梅篇章也最多。梅之品性会在日后她历经家国沧桑、人世变迁中一点点显露出来。她也喜欢桂花，咏桂花之作虽然只有两篇，却是她的精神宣言。

她说，我"何须浅碧轻红色"，自是花中第一流。自信却不张扬，安静中有坚强。

她眼中的桂，没有浓丽娇媚的色彩，只是"暗淡轻黄"，性子柔和淡雅。这枝桂，生于高山而独秀，无杂树而自成林，情怀疏淡，远迹深山，只有骨子中散发出的香，长留在人间。

淡雅恬静，不言不语，有种内在的饱满与张力，让"浅碧轻红"之流，相形见绌。而它，自然而然就成了花中第一流。她不喧嚣，不恣意，静默清淡中自有一种美。

这枝桂，梅花见了一定会妒忌，菊花见了一定会羞怯。画阑内外，只有它的踪迹，独步中秋。

这样的桂，却偏偏没入屈子的法眼。他笔下的芳草、奇花比比皆是，却怎么也找不见桂花的踪影，也忒没有情思了吧？屈子笔下的芳草、辟芷、杜衡、江离、留夷、秋兰、申椒，像是来自瑰异的神话世界，像明媚鲜艳的美人，楚文化的奇幻瑰丽寄寓在南国香草之中，桂之清疏迹远，承载不起他神游天外的瑰丽奇幻。清照的怨怼，有些无理了。

不从流俗的质疑，独超众类的清奇，基于她内在的自信与自足，这一点，在她十六七岁时便已经流露出来了。

李清照在词中，借梅、借桂一遍遍诉说着自己的志趣和心性，字里行间流露出一种自信，一种饱满的精神之美和一种清高脱俗的不凡气质。

沈祥龙云："咏物之作，在借物以寓性情，凡身世之感，君国之忧，隐然蕴于其内，斯寄托遥深，非沾沾焉咏一物矣。"不知这首词是作于早期还是晚年。少女时代她便名动京城，有的是自负的资本。也正是因为这个不从流俗的清奇与超拔，让她在南渡之后，一直难忘自己的故乡故国。当别人"直把杭州作汴州"，偏安临安，全然忘了灭国的隐忧之际，她还念念不忘复国复家，回到故土，回到北方。

就像这枝情远迹疏的桂花，坚守着自己的内心，坚持做自己。终于在浩渺的历史长空中，留下了闪耀的光辉。

凤凰台上忆吹箫①

香冷金猊，被翻红浪，起来慵自梳头②。任宝奁尘满③，日上帘钩。生怕离怀别苦，多少事、欲说还休。

新来瘦,非干病酒④,不是悲秋。

休休,这回去也,千万遍《阳关》⑤,也则难留。念武陵人远⑥,烟锁秦楼⑦。惟有楼前流水,应念我、终日凝眸。凝眸处,从今又添,一段新愁。

【注释】 ①凤凰台上忆吹箫:词牌名,又名《忆吹箫》《忆吹箫慢》。此调始见于《晁氏琴趣外篇》,调名源于萧史弄玉的故事。②金猊(ní):狮形铜香炉。红浪:红色被铺乱摊在床上,有如波浪。③宝奁(lián):华贵的梳妆镜匣。④干:关涉。⑤阳关:语出《阳关三叠》。王维《送元二使安西》诗:"渭城朝雨浥轻尘,客舍青青柳色新。劝君更尽一怀酒,西出阳关无故人。"后据此诗谱成《阳关三叠》,是唐宋时的送别之曲。此处泛指离歌。也则:依旧。⑥武陵:在宋词、元曲中有两个含义:一是指陶渊明《桃花源记》中的渔夫故事;一是指刘义庆《幽明录》中的刘晨、阮肇的故事。此处借指爱人所去的远方。⑦烟锁秦楼:秦楼,即凤台,相传春秋时秦穆公女弄玉与其夫萧史乘凤飞升之前的住所。此处指自己独居妆楼。

【赏析】 这首词是作者早期和她丈夫赵明诚分别时写的。从《金石录后序》中,我们大体上可以知道他们夫妇之间感情极好,趣味相投,所以即使是一次短暂的分别,词人在心灵上所承受的负担也是很沉重的。全篇从别前设想到别后,充满了"离怀别苦",而出之以曲折含蓄的口吻,表达了女性特有的深婉细腻的感情。

上片一起两个对句是写她起来以后的情景。铜制的狮形熏炉冷了,红色的锦缎被子掀了,上言时之已晚,下言人之竟起。证以作者在另一首词《念奴娇》中的"被冷香消新梦觉,不许愁人不起",可见躺着既难成睡,起来也觉无聊。第三句接写虽然已经起床,可是什么也不想做,甚至于头也不想梳了。《诗经·伯兮》:"自伯之东,首如飞蓬。岂无膏沐?谁适为容?"是写丈夫出征之后,妻子在家懒得梳妆打扮。这里却是写丈夫准备走,还没有走,她就已经懒得梳头,就比前文深入一层。古代妇女是很讲究梳头的,从诗歌中描写美人每多涉及头发,可以证明。所以起来就要梳头,梳头则要费掉许多心思和时间,就当时的具体社会情况来说,是正常的。连头都不想梳,那么,其心绪不佳,就可想而知了。由于不梳头,所以镜奁也就让它盖满灰尘,不想拂拭。这时,太阳也就渐渐升高,一直可以照射到比人还高的帘钩上了。这里说了五件事:炉冷却;被掀开;头不梳;奁未拂;日已高——都是写人之"慵"。

"生怕"两句,进而写自己的内心活动。本来有许许多多的心事,要想说给爱人,但是怕引起彼此离别的痛苦,话到口边,又忍住了。这种自我克制,是包含有许多曲折、许多苦恼在内的。它还暗示了,这种"离怀别苦"也并非自今日始,而是已经经历了一个时期,所以接以下面的"新来瘦"三句。近来,人为什么变瘦了呢?词中避免了作正面回答,而只是说,既不是如欧阳修在《蝶恋花》中所说的"日日花前常病酒,不辞镜里朱颜瘦",也不是如她自己在《醉花阴》中所说的"莫道不消魂,帘卷西风,人比黄花瘦"。当然,中酒而病,逢秋而悲,究其终极,也无非是个借口,主要还是人的心情不好,才瘦了下来。但若连这点可以借口的缘由都排斥了,那么,其变瘦之故就更可想而知了。这里一面用"非干"、"不是"来作反衬,另一面仍然不说出真实原因,就使上面的"欲说还休"一句含意更为丰满。这种吞吐往复,文势既有波澜,感情也更深挚。所以陈廷焯在《云韶集》中评为"婉转曲折,煞是妙绝"。赵、李夫妇的美满姻缘,在爱情只是婚姻的义务和附加物的封建社会中,是不多见的,而作者又是一个才华妍妙、性格活泼的人。她这里所反映的是感情,以及所使用的反映其感情的艺术手段,也正体现了她的性格与社会习俗之间的矛盾。

换头用叠字起,以加重语气。休,即罢休,犹口语算了。《阳关三叠》是伤离之曲,取王维《送元二使安西》中"劝君更尽一杯酒,西出阳关无故人"之意谱成。纵使歌唱千万篇《阳关》,也无法挽回行者,那也就只好算了。分别既成定局，不可变更，因此以下就转而从别前想到别后。"武陵"，在宋词、元曲中有两个含义：一是指陶渊明《桃花源记》中的渔夫故事；一是指刘义庆《幽明录》中刘、阮故事。如黄庭坚《水调歌头》"瑶草一何碧，春入武陵溪。溪上桃花无数，花上有黄鹂"，即用陶《记》之典。而韩琦《点绛唇》"武陵凝睇，人远波空翠"及韩元吉《六州歌头》"前度刘郎，几许风流地，花也应悲。但茫茫暮霭，目断武陵溪，往事难追"，则用刘《录》之典。（"武陵"本应专指前典，但何以与后典混同起来，将天台也称武陵，则除了两典中都有桃花之外，还找不出其他的理由。但自从宋人这样用了以后，元人戏曲中就都沿袭了。王季思先生《西厢记校注》曾引叶德均说，举《北词广正谱》中所载《醉扶归》"有缘千里能相会，刘晨曾误入武陵溪"及《误入桃源》中《殿前欢》"这时节武陵溪怎暗约，桃花片空零落，胡麻饭绝音耗"，以证元曲中武陵系指刘、阮入天台事，甚确，惜未注意到宋词已如此用。）这里也是以刘、阮之离天台（武陵）比拟赵明诚之离家的。"秦楼"即凤台，是仙人萧史与秦穆公的女儿弄玉飞升以前所住的地方（见《列仙传》），这里用以指词人自己的住所，不但暗示他们的婚姻美满，有如仙侣，而且还暗含相传为李白所作的《忆秦娥》词中"箫声咽，秦娥梦断秦楼月。秦楼月，年年柳色，霸陵伤别"之意。所以"武陵人远，烟锁秦楼"八字，简单说来，就是人去楼空。但不抽象地说人去楼空，而用两个著名的仙凡恋爱的故事形象地加以表达，意思就更加丰富、深刻。我们知道，作者用典故，是为了使读者懂得更多、更深、更透，而不是相反。如果产生了相反的效果，那或者是由于作者不善于用典，或者由于读者不熟悉，或不善于体会所用之典，而不是不该使用这种手段。"武陵"两句，是用一"念"字领起的，此字一直贯到结尾，都是写想象中人去楼空之情景。

　　终日相伴的人走远了，自己则被隔绝在这座愁烟恨雾的妆楼里，有谁知道我终日在凝视着远方呢？柳永《八声甘州》"想佳人、妆楼颙望，误几回、天际识归舟"，与此同意，而柳词则是写人在"想"，此词则是写水在

"念"。前者推己及人；后者推人及物，措意更其巧妙深永。由上文人之"念"推而及于下文水之"念"，又更进一层。

结句写"终日凝眸"之必然后果。"从今又添，一段新愁"者，自从听了他要走的消息，就产生了新愁，这是一段；他一走，"清风朗月，陡化为楚雨巫云；阿阁洞房，立变为离亭别墅"（《〈草堂诗余〉正集》载沈际飞评语），这又是一段也。（沈祖棻）

木兰花令

沉水香消人悄悄①，楼上朝来寒料峭。春生南浦水微波②，雪满东山风未扫③。

金樽莫诉连壶倒，卷起重帘留晚照。为君欲去更凭栏，人意不如山色好。

【注释】　①沉水：沉香，又名蜜香。②"春生南浦"句：江淹《别赋》："春草碧色，春水渌波，送君南浦，伤如之何。"南浦，在古诗词中常指送别之地。③东山：东晋名士谢安隐居之处。后以"东山"喻官员退隐之地，"东山再起"，则指再度出仕。

【赏析】　这首词是屏居青州时，明诚外出小别后所作。虽非远游，亦增怅触。

上阕写别时。

春寒料峭的早晨。小阁里，燃了一夜的沉水香，已尽销，留下一堆冷冷的香灰，泛着毫无生机的寒光。莫非，它们也在酝酿着离别的寒意？这种感觉不好，真的不好。想到即将送他离去，她周身倦怠无力，悄悄。

南浦之春水泛着微微的柔波，东山之梨花风还来不及扫，一切都恰称其时，一切都美好。有什么用呢？这样的景致，为离别而设，倍增惆怅而已。这样的景致，这样的春光，仍然留不住你的离去。

我感叹着李清照看似漫不经心地信手拈来，南浦和东山，长在她的词句里，如此贴切、优雅、温婉。她认为词"别是一家"，对秦观、苏轼多用故实有些不屑。其实，她的词句里，典故也有，只是如水乳般交融了，没有痕迹，也不会妨碍她要传达的情意。

如果你认为她只是随手拈来了南边的水和东边的山，替她送别，你就被她骗过了。

南浦和东山，是两个有着丰富内涵的意象。

南浦，既滋生着缠绵悱恻的爱情，也疯长着怅然欲涕的离别。屈原《九歌·河伯》："子交手兮东行，送美人兮南浦"，南浦，上演着一场绝望而深情的人神之恋。江淹《别赋》："春草碧色，春水绿波，送君南浦，伤如之何。"南浦，满是"伤如之何"的别意。

李清照很聪明，她笔下的南浦，爱情与别意兼具。

东山，不是普通的山。自东晋名士谢安隐居此地之后，它在人们心中俨然成了隐逸出尘的象征。仕与隐，儒与道，游走在两端的士人，莫不在寻求着平衡。进则庙堂，退则东山。那里，谢氏家族的流风余韵会让人得到慰藉和安宁。

南浦深情，东山逸放，是她的情之所钟。青州屏居这么多年，明诚与她，不就是这样在深情与闲适中安然度过的吗？

下阕写别后。

她又喝酒了。说是"金尊莫诉连壶倒"，其实早已喝得醺醺然，浓睡也不消残酒。浑浑然醒来，天已近黄昏。一天的光景又被她白白辜负消磨了，仅存一点意绪，还是卷起重帘，留住夕阳晚照吧。

一次次凭栏远眺，望断天涯路。暮色余晖下，山色也有一种蕴藉的好。遥远的天际，众鸟高飞尽，他们都已经回巢了。仅余一片孤云，也悠闲地飘远。他们都已归去，都回到了自己的家，你要几时才还？如此一想，心下怅然。眼前的山色，虽是暮景，倒比人意还要好。

同上阕一样，晚照与凭栏，也是两个经典的意象。晚照即是黄昏，凭栏即是登高。黄昏与登高，自诗骚开始，承载的离情别意，相思乡愁，伤时伤世数也数不尽。植根在前人播种的沃土中，濡染着千年文化的风雨，她自然浸染得一身墨香。绝代风华以一种低调的形式，不显山不露水地散发出来。虽漫不经心，也难掩芳华。

这便是李清照之所以成为李清照的地方。

蝶恋花 昌乐馆寄姊妹①

泪湿罗衣脂粉暖。四叠《阳关》②，唱到千千遍。人道山长水又断，潇潇微雨闻孤馆。

惜别伤离方寸乱③。忘了临行，酒盏深和浅。好把音书凭过雁④，东莱不似蓬莱远⑤。

【注释】　①昌乐：从青州到莱州要经过的一个地方。②四叠《阳关》：源于王维《送元二使安西》。后来《阳关》成为送别之曲的代称。因反复演唱三次称三叠，到宋时，每句皆叠，四句四叠，故称四叠《阳关》。③方寸：心。④好把：口语，可。凭：请求。⑤东莱：即今山东莱州。蓬莱，传说中的海上三神山之一。

【赏析】　宣和三年（1121），独留青州的李清照前往莱州，与赵明诚会合。

劳燕分飞各西东的日子，终于要到头了。想来她的心中一定按捺不住重逢的欣喜。极致的欢喜，像一个自己与另一个自己在久别的光阴里隔世重逢。只是，千里关山，得用脚一步步丈量，重逢的期待也因为路途的遥远拉得越来越长。一路上，会有多少故事？我无法想象。

唯这首《蝶恋花》，她留下了题跋"晚止昌乐馆寄姊妹"，让我们看到了她生活里的另一个侧面。我们知道她酷爱金石，知道她与明诚赌书泼茶的幸福，也知道明诚不在的日子里她的无聊无绪。以为她的世界里，只有明诚、诗词和金石。其实，不只这些。

亲情与爱情一样，都是完整生命不可或缺的一部分。

高飘的风筝挣不脱长长的线，瓜豆的藤蔓总绕着层叠的篱笆，这样生命才会有坚实的依托，不至于蹈空。这线，这篱笆，就是生命中的亲情。在乱离的人世中，在人生的孤旅中，有时它比爱情更能慰藉人心。

她是途经昌乐，一人独宿在孤馆时写下这首词的。

"泪湿罗衣脂粉，四叠阳关，唱到千千遍。"这三句当是回忆姐妹们为她送别的情形。泪湿罗衣脂粉，这种送别方式，很女人，很感性，也很真实。我们无法笑着说再见，也无法安慰你说"海内存知己，天涯若比邻"，谁都知道，再见很难。离别之曲《阳关》唱了又唱，只是不愿意让你走。

"人道山长山又断，萧萧微雨闻孤馆。"这二句当是写别后孤旅。望断了远山，直至人消失在山的另一边，再也看不见。天下起了潇潇的雨，秋日的雨格外冷。天色越来越暗，荒芜的路途中，别无选择，只有一个孤馆。一个人坐在孤馆中，临别的情形一遍遍在脑中回放。《阳关》离曲仿佛还在心头萦绕，沥沥雨声，让人的心一阵比一阵紧。

"惜别伤离方寸乱，忘了临行，酒盏深和浅。"临别时各自伤情，方寸大乱，深深浅浅的酒，一盏接着一盏，不觉间，已是醺醺然。该说的话没说完，该叮咛的没叮咛。她想说什么？"好把音书凭过雁，东莱不似蓬莱远。"多写写信来吧，东莱不像蓬莱那样遥远。东莱，是丈夫赵明诚的任地，也是她即将要抵达的地方。蓬莱，是传说中的海上三仙山之一。此处将两地对举，宛若天成。李清照才情敏赡，一至如斯。

雨夜，孤馆，她。时间，地点，人物，都齐备了。事件，就是想念亲情。

从现在到过去，从过去到未来。时空在雨夜里不断跳跃，显得错落有致。

蝶恋花 上巳召亲族①

永夜恹恹欢意少②。空梦长安③，认取长安道④。为报今年春色好⑤，花光月影宜相照。

随意杯盘虽草草⑥。酒美梅酸⑦，恰称人怀抱⑧。醉莫插花花莫笑，可怜春似人将老。

【注释】　①蝶恋花：商调曲，原唐教坊曲名，又名《黄金缕》《鹊踏枝》《凤栖梧》等。其词牌始于宋。双调，上下片同调，押仄声韵。共六十字，前后片各四仄韵。上巳：节日名。秦汉时，以前以农历三月上旬巳日为"上巳节"。魏晋以后，定为三月三日。这天人们要到水边去祭祀，并用香熏的草药沐浴，后称之为禊。《周礼·春官》说："女巫掌岁时祓除衅浴。"②永夜：长夜。恹（yān）恹：精神萎靡不振的样子。③长安：原为汉唐故都，这里代指北宋都城汴京。④认取：记得，熟悉。⑤报：答谢。⑥杯盘：指酒食。草草：简单。⑦梅酸：代指菜肴可口。梅是古代所必需的调味品。⑧称：合适。怀抱：心意。

【赏析】　这首词当是赵明诚任江宁知府时，在上巳节这天宴请亲族时所作。

人日时她初到江宁，心境不佳，故而感叹"春意看花难，西风留旧寒"。

上巳是三月三日,一个"招魂续魄,祓除不祥"的特殊日子。亲族相聚在异乡,更像是对旧时光的不舍与祭奠。

这首词充满了祭奠意味。祭奠故国故土故人,祭奠已逝的青春,祭奠将逝的年华,祭奠一种感慨莫名的心境。

"永夜恹恹欢意少,空梦长安,认取长安道。"这是在祭奠故土。

风雨飘摇中,旧国安在?家安在?一路追随南宋宗室逃窜的步伐,从江北到了江南。

近来频频做梦,梦里始终都是繁华汴京。梦见大相国寺,她和明诚携手淘金石古玩。梦见元夜时,花市灯如昼,一夜鱼龙舞。梦见宽阔的御街,繁华永不落幕。林立的瓦肆,充满诱人的市井气息。走进汴京,就像走进了张择端所绘的《清明上河图》。梦中,她在认取那依稀隐约的街道巷陌,还有日落时分,那条回家的路。

"为报今年春色好,花光月影宜相照。"还是醒醒吧,旧梦再好,终是空。有人来说,今年的春色甚好,何不放开襟怀,享受当下的春光呢?花光月影,婆娑妖娆,再不相赏,恐怕就成辜负了。她是在给自己找安慰,强要说服自己从长安旧梦中醒来,拥抱当下。用今日之欢告慰昨日之失,才是对过往最好的祭奠。

"随意杯盘虽草草。酒美梅酸,恰称人怀抱。"她已说服自己,投入到这个世界中来。情怀清简,不至于放纵满溢,忘乎所以。随意杯盘,不拘泥于隆重的形式,重要的是亲友相聚畅怀。酒很美,菜肴合口,不铺张不奢华,恰称人旧日情怀。

简简单单,清清白白,沉静节制,这个节日,这样过挺好。

"醉莫插花花莫笑,可怜春似人将老。"最终是忘了情,忍不住多喝了几杯。醉了不要像往日在汴京时那样,插花头上,招来花的取笑。管它呢,就是插了花在头上,劝花也莫要笑。这样的春光,这样的相聚,这样的日子,谁知道还能有几回呢?国不像国,家不像家,人生如寄,谁也不知道今日醉去,明日醒来又在何处?

也许还能相聚,还会重逢,只怕那时早已是物是人非,人生迟暮,徒增欷歔而已。逝水流年中,无常的魅影紧紧追随,谁又能逃脱?

有版本作"醉里插花花莫笑",私意以为这样更好。"醉莫插花",带着一种节制的清醒与拘束,明知青春将逝,美好难再,还这样冷静,少了几分真性情。"醉里插花",放纵得美,荒唐得美。用笑容祭奠我们的悲伤,更显其悲。末日的狂欢,更能震撼人心。

在故乡的黄花中,微醺着,老去。这是对现实冰冷的诗意超脱,对往日美好的真情祭奠。

多丽① 咏白菊

小楼寒,夜长帘幕低垂。恨萧萧、无情风雨,夜来揉损琼肌。也不似、贵妃醉脸②,也不似、孙寿愁眉③。韩令偷香,徐娘傅粉④,莫将比拟未新奇。细看取、屈平陶令⑤,风韵正相宜。微风起,清芬蕴藉,不减酴醾⑥。

渐秋阑⑦、雪清玉瘦,向人无限依依。似愁凝、汉皋解佩⑧,似泪洒、纨扇题诗⑨。朗月清风,浓烟暗雨,天教憔悴度芳姿。纵爱惜、不知从此,留得几多时?人情好,何须更忆,泽畔东篱⑩。

【注释】 ①多丽:词牌名,又名《鸭头绿》《陇头泉》,长调。此词是《漱玉词》中最长的一首,也是用典最多的一首。②贵妃醉脸:唐李浚《松窗杂录》记载，中书舍人李正封有咏牡丹花诗云："天香夜染衣，国色朝酣酒。"唐明皇很欣赏这两句诗，笑着对他的爱妃杨玉环说："妆镜台前，宜饮以一紫金盏酒，则正封之诗见矣。"此处用牡丹之艳反衬菊花之素。③孙寿愁眉：《后汉书·梁冀传》："妻孙寿，色美而善为妖态，作愁眉、啼妆、堕马髻、折腰步、龋齿笑，以为媚惑。"此句反用典，以孙寿之媚衬菊之清。④韩令偷香：韩令，即韩寿。《晋书·贾充传》谓：韩寿本是贾充的属官，美姿容，被贾充女贾午看中，韩逾墙与午私通，午以晋武帝赐充奇香赠韩寿，充因此香窥见女儿与韩寿的私情，即以女嫁韩。此句写菊花的香气持久。徐娘傅粉：徐娘，指梁元帝的妃子徐昭佩。《南史·梁元帝徐妃传》："妃以帝眇一目，每知帝将至，必为半面妆以俟，帝见则大怒而去。"傅粉：此处指徐妃"为半面妆"。一说傅粉指何晏之事。《三国志·曹爽传》注引《魏略》称何晏"美姿仪，面至白，平日喜修饰，粉白不去手"，人称"傅粉何郎"。此句意思是菊之白，连傅粉徐娘也难以比拟。⑤看取：看着。屈平陶令：屈平，即屈原。陶令：即陶渊明。此句意思是菊之孤高隐逸之清标，很像屈原和陶渊明。⑥酴醾（tú mí）：即荼藦，花名，初夏开白色花。⑦秋阑：秋将尽，深秋。⑧汉皋（gāo）解佩：汉皋，山名，在今湖北襄阳西北。佩：古人衣带上的玉饰。《太平御览》三引《列仙传》云："郑交甫将往楚，道之汉皋台下，有二女，佩两珠，大如荆鸡卵。交甫与之言，曰：'欲子之佩'二女解与之。既行返顾，二女不见，佩亦失矣。"此句借郑交甫的艳遇写菊花的愁态。⑨纨（wán）扇题诗：纨扇，细绢制成的团扇。班婕妤有才情，初得汉成帝宠爱，后为赵飞燕所谮，退处东宫。相传曾作《怨歌行》："新裂齐纨素，皎洁如霜雪。裁为合欢扇，团团似明月。出入君怀袖，动摇微风发。常恐秋节至，凉风夺炎热。弃捐箧笥中，恩情中道绝。"此处借班婕妤被弃，喻菊不被人宠，备受冷落的哀伤。⑩泽畔东篱：指代屈原、陶潜二位爱菊的隐逸诗人。

【赏析】 此词大致写于明诚在青州莱州期间,词中充满了欲说还休的情怀。一方面在表明心迹,孤芳自傲;一方面又怜惜寂寞无主,空自萎谢,充满矛盾。

李清照与赵明诚是伉俪情深又兼知音相惜,这对她而言是美好的成全,毕竟在那个时代,能收获一份真正的爱情不是易事。但二人之间并非完全举案齐眉,其中原因有说是李清照无子嗣,赵明诚纳妾,夫妻二人有罅隙。种种猜测与考证,终无定论。从李清照所写的这首欲说还休,甚至有些哀怨的词来说,也并非子虚乌有。

她是矛盾痛苦的。一面沉在相思寂寞中,自伤自悼;一面又劝说着自己,看淡这些,自求解脱。保持一份中正淡然的情怀,不以情迁,不以物喜,不以己悲。别再让自己沉溺在种种诱惑里,活得像个悲剧。

所以,她眼里的这朵经受了"无情风雨,夜来揉损琼肌"的白菊,虽备受摧折,却依然"风韵正相宜"。微风起处,清芬蕴藉,不减醁醾。它的美,在它的清芬,它的蕴藉。不张扬,不喧哗,不热烈,耐得住秋的寂寞,也经得起香的长久。它不似贵妃醉脸的媚,不似孙寿愁眉的惑,不似韩令偷香的异,更不似徐娘傅粉的矫情。如果硬要拿什么和白菊的韵致相比,也只有"朝饮木兰之坠露,夕餐秋菊之落英"的屈子和"采菊东篱下,悠然见南山"的陶潜,风韵与之正相宜。

可它终究要萎谢了。

渐秋阑,雪清玉瘦,向人无限依依。

我知道她的挣扎。这朵菊,还是忍不住,愁了起来。似郑交甫汉皋解佩的憾,似班婕妤纨扇题诗的悲。天教憔悴度芳姿,谁又能奈何?就算是我对它心怀爱惜,也不知从此,留得几多时?

不必为苦忆昔人而萎谢,此地便有惜菊爱菊的知音。菊的愁苦是化解了,因为有她这个知音。她的愁苦呢?不能说,明眼的人,一看就知。兜兜转转,她还是没有彻底解脱,还是在寻找着一种回应。

她不愿意明说，是因为矜持吗？或是，那一点无可奈何的不忍之心？她知道明诚的难处，也知道人世的阴阳错违，有时根本不由自己做主。她只得将满腹心事和委屈，欲说还休。

所以，这首咏白菊的词，她用了如此之多的典故，一反她词不宜多故实、掉书袋的主张，典故铺张得淋漓尽致。这些典故，是一种间离，用以冲淡她欲说还休的心事。但用得自然贴切，且有真气贯穿其间，不显堆垛。清况周颐评其用典技巧说："昔人评《花间》镂金错绣而无痕迹，余于此阕亦云。"

卷四　南渡

青玉案　送别

征鞍不见邯郸路①，莫便匆匆归去。秋正萧条何以度？明窗小酌，暗灯清话，最好留连处。

相逢各自伤迟暮。犹把新词诵奇句。盐絮家风人所许②。如今憔悴，但余双泪，一似黄梅雨。

【注释】　①征鞍：征马，唐杜审言的《经行岚州》："自惊牵远役，艰险促征鞍。"此处指代远行的人。邯郸路，一说指"邯郸道"。《石点头·卢梦仙江上寻妻》里有："只因旧日邯郸路，梦里卢生误着鞭。"即卢生做"黄粱一梦"的地方。徐培均在《李清照集笺注》里说："此喻邯郸已为金人所困，南渡之人不便'匆匆归去'。"莫便：不宜。②盐絮：用典。出自《晋书·列女传》："谢安侄女道韫，才思敏捷，尝居家遇雪，安曰：'何所似也？'安兄子朗曰：'散盐空中差可拟。'道韫曰：'未若柳絮因风起。'"谢安十分赞赏。后以"盐絮"指美好的诗句，盐絮家风，指家庭中爱好文学的风尚和传统。

【赏析】　此词作于南渡之后，主题是送别。所送对象，有人说是其夫赵明诚。以此推断，此词应作于建炎二年明诚知江宁，李清照尚在青州处理文物事宜。也有人说此词是送别弟弟。明诚于建炎三年病逝，乱世之中，李清照一个弱女子，携半生心血收集的文物，追随皇帝逃蹿的方向，一路投亲靠友，不遑启居，别多聚少，送别是常见的。个人认为，理解为送别她弟弟更为可取。词中有"盐絮家风人所许",用谢道韫和哥哥谢朗咏雪之典故,放在此处非常贴切。

词之上片,看似送别,实则劝留。

起句"征鞍不见邯郸路,莫便匆匆归去",意思是你不要再鞍马劳累,匆匆奔忙了,还是留下来,好吗?接着"秋正萧条何以度"既点明送别时间,也暗合了悲秋之传统。在这样的多愁伤离别的多事之秋,若能留下来"明窗小酌,暗灯清话",便是"最好留连处"了。

"明窗小酌,暗灯清话,最好留连处",和白居易《邯郸冬至夜思家》的意境非常相似,似乎本此。白诗为:"邯郸驿里逢冬至,抱膝灯前影伴身。想得家中夜深坐,还应说着远行人。"诗人客居邯郸,独抱孤灯只影。此时对亲情乡情的渴望变得十分浓烈,不由自主地悬想着家乡的亲人此刻也正和他一样,在念着远行人吧。李清照化用的这几句,同样充满了温暖的家的味道,亲人围坐,无拘无束,明窗小酌,暗灯清话,却是人生一大乐事。家,永远是天涯倦旅之人最温馨的灵魂港湾。

下片用今昔对比手法,写客中送别的漂泊和人生迟暮的寥落悲凉。"相逢各自伤迟暮",可见此别是在客中短暂相逢又各奔东西。仓皇南渡之后,乱世中人命危浅,若不是因为明诚病逝,她可能不会投亲。而如今相逢,彼此都已经是人生迟暮。其实,此时的李清照四十余岁,迟暮更多的是一种家破国亡的悲凉心境。想想在汴京的日子里,那些"犹把新词诵奇句"的温馨雅致的日子,引来多少人的称许。如今呢?"但余双泪,一似黄梅雨。""黄梅雨"比喻形象生动不言而喻,同时又照应了上片的"秋正萧条",留下无穷余味。

全词语言平实,如话家常。情感朴素,却真挚温暖,充满了家常情味。

清平乐①

年年雪里，常插梅花醉。挼尽梅花无好意②，赢得满衣清泪③。

今年海角天涯④，萧萧两鬓生华。看取晚来风势，故应难看梅花⑤。

【注释】 ①清平乐：双调，四十六字，八句，上片四仄韵，下片三平韵。又名《清平乐令》《醉东风》等。②挼（ruó）：揉搓。无好意：心情不好。③赢得：落得。④海角天涯：本指僻远之地，这里指临安。相对于汴京来说，这里是海角天涯，也指一种心理距离，说明词人自始至终把北方的汴京视作故国，把偏安的临安作为天涯。⑤"看取"二句："看取"即观察。观察自然界的"风势"。虽然出于对"梅花"的关切和爱惜，但此处"晚来风势"的深层语义，有人认为与《菩萨蛮·归鸿声断残云碧》和《忆秦娥·临高阁》的"西风"略同，喻指金兵对南宋的进逼。因此，"梅花"除了上述作为头饰和遣愁之物外，还有一定的象征之意。

【赏析】 此词为李清照南渡后的咏梅佳作，回忆南渡前与梅花有关的一些往事，感慨良多，寄托深远。作者借不同时期赏梅的感受道出了自己的心路历程："常插梅花醉"——早年陶醉于赏梅，"赢得满衣清泪"——中年赏梅时伤心流泪，"故应难看梅花"——晚年无心赏梅。一枝梅，浓缩了她的一生。

上片回忆往昔。追记了作者两个生活阶段赏梅时的不同情景和心情：早年夫妻相伴"常插梅花醉"的幸福欢乐；中年独守深闺，"挼尽梅花无好意"的幽怨清泪。"年年雪里，常插梅花醉"抓住富有特征的生活细节，生动地再现了她早年赏梅时的情景和兴致，表现出少女的纯真、欢乐和闲适。"挼尽梅花无好意，赢得满衣清泪"，心绪显然不同，虽然梅枝在手，却无心赏玩。"挼"是内心不平静的一种下意识动作。梅花在李清照的记忆中，是她和夫君赵明诚美好生活的回忆，是他们爱情和婚姻的象征。可是现在呢？孤单的她摘下一朵梅花，却再也没有心情和勇气把它插到云鬓间。赏梅原本为的是排遣心头的忧愁，如今不仅没有消除，反倒触景生情，激起了压抑心头已久的伤感，不禁"满衣清泪"。花还是昔日的花，然而物是人非，怎不让人伤心落泪呢？生活的坎坷使她屡处忧患，饱尝人世的艰辛，当年那种赏梅的雅兴早已不复存在。这两句表现出她百无聊赖和忧伤怨恨的情绪。

下片感伤现在。以"今年"两字领起，同上片的"年年"相对。往年是"常插梅花醉"，即使是"挼尽梅花无好意"的时候，也多半为的是离别相思。眼前却截然不同了："今年海角天涯，萧萧两鬓生华。"又到了梅花开放的季节，而夫死家亡，颠沛流离，漂泊的生活、精神的创伤和病痛的折磨，已使她两鬓斑白，晚景异常凄凉。强烈的今昔之感和历经家国丧乱的身世之苦涌上心头，这里面包含着作者几多辛酸和凄苦啊！

"看取晚来风势，故应难看梅花。"结句紧扣梅花，内涵博深，寄托着词人对国事的忧伤感怀。如今虽然赏梅季节又到，可是哪里还有赏梅、插梅的闲情逸致！而且"晚来风势"，明朝梅花就要凋零败落，即使想看也看不成了；此也喻示了国运在宋室朝廷逃跑妥协的政策下更显颓危。这里的"风势"既是自然的"风势"也是政治的"风势"，寄寓着作者为国势衰颓而担忧的心绪。饱经忧患、思想成熟的李清照在此借咏梅含蓄委婉地道出了她对国家命运的深切忧虑。身世之苦、国家之难糅合在一起，词的思想境界为之升华。

这首词非常集中地把李清照当时那种绝望的、孤立无援的心境，充分表达了出来。不但写了梅花和自己,还涉及国家。作者主要采用对比手法,把自己人生三个不同阶段的不同感受淋漓尽致地展现了出来,表现了她生活的巨大变化和飘零沦落、饱经磨难的忧郁心情。

忆秦娥[①]

临高阁,乱山平野烟光薄[②]。烟光薄,栖鸦归后,暮天闻角[③]。

断香残酒情怀恶,西风催衬梧桐落[④]。梧桐落,又还秋色[⑤],又还寂寞[⑥]。

【注释】 ①忆秦娥:词牌名。此调始见《唐宋诸贤绝妙词选》所录李白词《忆秦娥·箫声咽》。双调四十六字,上下片各三仄韵,一叠韵,用韵以入声部为宜。②乱:在这里是无序的意思。③角:画角,一种警昏晓的军中乐器。形如竹筒,本细末大,以竹木或皮革制成,外施彩绘,故称,发声哀厉高亢。④西风:即秋风。催衬:宋时日常用语,催赶、催促。⑤还:回,归到,一说已经。⑥还(huán):仍然。

【赏析】 南渡之后,递遭沦落异乡、家破人亡、文物遗散之殇,又目睹山河破碎、流离失所之状,她将家国之痛、零落之悲打并入个人身世际遇之中,一些词境变得雄阔起来。

读这首《忆秦娥》,有不一样的感觉。少了脂粉气,多了些阳刚气。让人想起李白的《忆秦娥》:"箫声咽,秦娥梦断秦楼月。秦楼月,年年柳色,灞陵伤别。 乐游原上清秋节,咸阳古道音尘绝。音尘绝,西风残照,汉家陵阙。"

李清照的这首词,也是抒发登临之情。

她在黄昏中登临高阁。极目所见,是乱山平野,苍茫萧飒。是薄暮时分,昏黄的日光。一切都呈现出荒凉萧飒的气象。

几只归鸦掠过黄昏的苍茫,匆匆向巢穴飞去。几声号角,浊重悲怆,听得人心慌。远景所见是"乱山平野",所听是栖鸦聒噪,暮天寒角。这种逼仄感,让她不得不向往事中回溯,想从那里打捞一点点温暖,来抵御暮色苍茫中无所不在的寒凉。

不堪回首,回首的悲伤和悔恨会将人淹没。眼前的断香和残酒,狼藉得不可收拾,只会让人情怀更恶。

西风起,吹落梧桐。断香、残酒、西风、梧桐,皆是院内的景,近处的景,情中的景。

远处,近处,宏观,微观,所见无不是寂寞。"又还秋色,又还梧桐",是从她骨子里流出来的孤独,捂都捂不住,就这样不由分说又理所当然地跳了出来。

人在孤独寂寞中登高,又从登高中回到孤独寂寞。从哪里来,最终又回到哪里去。

秋天暮色中的游历,在一片浑无际涯的寂寞中,似结束,又没有结束。

"又",是循环,是无尽,是重逢,是永不可摆脱。

李清照很聪明,写春,用梅。写秋,我们已经见过的:有栖鸦、寒笳,有砧声、蛩声、漏声。还有这首词中的主角:梧桐。这首词有的版本上有一个副题:桐。

我不知道,古诗词里为什么会以梧桐作为秋之代言。梧桐,是他们在秋天接头的暗语,是他们渲染愁怀的喉舌。离开了它,秋将不成为秋,愁也不成为愁。只要看看,满篇满眼的梧桐,你就会明白。

李清照个人,除了偏爱春天的梅外,其次便是梧桐。从相思到离愁,从中年到暮年,这株梧桐像那枝梅花一样,忠诚地陪伴着她,见证着她的悲愁。这是她笔下的梧桐:

草际鸣蛩。惊落梧桐。正人间、天上愁浓。

寒日萧萧上琐窗,梧桐应恨夜来霜。酒阑更喜团茶苦,梦断偏宜瑞脑香。

守着窗儿,独自怎生得黑?梧桐更兼细雨,到黄昏、点点滴滴。

我想梧桐应该是最具有季候特征的植物了。夏日里,它以阔大的树叶贮着满满的浓绿的热情。秋日里,它以最敏锐的触觉捕捉秋之气息,在第一阵西风来临时,便迅速做出反应,枯萎,凋零,干脆而又决绝。其兴也勃,其枯也速。因为盛大,来与去都招人耳目。生与死,都大张旗鼓。

你无法忽视它的存在,它的荣枯都很鲜明,见证着瞬息流转的光阴。

归鸦已息,暮天的号角已息,梧桐已落,西风不卷。苍茫大地,唯余秋色,唯余寂静,唯余寂寞,唯余一个无枝可依的孤零零的身影。

摊破浣溪沙

病起萧萧两鬓华,卧看残月上窗纱。豆蔻连梢煎熟水①,莫分茶②。

枕上诗书闲处好,门前风景雨来佳。终日向人多酝藉,木犀花③。

【注释】 ①豆蔻,一种药物,连枝梢而生。性温,去湿,和胃。熟水,用特殊方法制作的水。《事林广记别集》载:"夏月,凡造熟水,先倾百煎滚汤在瓶器内,然后将所用之物投入,密封瓶口,则香倍矣。"这里李清照是将豆蔻投入熟水煎制,香味倍增。②分茶,是一种煎茶的方式。《茶经·五之煮》载:"以竹筴环激汤心,则量末当中而下。有颇，势若奔涛溅沫。以所出水止之，而育其华也。凡酌，置诸碗，令沫饽均。沫饽，汤之华也。华之薄者曰沫，厚者曰饽，细轻者曰花，如枣花漂漂然于环池之上，又如回潭曲渚青萍之始生，又如晴天爽朗有浮云鳞然。其沫者如绿钱浮于水渭，又如菊英堕于樽俎之中。饽者，以滓煮之，及沸，则重华累沫皤皤然若积雪耳。"宋代，它流行于士大夫或贵族阶层，不但是一种生活方式，更是宋人追求淡雅之审美趣味的一种体现。③木犀花：即桂花。

【赏析】　此词或许是写于明诚病逝后，她大病初愈之际。或许是更晚的时候，在金华或是临安的某个大病初愈的日子。总之是在南渡之后。

经历了颠沛、离乱、毁誉、疾病种种无故加之的人生磨难后，她淬炼得更为精纯、淡定，有一种停止了向周围世界呼告诉求的大器。傲气仍然有，清气仍然有，只是不再那样咄咄逼人、炫目或张扬。她退回到世界的一角，像一朵散发着幽香的木犀花，终日向人多酝藉。观庭前花开花落，随天外云卷云舒。这是人生的"静"境。

这首词，写的是"静"。

多事之秋，多愁多病，是人之常情。不这样，你怎能感受得到人生的嶙峋？又怎么体味得到嶙峋过后渐次展开的柳暗花明？病中之静，有点禅意，有点悲欣交集。从某种意义上说，病，给人提供了悟静的因缘际遇。敏慧之人，才力丰赡之人，总能从中提炼出人生真味。

"病起萧萧两鬓华，卧看残月上窗纱。"病起，憔悴，但见萧萧两鬓，更加增添了苍凉的意味。病中的人往往很敏感脆弱，也做不了什么，只能躺下来，倚枕望天边残月慢慢地将银白色的月光铺洒在窗纱上。整个意境极为安静。

"豆蔻连梢煎熟水，莫分茶。"室内小火炉上正煎制着"豆蔻熟水"，药香随着水汽，满溢在空气中。缓缓沸腾的声音，一下一下，在寂静的室内显得分外清晰，这是以动写静。缠绵病榻，闻着药香，听着水沸腾的声音，这场景，多像昔日分茶的情形，此时却分不了茶。

疾病暂时将人拖离了红尘，避开喧嚣扰攘的人事，让心灵得一隅而偏安。那么，就这样吧。安心享受病中之静带来的别样情致，这便是下片的题旨。

"枕上诗书闲处好。"闲来无事，取一两卷诗书，随意翻阅。兴之所至，往往会读出平时见不到的好来。像在春外邂逅了佳人，别有风味。或是遇到了一位相视一笑莫逆于心的老友，携一壶老酒，与你对坐，细数别后的风尘。

"门前风景雨来佳。"雨在平时是恼人的，它阻了人与外界的联系，隔绝了一颗跃跃欲试喧腾不已的心。静卧病榻，倒感觉这雨别有一番滋味，像是特意为病中之人而设的。雨，消隐了一切色相和喧哗，让人不得不向内观望，不得不回归到自己的内心，体味内在的宁静。

窗外，没有人，只有一棵桂花枝。终日向人多酝藉，安安静静，不言不语。这安静中却有着不可忽视的丰富与高贵。那么，也好，就做一株木犀花吧。

这才是生命的品质或质地，是她病中的升华。

添字丑奴儿[①]

窗前谁种芭蕉树，阴满中庭[②]。阴满中庭，叶叶心心，舒卷有余情。

伤心枕上三更雨，点滴霖霪[③]。点滴霖霪，愁损北人[④]，不惯起来听。

【注释】　①添字丑奴儿：词牌名，又名《添字采桑子》。是在《丑奴儿》原调上下片的第四句各添二字，由原来的七字句，改组为四字、五字两句，把44个字的《丑奴儿》变成了48个字。②中庭：即庭中，庭院里。③霖霪（lín yín）：本为久雨，此处指接连不断的雨声。④北人：指被金国占领土地的北宋故地人。这里指词人自己。

【赏析】　年少的李清照和怯懦的李后主都想不到，悲哀寂寞和孤独会是他们后半生怎么也无法摆脱的噩梦。

都说李清照的不幸是随建炎三年（1129）其夫赵明诚病逝加剧的，而九月就有金兵南犯。李清照带着撕裂般的心痛和沉重的文物一路上沿着皇帝赵构逃亡的路线逃亡着。

赵构一路抱头鼠窜，经越州、明州、奉化、宁海、台州，直到温州。追随着国君一溜烟远去的方向，李清照一孤家寡人，自己雇船、求人、投亲、靠友，带着她和其夫一生搜集的文物在战火中苦苦坚守着。

这首《添字丑奴儿》写于温州。我们仿佛看见她站在战火四起的土地上，分外消瘦落寞的背影。惊魂未定中，她暂时安顿了下来。

窗前，那是谁种的芭蕉树呢？这看似无心的一问，却分明在提醒我们：她，只是一个客居异乡之人。一个独在异乡为异客的人，在孤寂的院子里转悠着。看见了什么呢？满院繁阴匝地。阴满中庭，阴满中庭，一个重叠，是在告诉我们这繁阴真是浓密得紧！密得让人透不过气，更显出小院的孤清来了。一个人，只有她一个人。在这孤清中能做些什么呢？看看那芭蕉，看着看着，那叶叶心心，舒卷着，仿佛脉脉含着情。

这世界上没有一个可共言语的人，没有一个人读懂她的心，除了这芭蕉叶，舒卷有余情。孤独啊，孤独，能与自己对话的，能懂得自己的，却偏偏是这本该无情也无语的生命！这个悖谬，这种景象，想想都让人揪心。

然而，这并不是完结。在词的下片中，孤独还在蔓延着，深化着。

时间，时间，时间碎如流水。就这样把晨坐成了昏，坐成了夜。而人从来就是被改变的，被淹没的。"伤心枕上三更雨"，夜已三更，仍是无眠，偏偏还有雨。点滴霖霪，点滴霖霪，一声声敲打着的，不只是芭蕉叶，还有词人那无处安放，无处着落的情绪与神经；这个重叠实际上也是把词人难挨的感觉量化了，拉长了，强化了。这种孤独，这种惶恐，压抑与沉闷，种种感觉，没有身陷生命泥淖中的人恐怕是难以体会的。困厄之中，孤独的辙仿佛要把人碾碎，一阵惊悚，蓦地坐起，好像这样能逃得开似的。"愁损北人，不惯起来听。"那种煎熬于水火当中的惶恐孤寂啊，到底要多大的力量才能反抗，才能打破？

这首词只是南渡后李清照生活的一瞥。这种折磨，这种情绪，这种情境，还要在今后的日子上演多少次？读一读她后来的词你就会明白。而她敏感的心偏偏不能麻木。真的无法把握，这个女人柔弱的身体里，到底流淌着多么激越的忧愤？到底要承受着多少家国之难所带来的孤独？我们不得不重新审视这个女人了。

郑振铎在《中国文学史》中评价说："她是独创一格的，她是独立于一群词人之中的。她不受别的词人的什么影响，别的词人也似乎受不到她的影响。她是太高绝一时了，庸才的作家是绝不能追得上的。"

其实，郑先生评价她高绝一时是指她作词的技巧。她的整个精神，又何尝不如是呢？天下莫柔弱于水，而攻坚强者莫之能胜。李清照，一个柔弱的女人，也是最坚强的女人。

南歌子[①]

天上星河转，人间帘幕垂。凉生枕簟泪痕滋[②]。起解罗衣聊问夜何其[③]。

翠贴莲蓬小，金销藕叶稀[④]。旧时天气旧时衣。只有情怀不似旧家时⑤!

【注释】 ①南歌子:词牌名,又名《南柯子》《春宵曲》等,双调五十二字,前后段各四句、三平韵。②枕簟(diàn):枕头和竹席。簟,竹席。③罗衣:指轻软丝织品制成的衣服。聊:姑且。夜何其:夜到了几更。④翠贴、金销:贴翠、销金,是服饰上的工艺。⑤情怀:心情。旧家:从前,当时的口语。

【赏析】 这首词依然是在失去明诚的漫漫长夜里,回忆,孤独。应是李清照后期作品。

"天上星河转,人间帘幕垂。"交代了时间,是在夜晚时分。人间帘幕低垂,万物归于寂静,归于安息,归于梦境。而她却在低垂着帘幕的夜里辗转不宁。

"凉生枕簟泪痕滋",凉自心里起,落在秋夜的枕簟上,落在她眼里泫然欲滴的那颗泪珠里。以往的她,并不爱哭。她知道明诚虽然不在身边,但还有希望,还有明天,总有归来的那天。不哭,是不想让他看见自己的脆弱。现在的她,却忍不住流下了眼泪。他走了,不再有归来的那天。眼泪只流给自己看,洗涮不了绝望,却让她知道,痛苦是真实的。

"起解罗衣聊问夜何其"。想着这难度的长夜,感到一种深宵旷野独行者的恐怯。轻解罗衣,不肯睡去,想挣破黑夜,走出去。想问问永夜,这个样子会要多久,何时才有天亮的时候?

长夜漫漫何时旦?让无数个被流放的灵魂说什么好呢?

下片从一件旧罗衣生出物是人非事事休的深沉感慨。

"翠贴莲蓬小,金销藕叶稀。"无处安放的灵魂,无处安放的目光,忽然定格在这件睡前放置在床边的那件旧罗衣上。隔着时光,衣服到底还是旧了,像瘦尽了的秋光。翠色的羽毛贴就的莲蓬有些干瘪,金色的丝线钩织的荷叶已经萧条,秋风不尽,秋心合成愁。恼人的秋,好像是旧时相识一样,不改冷漠与疏离。

读着这句"翠贴莲蓬小，金销藕叶稀"，有种不合时宜的艳异感觉。枯萎萧条的秋荷，偏偏又点缀上金翠的暖色，有些奇怪。忽然间我又有些明白，这是她在无尽黑夜与孤寂中，心头幻想出的一点暖，一点光。只是来得微妙，去得也快，只瞬间在心里微颤了一下。到底是个需要爱的女子。

有人说"翠贴莲蓬小，金销藕叶稀"不是写衣饰，而是写她自己的形貌，形容自己衣带渐宽人不悔，为他消得人憔悴。莲蓬是指脚，藕是指手臂。这样联想，也无不可。曼妙而形象的句子，总是开放的，激发出无尽的想象。

"旧时天气旧时衣。只有情怀不似旧家时！"天气还是那个天气，衣服还是那件衣服，都是旧的，都没有改变。只是自己的情怀，早已是桑田沧海，面目全非。

以两个不变来衬"情怀"的异变，此衬跌手法，尤见功力。刘熙载《艺概·词概》说："词之妙全在衬跌。如文文山《满江红·和王夫人》云'世态便如翻覆雨，妾身无是分明月'，《酹江月·和友人驿中言别》云'镜里朱颜都变尽，只有丹心难灭'，每二句若非上句，则下句之声情不出矣。"

"情怀不似旧家时"，是何情怀？

是琴瑟和鸣、高山流水的知音情怀，是相濡以沫、绸缪婉转的夫妻情怀，是安宁裕余、岁月静好的家乡情怀，是物阜民丰、雍容和雅的国家情怀。这一切，都成为过去了。国不是国，家不是家，人已离去，安得旧时情怀？

青玉案

　　一年春事都来几[①]，早过了、三之二。绿暗红嫣浑可事[②]。绿杨庭院，暖风帘幕，有个人憔悴。

　　买花载酒长安市[③]，又争似、家山见桃李[④]。不枉东风吹客泪。相思难表，梦魂无据，惟有归来是。

【注释】　①都来：算来，宋时口语。几：若干、多少。②浑可事：都是愉快的事。浑，全。可事，开心的事。③长安：本指唐朝长安，李清照词中指北宋开封汴京。④争似：怎像。家山：家乡的山，指故乡。唐钱起《送李栖桐道举擢第还乡省侍》："莲舟同宿浦，柳岸向家山。"

【赏析】　这首词充满了故国之思，故乡之念。应该是李清照南渡后晚年所作。

　　南渡后，南宋的都城临安其繁华不逊于汴京，以至于一干臣子忘记了靖康之耻，忘记了大金的铁蹄依旧在践踏着中华大地，并伺机消灭南宋。但李清照忘不了，她念着"南渡衣冠思王导，北来消息少刘琨"，她"至今思项羽，不肯过江东"，一身傲骨，胜过偏安一隅的须眉。在她的心中，只有汴京，是她的家，她的国，她一生为之梦萦魂牵的地方。

　　词之上片，伤春伤己。"一年春事都来几，早过了、三之二"，写出了一种惊觉时光匆匆的恍惚感，仿佛一直是浑然的状态，突然发现春天已经过去一大半了。以往的她，有着少女的情怀，会感叹"绿肥红瘦"，现在的她，旧情怀早已被国破家亡夫死、辗转漂泊无定消磨殆尽，"绿暗红嫣浑可事"。其实，她真正的意思并不是说绿暗红嫣都是乐事，都是春光，而是如今的她，早已没有善感的心境。一个憔悴的人，哪里会有心思赏花赏春，哪里有心情留意自然的花草阴晴，她的心是黯淡的，灰色的。

词之下片抒发故国故乡之思。"买花载酒长安市，又争似、家山见桃李"，在她心中，即使是在临安，买花载酒，一片欢畅，也比不上在汴京，那是她的家乡。他乡信美，终非吾土。家山的桃李虽然不起眼，朴素如一抔土，却远胜他国万两金和无尽的逍遥乐事。歇拍将压抑的情感，一下子倾泻出来，"相思难表，魂梦无据，惟有归来是"！说什么都没有用，也说不出来，像一个失魂的人，找不到可以依附的地方，该怎么办呢？只有归去！她知道，自己在临安，始终只是一个过客。不枉东风吹客泪，一个"客"字，亦然表明她心的方向。

殢人娇[①] 后庭梅花开有感

玉瘦香浓，檀深雪散。今年恨、探梅又晚。江楼楚馆[②]，云闲水远。清昼永，凭栏翠帘低卷。

坐上客来，尊前酒满。歌声共、水流云断。南枝可插[③]，更须频剪。莫直待西楼、数声羌管[④]。

【注释】 ①殢（tì）人娇：词牌名，一名《恣逍遥》。②江楼楚馆：泛指旅舍。③南枝：向阳的梅枝，最先发花，南方得阳气为先，早逢春。④西楼：指思妇住处。李清照有"雁子回时，月满西楼"之句，古典诗词中常用西楼表达相思离情，是一个典型意象。羌管：即羌笛。笛曲中有《梅花落》，甚为凄凉。

【赏析】 此词咏梅，为存疑词，从词风看，颇似易安风格。读完这首词，我终于长长吁了一口气。一直沉溺在回忆与思念中，活在过去，让我感觉有些压抑。我想，时间终归是强大的。慢慢地，她从回忆中向外走，虽然步子不那么坚定,甚至带着一种自我麻醉的意味。毕竟,她在尝试与当下握手言和,这样才能奔向未来的旅程。

上片写探梅又晚只能登楼远眺聊纾烦忧。

她眼中的梅一直与众不同。哪怕是瘦尽了春光,一枝嶙峋,绵绵不断滋味隽永的香,依然甚浓。春天,已经来了。可她又辜负了院里的那枝梅。现在去探望它,已经有些晚了。这样想着,虽没有立刻朝它奔去,还是走到了室外栏杆处,凭栏,远眺。

江楼楚馆,云闲水远。远远望去,有亭台楼阁隐现在江边。更远去,云卷云舒,漫游天外。山长水远,苍茫辽阔。

明诚去世后,她已经忘了与亲友相聚的滋味了。他走了,带走了她完整的世界。一个人在与世隔绝的境况下,祭奠着自己的过往,舔着自己的伤口,仿佛把整个世界都抛在了身后。

下片客来相聚,邀客赏梅。她也享受当下而不是一味沉溺在悲哀中。

"坐上客来,尊前酒满。"来了,就要敞开怀抱,尽情投入。这样的漂泊,这样的晚景,没有谁知道自己手中还握着多少个稳稳当当的明天、扎扎实实的快乐。来吧,把酒樽斟满,与君共饮三千场,不诉离殇。"歌声共,水流云断。"有酒,有歌,方能尽兴。急管繁弦,响遏行云,随水远逝,直到天边。读到这里,有种错觉。在这之前,从来没有见过她如此忘情的样子,更不像她淡泊清雅的风格。

"南枝可插,更须频剪。"心境变了,角度变了,所见也会跟着变。一念天堂,一念地狱。上半阕中她还说"今年恨,探梅又晚",这里又说"南枝可插,更须频剪"。还不算太晚,南边还有几枝可插,更须频频地剪了回来。从自我束缚的牢笼中解脱了出来,她想抓住眼前一切可供留恋的美好。"莫直待西楼、数声羌管。"悲凉的羌管之音,到底是实指还是虚指,不得而知。

无论是什么,她只想表达:抓住当下可以抓住的一切快乐,尽情享受,放开束缚。这种感觉,与她所写的"要来小酌便来休,未必明朝风不起"的心绪一致。

孤雁儿①

世人作梅词,下笔便俗。予试作一篇,乃知前言不妄耳。

藤床纸帐朝眠起②,说不尽无佳思。沈香断续玉炉寒③,伴我情怀如水。笛声三弄④,梅心惊破,多少春情意。

小风疏雨萧萧地,又催下千行泪。吹箫人去玉楼空,肠断与谁同倚⑤。一枝折得,人间天上,没个人堪寄⑥。

【注释】 ①孤雁儿:原名《御街行》。《古今词话》无名氏《御街行》词有"听孤雁声嘹唳"句,故更名《孤雁儿》。②藤床:藤条编织的床。纸帐:藤皮或茧纸做的帐子。③沉香:熏香的一种,又名沉水。玉炉:玉制的香炉或是香炉的代称。④三弄:即《梅花三弄》,古代笛曲名。乐曲的主调反复出现三次,故称"三弄"。⑤吹箫人去:用萧史和弄玉吹箫引凤又乘凤飞升的典故。《列仙传》:"萧史者,秦穆公时人也,善吹箫,能致孔雀、白鹤于庭。穆公有女字弄玉,好之。公遂以女妻焉。"词中指与之琴瑟和鸣的夫君赵明诚病逝。肠断:悲伤至极。《世说新语·黜免》:"桓公入蜀,至三峡中,部伍中有得猿子者,其母缘岸哀号,行百余里,不去,遂跳上船,至便即绝。破视其腹中,肠皆寸寸断。"⑥"一枝"句：化用陆凯《赠范晔》诗："折花逢驿使，寄与陇头人。江南无所有，聊赠一枝春。"后"折梅"代指赠别，和折杨柳送别一样，是古诗词中常用的一个意象。这里指其夫已逝，想赠却"没个人堪寄"，反用陆诗。

【赏析】 这应是李清照后期的作品，但并没有"凄凄惨惨戚戚"那样的刻骨之痛，而只是凄婉不胜，故似是其夫赵明诚逝后不久所作。

词的"小序"是很值得琢磨的。"世人作梅词"，如何就"下笔便俗"？词人"试作一篇"，如何就知其"前言不妄"，即她下笔便不俗？思忖再三，以下三点似应注意。

首先，说是"梅词"，实是写人。梅不是描摹的中心，不是主角。"笛声三弄，梅心惊破，多少春情意"、"一枝折得，人间天上，没个人堪寄"，它只负责把人特有的意绪、情思牵引出来，然后再被人握在手中，作为人的情思的寄托物出现。梅没有贯穿作品的始终，只断断续续，时隐时现，招之即来，挥之即去，来去全看词人心情、意绪的表达需要。全词的主旨只有一个，就是表现词人对亡夫刻骨铭心的思念和忆念，以及思而不得的孤独与凄凉。梅与人的关系，不是表与里、实与虚的关系，而是背景与中心、手段与意旨的关系。

其次，没有象征，只有心情。或者说，没有志，只有情。这里，梅没有作为傲霜者傲然挺立于词中。梅没有乐观，没有坚强，它只是一种征候的讯息。梅从人的社会化价值观中完全解脱了出来，被还原为自然之物。梅与人，梅品与人品，没有融合在一起，不是一而二、二而一，而是二是二、一是一，清清楚楚，清晰明了。这里解放了梅，轻舒了梅；梅的象征之重，一股脑儿全位移到了人的心里，转化为词人心情的沉重，让主人公去孤独地承受。借梅言志，往往是男性词人的事功之事；当然他们也有借梅言情的，但多是"男子作闺音"，有些隔，没有李清照的真切、细腻。

再次，没有欣然，只有凄楚。"梅心惊破"，生机顿现，使得孤苦的词人也起了许多的"春情意"。但紧接着,词人就把这刚起的情意给咽住了,"春情意"旋即化为了"千行泪"。这"千行泪"是谁"催下"的?难道真是"萧萧"的"小风疏雨"吗?表面上是,但实际上不是,而是开的梅。词人原不过是"无佳思"、"情怀如水",这时却陡然地要下泪、要"肠断"了。其原因,即是梅的出现:"一枝折得",却"人间天上,没个人堪寄"。斯人已去,天地永隔,一枝在手,却再也没有可寄之人、可寄之处了。这里,没有见到梅的欣然,即使有,也是一闪而过,片刻不留。梅最终反倒成了词人凄切苦楚心绪的触发者、催生者和施加者了。当然,梅本身是美的,是一点也没有错,词人自然也一点没有怨梅的意思,只是国破家亡、孑然飘零的命运遭际,太让她心神脆弱、易伤易感罢了。

所以,这里的梅不是别人的,是李清照自己的,是带有李清照浓重的身世色彩的。

同时,这首"梅词"也明显带有易安词的风格色彩,即语浅意深、本色当行。沈谦《填词杂说》说:"男中李后主,女中李易安,最是当行本色。"我们看,此词通篇所写,有一个生涩之词、晦涩之句也未?全篇一气贯通,直是白话,就连"笛声三弄"、"吹箫人去"、折梅赠远的典故,也被词人融化得如同口语了。

当然,辞是俗的,意却是不俗的。不俗的,还有词中写到的梅花,以及写梅的手法。(赵宇虹 郭红欣)

卷五　暮年

新荷叶[1]

薄露初零，长宵共、永昼分停[2]。绕水楼台，高耸万丈蓬瀛[3]。芝兰为寿，相辉映、簪笏盈庭[4]。花柔玉净，捧觞别有娉婷。

鹤瘦松青[5]，精神与、秋月争明。德行文章，素驰日下声名[6]。东山高蹈[7]，虽卿相、不足为荣。安石须起，要苏天下苍生[8]。

【注释】　①新荷叶：词牌名，又名《泛兰舟》，长调。②分停：平分。指寿主生辰恰好在秋分，此日昼夜平分，各十二小时。③蓬瀛：传说中海上有三座神山：方丈、蓬莱、瀛洲。此处比喻寿星家的亭台楼阁富丽堂皇，几能与神山相比，非人间凡品。④"芝兰"三句：意谓前来祝寿的人中，既有子侄辈，亦有身居高位者，使寿诞为之生辉。芝兰：香草，喻指诸子侄甚佳。《世说新语·言语》："谢太傅（指谢安）问诸子侄：'子弟亦何预人事，而正欲使其佳？'诸人莫有言者，车骑（指谢玄）答曰：'譬如芝兰玉树，欲使其生于阶庭耳。'"簪笏：官吏所用的冠簪和手板，这里指代众高官。⑤鹤瘦松青：鹤鸟寿长，松柏常青，一般以松鹤作为祝寿之辞，以喻寿主生命长青。⑥日下：古人用日比喻皇帝，帝所居之地即为日下，代指京都。典出《世说新语·排调》记载陆云（字士龙）与荀隐（字鸣鹤）相见，各自通报姓名。"陆举手云：'云间陆士龙。'荀答曰:'日下荀鸣鹤'。"⑦东山高蹈:陈祖美认为,此句一则以隐居会稽东山的晋人谢安比喻寿主;二则寿主晁补之家乡原籍齐州,即今山东一带。在宋朝,人们习惯地把齐州一带叫做东山、东郡或东州。当年苏轼称自己知密州为"赴东郡"或"知东州"。南渡后,李清照曾有诗句"欲将血泪寄山河,去洒东山一抔土","东山"即指其原籍今之山东。⑧"安石须起"二句:谢安,字安石。隐居后屡诏不仕,时人因言:"安石不肯出,将如苍生何!"苍生:指百姓。这里借"时人"希望谢安"东山再起",以喻寿主重出做官。

【赏析】 这首《新荷叶》是一首寿词。

和一般寿词大多歌功颂德、虚与委蛇不同,她在词中流露出自己的恳切。

上片,侧面烘托,渲染。寿宴的富丽堂皇,寿主的名高位显已尽在其中了。下片,正面抒写。写寿主德行品性,同时寄托了自己的殷切期望。

"薄露初零,长宵共、永昼分停。"分停,意为昼夜平分,各占十二小时。寿主生日当在秋分之际,薄露初零,秋高气爽,是个吉祥的好日子。

"绕水楼台,高耸万丈蓬瀛。"蓬瀛,是神话传说中的三神山之一,居住在岛上的都是长生的神仙。她说寿主所住的"绕水楼台"如同神山蓬瀛,宜人长生。既点明了寿主的居地有水有楼台,气势不凡,又说寿主如同神仙一般,一定是个长寿之人。

"芝兰为寿,相辉映、簪笏盈庭。"芝兰,喻寿主的弟子个个有品行,如芝兰玉树般。簪笏盈庭,则指所来祝寿之人,皆是朝中名望之士,非富即贵,挤满了庭堂。可见寿主是一个炙手可热的人物,其影响力非同一般。

"花柔玉净,捧觞别有娉婷。"寿主堂中迎奉嘉宾的歌儿侍女,柔艳娇美,娉婷多姿,亦非凡品。

词之上片,从时间到地点,从贤主到嘉宾,从门生弟子到歌儿舞女,无不围绕着"寿"字,处处突显了寿主非同一般的影响与地位。

"鹤瘦松青，精神与、秋月争明。德行文章，素驰日下声名。"此句谓寿主精神与秋月争明，内在修养高。德行文章驰名于京都，外在影响大，人缘佳。如此内外兼修之人，如今身在何处呢？

"东山高蹈，虽卿相、不足为荣。"如今寿主高蹈遁世，隐居林下，颇有当年谢安隐居东山的风范气质。"处江湖之远"，逍遥林下，就算是为卿为相者，也不及他的殊荣。"不足为荣"，也可以理解为寿主不以功名利禄为重，就算为卿为相，也不以为荣。他追求的是任性逍遥，淡泊自由。

"安石须起，要苏天下苍生。"安石，即谢安。史载，谢安隐居东山，朝命屡降而不动。后被征西大将军桓温请为司马时，中丞高崧对他开玩笑说："卿累违朝旨，高卧东山，诸人每相与言，安石不肯出，将如苍生何！苍生今亦将如卿何！"意思是，你几次抗旨，不出来做官，躲在东山游乐，人家拿你没有办法。你还是出来吧，苍生都盼着你"东山再起"。此处再用谢安典故，希望寿主出山，苏天下苍生，救国于存亡之际。

词之下片，从寿主的品性到德行，到济世之才，依次道来，典雅含蓄。虽有美誉，却不显矫情。尤其是"安石须起，要苏天下苍生"句，寄托了她对国计民生的深切关心，尤显恳切。

她的预言是正确的。仅仅一年之后，靖康二年（1127）二月，金人废黜宋徽宗、宋钦宗，北宋灭亡。三月，宋徽宗、宋钦宗二位皇帝及三千多赵氏宗室、大臣被金兵押往金国，备受凌辱。五月，赵构在南京称帝，建立南宋。

靖康之耻，将"以天下为己任"的宋代士人抛入了痛苦的深渊。面临着如此巨变，他们迷茫彷徨，在人生的十字路口上，做出不同的选择。或在纷乱的现实中，陷入对故国往事的沉痛回忆，"试问乡关何处是，水云浩荡迷南北。"或壮怀激烈，奋起反抗，"待从头，收拾旧山河，朝天阙。"或不问世事，隐逸林中以自全，"唤取扁舟归去，与君同。"

时代风雨在李清照的词中并没有太多反映，早年她与赵明诚深陷于金石文物的世界中。他们想远离政治，远离旋涡，可政治仍然会影响他们，甚至是改变他们的人生轨迹。这一切，无人能躲得过。

武陵春①

风住尘香花已尽，日晚倦梳头。物是人非事事休，欲语泪先流。

闻说双溪春尚好②，也拟泛轻舟③。只恐双溪舴艋舟④，载不动许多愁。

【注释】 ①武陵春：词牌名。多本有副题作"春晚""春暮"，亦有本题作"春晓"。②双溪：水名，在浙江金华，是唐宋时有名的游览胜地。有东港、南港两水汇于金华城南，故曰"双溪"。③也拟：也想、也打算。④舴艋（zé měng）：小舟，两头尖如蚱蜢。

【赏析】 这首词是宋高宗绍兴五年（1135）作者避难浙江金华时所作，当年她五十三岁。那时，她已处于国破家亡之中，亲爱的丈夫死了，珍藏的文物大半散失了，自己也流落异乡，无依无靠，所以词情极其悲苦。

首句写当前所见，本是风狂花尽，一片凄清，但却避免了从正面描写风之狂暴、花之狼藉，而只用"风住尘香"四字来表明这一场小小灾难的后果，则狂风摧花，落红满地，均在其中，出笔极为蕴藉。而且在风没有停息之时，花片纷飞，落红如雨，虽极不堪，尚有残花可见；风住之后，花已沾泥，人践马踏，化为尘土，所余痕迹，但有尘香，则春光竟一扫而空，更无所有，就更为不堪了。所以，"风住尘香"四字，不但含蓄，而且由于含蓄，反而扩大了容量，使人从中体会到更为丰富的感情。次句写由于所见如彼，故所为如此。日色已高，头犹未梳。虽与《凤凰台上忆吹箫》中"起来慵自梳头"语意全同，但那是生离之愁，这是死别之恨，深浅自别。

三、四两句，由含蓄而转为纵笔直写，点明一切悲苦，由来都是"物是人非"。而这种"物是人非"，又决不是偶然的、个别的、轻微的变化，而是一种极为广泛的、剧烈的、带有根本性的、重大的变化，无穷的事情、无尽的痛苦，都在其中，故以"事事休"概括。这，真是"一部十七史，从何说起？"所以正要想说，眼泪已经直流了。

前两句，含蓄；后两句，真率。含蓄，是由于此情无处可诉；真率，则由于虽明知无处可诉，而仍然不得不诉。故似若相反，而实则相成。

上片既极言眼前景色之不堪、心情之凄楚，所以下片便宕开，从远处谈起。这位女词人是最喜爱游山玩水的。据周煇《清波杂志》所载，她在南京的时候，"每值天大雪，即顶笠、披蓑，循城远览以寻诗"。冬天都如此，春天就可想而知了。她既然有游览的爱好，又有须要借游览以排遣的凄楚心情，而双溪则是金华的风景区，因此自然而然有泛舟双溪的想法，这也就是上一首所说的"多少游春意"。但事实上，她的痛苦是太大了，哀愁是太深了，岂是泛舟一游所能消释？所以在未游之前，就又已经预料到愁重舟轻，不能承载了。设想既极新颖，而又真切。下片共四句，前两句开，一转；后两句合，又一转；而以"闻说"、"也拟"、"只恐"六个虚字转折传神。双溪春好，只不过是"闻说"；泛舟出游，也只不过是"也拟"，下面又忽出"只恐"，抹杀了上面的"也拟"。听说了，也动念了，结果呢，还是一个人坐在家里发愁罢了。

王士禛《花草蒙拾》云："'载不动许多愁'与'载取暮愁归去'、'只载一船离恨向西州'，正可互观。'双桨别离船，驾起一天烦恼'，不免径露矣。"这一评论告诉我们，文思新颖，也要有个限度。正确的东西，跨越一步，就变成错误的了；美的东西，跨越一步，就变成丑的了。像"双桨"两句，又是"别离船"，又是"一天烦恼"，惟恐说得不清楚，矫揉造作，很不自然，因此反而难于被人接受。所以《文心雕龙·定势篇》说："密会者以意新得巧，苟异者以失体成怪。""巧"之与"怪"，相差也不过是一步而已。李后主《虞美人》云："问君能有几多愁？恰似一江春水向东流。"只足以水之多比愁之多而已。秦观《江城子》云："便做春江都是泪，流不尽、许多愁。"则愁已经物质化，变为可以放在江中，随水流尽的东西了。李清照等又进一步把它搬上了船，于是愁竟有了重量，不但可随水而流，并且可以用船来载。董解元《西厢记诸宫调》[仙吕·点绛唇缠令·尾]云："休问离愁轻重，向个马儿上驼（驮）也驼[驮]不动。"则把愁从船上卸下，驮在马背上。王实甫《西厢记》杂剧[正宫·端正好·收尾]云："遍人间烦恼填胸臆，量这些大小车儿如何载得起。"又把愁从马背上卸下，装在车子上。从这些小例子也可以看出文艺必须有所继承，同时必须有所发展的基本道理来。

这首词的整个布局也有值得注意之处。欧阳修《采桑子》云："群芳过后西湖好，狼藉残红，飞絮蒙蒙，垂柳栏干尽日风。笙歌散尽游人去，始觉春空，垂下帘栊，双燕归来细雨中。"周邦彦《望江南》云："游妓散，独自绕回堤。芳草怀烟迷水曲，密云衔雨暗城西，九陌未沾泥。桃李下，春晚未成蹊。墙外见花寻路转，柳阴行马过莺啼，无处不凄凄。"作法相同，可以类比。谭献《复堂词话》批欧词首句说："扫处即生。"这就是这三首词在布局上的共有特点。扫即扫除之扫，生即发生之生。从这三首的第一句看，都是在说以前一阶段情景的结束，欧、李两词是说春光已尽，周词是说佳人已散。在未尽、未散之时，芳菲满眼，花艳惊目，当然有许多动人的情景可写，可是在已尽、已散之后，还有什么可写的呢？这样开头，岂不是把可以写的东西都扫除了吗？及至读下去，才知道下面又发生了另外一番情景。欧词则写暮春时节的闲淡愁怀，周词则写独步回堤直至归去的凄凉意绪，李词则写由风住尘香而触发的物是人非的深沉痛苦。而这些，才是作家所要表现的，也是最动人的部分，所以叫做"扫处即生"。这好比我们去看一个多幕剧，到得晚了一点，走进剧场时，一幕很热闹的戏刚刚看了一点，就拉幕了，却不知道下面一幕内容如何，等到再看下去，才发现原来自己还是赶上了全剧中最精彩的高潮部分。任何作品所能反映的社会人生都只能是某些侧面。抒情诗因为受着篇幅的限制，尤其如此。这种写法，能够把省略了的部分当作背景，以反衬正文，从而出人意外地加强了正文的感染力量，所以是可取的。（沈祖棻）

渔家傲

天接云涛连晓雾，星河欲转千帆舞。仿佛梦魂归帝所。闻天语，殷勤问我归何处。

我报路长嗟日暮①，学诗谩有惊人句②。九万里风鹏正举③。风休住，蓬舟吹取三山去④！

【注释】 ①我报路长嗟（jiē）日暮：路长，隐括屈原《离骚》："路曼曼其修远兮，吾将上下而求索"之意。日暮，隐括屈原《离骚》"欲少留此灵琐兮，日忽忽其将暮"之意。②学诗谩有惊人句：隐括杜甫"语不惊人死不休"句。谩有：空有。③九万里：《庄子·逍遥游》中说大鹏乘风飞上九万里高空。鹏：古代神话传说中的大鸟。④蓬舟：像蓬蒿被风吹转的船。古人以蓬根被风吹飞，喻飞动。三山：《史记·封禅书》记载：渤海中有蓬莱、方丈、瀛洲三座仙山，相传为仙人所居住，可以望见，但乘船前往，临近时就被风吹开，终无人能到。

【赏析】 这首词记梦，又以记梦写游仙，题材非常特殊。词写自己的胸襟豪迈、志向远大，以及在现实中所遭受的压抑，通过梦游太虚、谒见天帝来抒写现实中的内心苦闷，并表露出自我的倔强追求。此时的李清照，有痛苦压抑，更多的是自强不息。

今夜的梦境是奇特的，天空中弥漫着云涛与晓雾，变成了云雾蒙蒙的朦胧世界。在恍惚之中，词人已经置身于天上银河如此一个虚无飘渺的神话世界里，迷蒙的银河中闪烁的群星如同挂满篷帆的航船，点点片片飞舞。词人的梦魂似乎就是乘此"星帆"进入天帝的居所，受到天帝的热情接待。天帝的殷勤问语，表明词人是天上"谪仙"似的人物，是天之骄子。事实上，这还是李清照自信、自强个性的流露。李清照自视甚高，人称李白为"谪仙"，李清照就是以此自拟的。"归何处"的问语，又流露出李清照在现实世界中的迷惘彷徨。今夜星河弥漫的浓浓云雾，似乎又成为现实世界的一种投影。现实人生路途漫漫，暮色沉沉，云雾重重。李清照在庞大的现实阴影下奋力地挣扎，但世乏知音，"学诗谩有惊人句"，孤独寂寞感油然而生。这是脱落了少女、少妇时代的天真无邪、单纯幼稚之后的人生感受，其中凝聚着词人丰富的人生阅历，充满着现实生活中频遭挫折的悲剧感。李清照34岁以前，多数时间都与赵明诚生活在一起，夫妻恩爱，相依相偎，心头没有如此多的愁苦，也不会有这样的挫折感产生。这首词应该作于此后。倔强的李清照并不甘心在这种寂苦中沉默，而是依恃天帝的鼓励，如鲲鹏展翅，欲乘风高飞远举，奔向理想中的"三山"仙境。李白说："大鹏一日同风起，抟摇直上九万里。"（《上李邕》）李清照就是有李白那样开阔的胸襟、强烈的自信，以及卓然于世俗之上的优越感。后人以李清照比拟李白，两者之间在个性方面也有极其相似的地方。李白孤傲狂放，不顾世俗。然而他自比鲲鹏之后，心里尚且有点不安，还要特别告戒李邕说："时人见我恒殊调，见余大言皆冷笑。宣父犹能畏后生，丈夫未可轻年少。"作为一女子，李清照有胆量拿鲲鹏自比，这一份自信和倔强，此时恐怕李白也不能与之相比。梦境中的天帝，其实就是李清照自强不息的个性，支撑着她永不向命运之神低头。

南渡之后的李清照，国破家亡，丈夫去世，孤独一身，晚景凄凉。又受到再婚与离婚的打击，频频遭受世人冷眼，心境趋于灰冷，再也没有"九万里风鹏正举"的豪情和自信。所以，可以推测这首词也不可能作于南渡之后。将这首词系年于青州屏居之后与赵明诚长期离别、乃至产生猜疑矛盾这一时期，在理解上就顺理成章。李清照既感受到现实挫折的压力，有了愁苦难言之意，又充满了自信，对未来仍然抱有很高的期望。这正是年近不惑的李清照所特有的心态。（诸葛忆兵）

转调满庭芳①

芳草池塘，绿阴庭院，晚晴寒透窗纱。玉钩金锁，管是客来唦②。寂寞尊前席上，惟□□海角天涯。能留否？酴醾落尽③，犹赖有梨花。

当年曾胜赏，生香熏袖，活火分茶④。□□龙骄马，流水轻车。不怕风狂雨骤，恰才称煮酒残花。如今也，不成怀抱，得似旧时那⑤？

【注释】　①转调满庭芳：词牌名，《满庭芳》的变调。王学初：《转调满庭芳》，宋词常有于调名上加"转调"二字者，如《转调蝶恋花》《转调二郎神》《转调丑奴儿》《转调踏莎行》《转调贺圣朝》等等。此词原文多数版本有阙字。②玉钩金锁（suǒ）：玉钩原版为阙文，应是馆臣臆补，玉钩金锁与下句不甚相连。锁：古代同锁。管是：准是，定是。唦（shā）：宋人口语，语助词。③酴醾（tú mí）：或作"荼蘼"，一种春末开的花，有"开到荼蘼花事了"的诗句。④活火：带火苗的火。分茶：以茶匙取茶水注入盏中，是宋人品茶的一道工艺。⑤得似：哪得似。那：语助词。

【赏析】　写这首词的时候，李清照已经六十多岁了，客居江南已久，凄苦寂寞，旁人断难体会。

它并不是李清照暮年的代表作，流传当中，文有缺遗，现在我们看到的这首相对完整的词，很可能是馆阁之臣根据词境增添而成。

此词依旧在诉说着不胜今昔之慨、飘零之苦和对故国的怀念。

"芳草池塘，绿阴庭院，晚晴寒透窗纱。"寥寥几笔，清简有致，交代了时间和地点。春天的傍晚时分，一缕夕阳透过了窗纱。她一个人静静地坐着，坐在有芳草池塘的绿阴庭院里。安静得像一株长在春光里的植物。

"玉钩金锁，管是客来唦。"这句有点奇怪。也许是真实的，有客来访，挑起了玉钩金锁，打破了原有的岑寂。也许是一种幻觉，她陷入了沉思当中，恍然间一点风吹草动，让她误以为客人来了。我宁愿相信，这是她的幻觉，更显出她境况的凄清。

那么"寂寞尊前席上，惟愁海角天涯"是真实还是想象？其实并不重要。真实也好，想象也罢，尊前席上的浩歌狂热也掩盖不了她内心的寂寞。众人皆醉我独醒，众声喧哗我却独自沉默，这才是无药可解的孤独。她始终无法融入进去，始终没有找到一种可以称为"家"的感觉。近在咫尺又如何，心若不在，皆成天涯。人在江南，心在北国，她愁的是自己永远在海角天涯。一个没有家的人，始终郁郁寡欢，敏感而脆弱。

一切美好不可抗地逝去了，她带着怜惜，还有几分乞求，问春："你能留下来么？"酴醾已落尽，我无话可说，还能留下梨花么？或是，酴醾已落尽，幸好还有梨花。一切美好之逝去，都带着悲剧色彩。芳华如此，青春如此，旧梦如此。以往的一切不可复得，就连最狂热最坚贞的爱情，也遗落在风尘中。

只能在回忆中追寻，下片自然转入到回忆之中。

"当年曾胜赏，生香熏袖，活火分茶。"踏雪觅诗、赌书泼茶、熏香饮酒，哪一件不是雅事？和有情人在一起，哪一刻不是至乐？游龙骄马，流水轻车，哪一天不是节日？哪怕是狂风暴雨，也可煮着残酒欣赏风雨过后的残花。一切，都成了曾经，都成了渺不可及的回忆。

现在的她，再到哪里寻找旧时的怀抱！

我常常在想，她要表达的是什么。活火分茶、生香熏袖，这样的雅事不是没有，临安虽比不得汴京，却也有着江南的柔媚旖旎和无可比拟的富庶繁华。回不去的，不是旧日的繁华，是旧时的情怀。临安虽好，怎抵得上有故事的汴京？

她的暮年几乎都是在临安度过的，几近二十年（若以73岁去世计）。二十年并不短，她却怎么也找不到故乡的感觉。念念不忘的一直是故国、故乡。无论走多远，故乡如影随形，它是根。离开了它，无情可系，只能成漂泊。

声声慢[①]

寻寻觅觅，冷冷清清，凄凄惨惨戚戚。乍暖还寒时候，最难将息[②]。三杯两盏淡酒，怎敌他、晚来风急[③]？雁过也，正伤心，却是旧时相识。

满地黄花堆积。憔悴损，如今有谁堪摘？守着窗儿，独自怎生得黑[④]？梧桐更兼细雨，到黄昏、点点滴滴。这次第，怎一个愁字了得[⑤]！

【注释】 ①声声慢：词调名，又名《胜胜慢》《神光曲》《寒松叹》《凤求凰》。②乍暖还（huán）寒：指秋天的天气，忽然变暖，又转寒冷，冷暖只在转瞬间。将息：旧时方言，休养调理之意。③晚来：有些版本作"晓来"，俞平伯、唐圭璋、吴小如等持此意见。大多数版本是"晚来"。取"晓来",则词所写是从早上到黄昏一天的时间。取"晚来",则只是"黄昏"这一时段的感受。二说皆通。④怎生:怎样的。生:语助词。⑤这次第:这光景、这情形。

【赏析】　宋钦宗靖康二年(1127),女真族建立的金国攻陷北宋首都汴京,汉族政权南迁。这一重大的政治事件在非常广阔的范围内影响了当时各阶层人民的生活,对于文学,同样产生了非常深刻的影响。李清照词,也以这一重大政治事件为界线,在其前后明显地有所不同。虽然她对于词的创作,具有传统的看法,因而把她所要反映的严肃重大的题材和主题只写在诗文里,但她和当时多数人所共同感到的国破家亡之恨、离乡背井之哀,以及她个人所独自感到的既死丈夫、又无儿女、晚年块然独处、辛苦艰难的悲痛,却仍然使得她的词的境界比前扩大,情感比前深沉,成就远远超出了一般女作家的和她自己早期的以写"闺情"为主要内容的作品。

这首词是她南渡以后的名篇之一。从词意看,当做于赵明诚死后。通篇都写自己的愁怀。她早年的作品也写愁,但那只是生离之愁、暂时之愁、个人之愁,而这里所写的则是死别之愁、永恒之愁、个人遭遇与家国兴亡交织在一处之愁,所以使人读后,感受更为深切。

起头三句,用七组叠字构成,是词人在艺术上大胆新奇的创造,为历来的批评家所激赏。如张端义《贵耳集》云:"此乃公孙大娘舞剑手。本朝非无能词之士,未曾有一下十四叠字……后叠又云'梧桐更兼细雨,到黄昏点点滴滴',又使叠字,俱无斧凿痕。"张氏指出其好处在于"无斧凿痕",即很自然,不牵强,当然是对的。元人乔吉《天净沙》云:"莺莺燕燕春春,花花柳柳真真。事事风风韵韵,娇娇嫩嫩,停停当当人人。"通篇都用叠字组成。陆以湉《冷庐杂识》就曾指出:"不若李之自然妥帖。"《白雨斋词话》更斥为"丑态百出"。严格地说,乔吉此曲,不过是文字游戏而已。

但说此三句"自然妥帖","无斧凿痕",也还是属于技巧的问题。任何文艺技巧,如果不能够为其所要表达的内容服务,即使不能说全无意义,其意义也终归是有限的。所以，它们的好处实质上还在于其有层次、有深浅，能够恰如其分地、成功地表达词人所要表达的难达之情。

"寻寻觅觅"四字，劈空而来，似乎难以理解，细加玩索，才知道它们是用来反映心中如有所失的精神状态。环境孤寂，心情空虚，无可排遣，无可寄托，就像有什么东西丢掉了一样。这东西，可能是流亡以前的生活，可能是丈夫在世的爱情，还可能是心爱的文物或者什么别的。它们似乎是遗失了，又似乎本来就没有。这种心情，有点近似姜夔《鹧鸪天》所谓"人间别久不成悲"。这，就不能不使人产生一种"寻寻觅觅"的心思来。只这一句，就把她由于敌人的侵略、政权的崩溃、流离的经历、索漠的生涯而不得不担承的、感受的、经过长期消磨而仍然留在心底的悲哀，充分地显示出来了。心中如有所失，要想抓住一点什么，结果却什么也得不到，所得到的，仍然只是空虚，这才如梦初醒，感到"冷冷清清"。四字既明指环境，也暗指心情，或者说，由环境而感染到心情，由外而内。接着"凄凄惨惨戚戚"，则纯属内心感觉的描绘。"凄凄"一叠，是外之环境与内之心灵相连接的关键，承上启下。在语言习惯上，凄可与冷、清相结合，也可以与惨、戚相结合，从而构成凄冷、凄清、凄惨、凄戚诸词，所以用"凄凄"作为由"冷冷清清"之环境描写过渡到"惨惨戚戚"之心灵描写的媒介，就十分恰当。由此可见，这三句十四字，实分三层，由浅入深，文情并茂。

"乍暖"两句，本应说由于环境不佳，心情很坏，身体也就觉得难以适应。然而这里不说境之冷清，心之惨戚，而独归之于天气之"乍暖还寒"。"三杯"两句，本应说借酒浇愁，而愁仍难遣。然而这里也不说明此意，而但言淡酒不足以敌急风。在用意上是含蓄，在行文上是腾挪，而其实仍是上文十四叠字的延伸，所谓情在词外。

"雁过也"三句，将上文含情未说之事，略加点明。正是在这个时候，一群征雁，掠过高空。在急风、淡酒、愁绪难消的情景中，它们的蓦然闯入，便打破了当前的孤零死寂，使人不无空谷足音之感，但这感，却不是喜，而是"伤心"。因为雁到秋天，由北而南，作者也是北人，避难南下，似乎是"旧时相识"，因而有"同是天涯沦落人"之感了。《漱玉词》写雁的有多处，以此与她早年所写《一剪梅》中的"云中谁寄锦书来？雁字回时，月满西楼"以及南渡前所写《念奴娇》中的"征鸿过尽，万千心事难寄"对照，可以看出，这两首虽也充满离愁，但那离愁中却是含有甜蜜的回忆和相逢的希望的，而本词则表现了一种绝望，一种极度的伤心。

过片直承上来，仰望则见辽天过雁，俯视则满地残花。菊花虽然曾经开得极其茂盛，甚至在枝头堆积起来，然而现在又却已经憔悴了。在往年，一定是要在它盛开的时候，摘来戴在头上的，而现在，又谁有这种兴会呢？

急风欺人，淡酒无用，雁逢旧识，菊惹新愁，所感所闻所见，无往而非使人伤心之事，坐在窗户前面，简直觉得时间这个东西，实在坚固，难以磨损它了。彭孙遹《金粟词话》云："李易安'被冷香消新梦觉，不许愁人不起'，'守着窗儿，独自怎生得黑'，皆用浅俗之语，发清新之思，词意并工，闺情绝调。"所论极是。这个"黑"字，是个险韵，极其难押，而这里却押得既稳妥，又自然。在整个宋词中，恐怕只有辛弃疾《贺新郎》中的"马上琵琶关塞黑"一句，可以与之媲美。

"梧桐"两句是说，即使挨到黄昏，秋雨梧桐，也只有更添愁思，暗用白居易《长恨歌》"秋雨梧桐叶落时"意。"细雨"的"点点滴滴"，正是只有在极其寂静的环境中"守着窗儿"才能听到的一种微弱而又凄凉的声音；而对于一个伤心的人来说，则它们不但滴向耳里，而且滴向心头。整个黄昏，就是这么点点滴滴，什么时候才得完结呢？还要多久才能滴到天黑呢？天黑以后，不还是这么滴下去吗？这就逼出结句来：这许多情况，难道是"一个愁字"能够包括得了的？（"这次第"犹言这种情况，或这般光景，宋人口语。）文外有多少难言之隐。

此词之作，是由于心中有无限痛楚抑郁之情，从内心喷薄而出，虽有奇思妙语，而并非刻意求工，故反而自然深切动人。陈廷焯《云韶集》说它

"后幅一片神行,愈唱愈妙"。正因为并非刻意求工,"一片神行"才是可能的。(沈祖棻)

永遇乐

落日熔金,暮云合璧,人在何处。染柳烟浓,吹梅笛怨①,春意知几许。元宵佳节,融和天气,次第岂无风雨②。来相召、香车宝马③,谢他酒朋诗侣。

中州盛日④,闺门多暇,记得偏重三五⑤。铺翠冠儿,捻金雪柳⑥,簇带争济楚⑦。如今憔悴,风鬟霜鬓,怕见夜间出去。不如向、帘儿底下,听人笑语。

【注释】 ①吹梅笛怨:梅,指乐曲《梅花落》,声调哀怨。②次第:转眼。③香车宝马:这里指贵族妇女所乘坐的、雕镂工致装饰华美的车驾。④中州:即中土、中原。这里指北宋的都城汴京,今河南开封。⑤三五:十五日。此处指元宵节。⑥铺翠冠儿:以翠羽装饰的帽子。雪柳:雪白如柳叶之头饰;以素绢和银纸做成的头饰。均是北宋元宵节妇女时髦的妆饰品。⑦簇带:簇,聚集。带即戴,加在头上谓之戴。济楚:美好、漂亮。两词都是宋时方言。此句指在头上插戴各种饰物,盛装打扮,元宵出游。

【赏析】 这首词是作者晚年流寓临安(今浙江杭州)时某一年元宵节所写。上片写今,写当前的景物和心情;下片从今昔对比中见出盛衰之感。

它以两个四字对句起头。所写是傍晚时分的"落日""暮云",本很寻常,但以"熔金""合璧"来刻画它们,就显出日光之红火、云彩之鲜洁,并且暗示出入夜以后天色必然晴朗,正好欢度佳节的意思。

"人在何处?"突以问语承接。此"人"字,注家或以为是指她死去的丈夫,即王维《九月九日忆山东兄弟》中"每逢佳节倍思亲"之意。但从全篇布局乃是今之临安与昔之汴京对比来看,则"人"字似应指自己,"何处'则指临安。分明身在临安,却反而明知故问"人在何处",就更加反映出她流落他乡、孤独寂寞的境遇和心情来,而下文接写懒于出游,就使人读之怡然理顺了。如果在上文、下文都是景语的情况下,中间忽然插一句问话:"我那心爱的人现在在什么地方呢?"问过以后,就搁置一边,再也不提,这,不但于情理上说不过去,就是在文理上也说不过去。

"染柳"两句,仍是写景,但起两句是写傍晚之景,是属于一天之中的某段时间;这两句是写初春之景,是属于一年之中的某个季节,所以并不犯重。元宵节是正月十五日,正在初春,有时春来得迟,天还很冷,但今年不但晴朗,而且暖和,大有春意,这就更为可喜。初春柳叶刚刚出芽,略呈淡黄色,但由于烟雾的渲染,柳色似也很深,故曰"染柳烟浓"。梅花开得最早,这时开始凋谢,而笛谱有《梅花落》曲,故李白《听黄鹤楼上吹笛》云:"一为迁客去长沙,西望长安不见家。黄鹤楼中吹玉笛,江城五月落梅花。"作者流徙异乡,怀念旧京,见梅之凋落,而思及李诗,故曰"吹梅笛怨"。接以"春意知几许",则是对春之早、景之妍的赞叹之词。

这样一来,她是不是又有"多少游春意"呢?然而,也许年龄更老、忧患更深了吧,她这回却产生了另外一种想法:尽管今天的天气如此之好,难道转眼之间,就不会刮风下雨吗?("次第"在这里是转眼的意思,与前面"这次第"的意思有别。)这就显示了她历尽沧桑之后,对于一切都感到变幻难测,因而顾虑重重的心理状态。既然如此存心,对于一些贵妇人来邀请她出去游赏和赋诗饮酒,当然就只能婉言谢绝了。(李清照晚年社会地位、经济情况都一落千丈,但仍然和一些上层人士有交往,绍兴十三年[公元1143年],她还曾代亲戚中的一位贵妇人撰《端午帖子词》进献朝廷,可证。)

下片分两层：前六句忆昔，后五句伤今。"中州"以下，从眼前的景物和心情，想到汴京沦陷以前的繁华世界。那时节，不但社会显得繁荣，自己也很闲空，对每年的元宵是十分重视的。(《古诗十九首》之十七："三五明月满，四五蟾兔缺。"三五，指十五日；四五，指二十日。) 由于"多暇"，所以头上戴着翡翠冠子，还插上应景的首饰，插戴得十分漂亮，才出门游赏。("铺"，嵌镶。"翠"，指翡翠鸟的羽毛。) "冠儿"，即冠子，一种女式帽。"拈金雪柳。"据《武林旧事》记述"元夕节物：妇女皆戴珠翠闹蛾，玉梅雪柳。"只知是一种妇女头饰，形制不详。"簇带"，插戴或装饰。"济楚"，漂亮)。可是，现在呢，完全不同了。所以"如今"以下，又转回眼前。人，憔悴了，蓬头散发的，谁还愿意"夜间出去"呢，还"不如向、帘儿底下，听人笑语"算了。这一结，不但有今昔盛衰之感，还有人我苦乐之别，所以更觉凄黯。

李清照晚年的词，非常具体地、生动地反映了她精神生活方面的变化，而对于她物质生活的变化，则涉及很少。这首词却给我们透露了一些。首先是她说"中州盛日，闺门多暇"，这就反证了南渡暮年，闺门少暇。归来堂中的赌书泼茶，建康城上的戴笠寻诗，恐怕早已被琐屑的家务劳动代替了。由于贫困，不能不亲自操作，就忙了起来，这是可推而知之的。其次是她说"向帘儿底下，听人笑语"，这决不是住在深宅大院、有重重门户的大户人家所可能，也决不是上层妇女的行为。只有一般市民，居宅浅狭，开门见街，妇女才有垂下帘子看街上动静和听行人说话的习惯。而她竟然也是如此，则其生涯之潦倒，就更可想见了。

宋末刘辰翁曾和此词，小序云："余自乙亥上元，诵李易安《永遇乐》，为之涕下。今三年矣。每闻此词，辄不自堪，遂依其声，又托之易安自喻，虽辞情不及，而悲苦过之。"乙亥是公元1275年，到1279年，南宋就亡了。刘辰翁正是从这首词中即小见大，即从其所写的个人过元宵节时的今昔之感，看到国家的兴亡、广大人民丧乱流离的痛苦的。(沈祖棻)

卷六　存疑词

忆少年

疏疏整整，斜斜淡淡，盈盈脉脉。徒怜暗香句，笑梨花颜色。

羁马萧萧行又急。空回首、水寒沙白。天涯倦牢落，忍一声羌笛。

【赏析】　此词误署为李清照所作，从词风和词境上看，皆与易安气质不太相符。词也是咏梅，前面几个叠字，意韵衔接并不高明，无非是刻画梅之态。全词借梅写羁旅天涯的哀愁。李清照晚年流寓临安，时时以身在天涯自许，在她的心里，汴京才是精神上和实质上的故乡，临安只是他乡，而她，也只是一个过客，一个游子。从这个角度看，此词的意境与她晚年的心绪有些暗合之处。或许这也是误署的原因之一吧。

春光好

看看腊尽春回，消息到、江南早梅。昨夜前村深雪里，一朵先开。

盈盈玉蕊如裁。更风清、细香暗来。空使行人肠欲断，驻马徘徊。

【赏析】 此词为无名氏所作，误署为李清照。这首词咏梅，但整个意境和题旨未脱前人窠臼，无非写梅之不畏严寒的坚贞和暗香浮动的清雅。从这个角度来看，倒也贴合李清照的个性。但李清照的咏梅词，更带个性主观色彩，除上述品质之外，其笔下的梅更有一种孤标的清傲之气和超拔于流俗之上的自信，这是李清照个性中一般女子所不能及的地方。故而，其梅正如其人。

玉楼春

腊前先报东君信，清似龙涎香得润。黄轻不肯整齐开，比着江梅仍更韵。

纤枝瘦绿天生嫩，可惜轻寒摧挫损。刘郎只解误桃花，惆怅今年春又尽。

【赏析】 这也是一首咏物词，对象应是腊梅花。上阙写腊梅之香，之韵。下片写腊梅禁不住轻寒挫损，随着春色渐深，它也该退出舞台了。全词从写法上，倒是和李清照的其他几首咏物词颇为类似，有声色态的描摹，有韵度气质的渲染。但词中的腊梅，没有属于自己独有的精神气质，除了借梅感叹春光易逝而外，缺少个性。这的确不像李清照笔下其他的梅。

河传 梅影

香苞素质,天赋予、倾城标格。应是晓来,暗传东君消息。把孤芳,回暖律。

寿阳粉面增妆饰。说与高楼,休更吹羌笛。花下醉赏,留取倚阑干,斗清香、添酒力。

【赏析】 此词存疑,或为无名氏之作。因为李清照爱梅写梅之词多,一些与梅有关的无名氏之作也归到她的名下。这首词上片直言梅之倾城标格和它孤芳傲春的气质。下片借与梅有关的几个典故,传达了一种淡淡的愁绪。结拍以赏梅作结。从意绪上看,表达的题旨不很鲜明,也不集中,缺少内在的情绪逻辑,似乎有些拼凑之嫌。和李清照的梅词比起来,还是略逊一筹。

七娘子

清香浮动到黄昏,向水边、疏影梅开迟。溪畔清蕊,有如浅杏,一枝喜得东君信。

风吹只怕霜侵损,更欲折来、插向多情鬓。寿阳妆面,雪肌玉莹,岭头别后微添粉。

【赏析】 此词为误署词,《梅谱》中归于无名氏之作。此词咏梅,词中用暗香浮动，喻其香气，以东君寓占春先机，用寿阳妆之典也多常见，用冰清玉洁，也无新意。同样缺乏物我合一的个性和独特气质。细细品啦，还真不类李清照之作。

临江仙

帘外五更风，吹梦无踪。画楼重上与谁同？记得玉钗拨火，宝篆成空。

回首紫金峰，雨润烟浓。一江春浪醉醒中。留得罗襟前日泪，弹与征鸿。

【赏析】 此为存疑词。词表达的是相思之情。上片重在回忆往昔，往昔他们一起上画楼，一起熏香，充满甜蜜。下片借伤春自伤，一片相思至情，无处可达，只能寄予征鸿。征鸿有信而人无信，两相对照，真是让人更添伤悲。弹给征鸿的是罗襟上的"前日泪"，可见这泪也不知流了几多日了。相思离别之情，是李清照词中常见的主题；但她的相思离情，婉约中不乏深情，蕴藉中不乏真气；而且，她很少直接写泪、写哭，她不是一般的小女子，而是一个有着鲜明独立人格的大家闺秀。哭哭啼啼不是她的做派，但一样难掩其赤诚。

长寿乐

微寒应候,望日边六叶,阶蓂初秀。爱景欲挂扶桑,漏残银箭,杓回摇斗。庆高闳此际,掌上一颗明珠剖。有令容淑质,归逢佳偶。到如今,昼锦满堂贵胄。

荣耀,文步紫禁,一一金章绿绶。更值棠棣连阴,虎符熊轼,夹河分守。况青云咫尺,朝暮重入承明后。看彩衣争献、兰羞玉酎。祝千龄,借指松椿比寿。

【赏析】 此为存疑词。或说是李清照晚年所作,手法纯熟,寿主是一位贵妇。或说非李清照所作,全词用典甚多。现将几位专家的评说辑录如下:

王学初《李清照集校注》卷一:此首原题撰人为易安夫人,宋人未见有以此呼清照者,未知有误否?《翰墨大全》有延安夫人、易少夫人,俱仅一字之异。

黄墨谷《重辑李清照集·漱玉词》卷三:此词仅见《截江网》,《全宋词》载之,风格,笔调均不类清照其他慢词,兹不录。

徐北文《济南名士丛书·李清照全集评注》:元《截江网》卷六收录此词,以其为"易安夫人"之作,因为宋人未有称李清照为"易安夫人"者,且从内容和格调上看,亦不似李清照词作,只能存疑待考。在艺术技巧上,该词有如下特色:一、委婉含蓄。作者用"爱景",暗示出生季节是冬天;用"杓回摇斗",斗柄欲东指,进而点出季节是春天即将来临之时,即冬末;用"六叶阶蓂初秀",点示出生日是在冬末月初六;用"欲挂扶桑"、"漏残银箭",点出出生时辰是在太阳将出来的时候。隐而不露,耐人咀嚼。二、比喻生动、形象。用"掌上一颗明珠",比喻贵妇人曾备受父母钟爱;用"松椿"树龄之长,比喻贵妇人寿命之长;用"青云"比喻官位显赫。这些比喻甚为恰切,生鲜,至今仍有"掌上明珠"、"寿比南山不老松"、"青云直上"之语常为人所喜用。三、"昼锦"、"金章绿绶"等典故的运用,既典雅蕴藉,又丰富了词的内涵。

陈祖美《李清照诗词文选评》:旧时女子的命运主要是由三个男人决定的:父亲决定女儿的贫富贵贱;丈夫决定妻子一生的苦乐酸甜;儿子决定母亲老来的贵贱和危安。在李清照五六十岁之间,曾写过一首《长寿乐·南昌生日》。寿星"南昌",有学者笺定为韩肖胄之母,当可信。因为这位韩母,至少其丈夫、儿子均为荣耀尊崇的社稷之臣。而李清照之父的命运很坎坷,她所得到的庇护是很有限的,她与丈夫之间,虽传有不少甜蜜的佳话,实情却是与其同甘者日短、共苦者时长。既无子嗣,又中年丧夫遭遇国破家亡,晚年流落他乡的李清照,其命运之悲苦可见一斑。

附录

李煜生平资料

一、宋欧阳修《新五代史》卷六十二：煜字重光，初名从嘉，景第六子也。煜为人仁孝，善属文，工书画，而丰额骈齿，一目重瞳子。自太子冀已上，五子皆早亡，煜以次封吴王。建隆二年（九六二）景迁南都，立煜为太子，留监国。景卒，煜嗣立于金陵。（节）煜尝以熙载尽忠，能直言，欲用为相，而熙载后房姬妾数十人，多出外舍私侍宾客，煜以此难之。（节）熙载卒，煜叹曰："吾终不得熙载为相也。"（节）开宝四年（九七一），煜遣其弟韩王从善朝京师，遂留不遣。煜手疏求从善还国，太祖皇帝不许。煜尝怏怏以国蹙为忧。日与臣下酣宴，愁思悲歌不已。（节）煜性骄侈，好声色，又喜浮图，为高谈，不恤政事。六年（九七三），内史舍人潘佑上书极谏，煜收下狱，佑自缢死。七年（九七四），太祖皇帝遣使诏煜赴阙，煜称疾不行。王师南征，煜遣徐铉、周惟简等奉表朝廷求缓师，不答。八年（九七五）十二月，王师克金陵。九年（九七六），煜俘至京师，太祖赦之，封煜违命侯，拜左千牛卫将军。（节）太祖皇帝之出师南征也，煜遣其臣徐铉朝于京师。铉居江南，以名臣自负。其来也，欲以口舌驰说存其国，其日夜计谋思虑言语应对之际详矣。及其将见也，大臣亦先入请，言铉博学有才辩，宜有以待之。太祖笑曰："第去，非尔所知也。"明日，铉朝于廷。仰而言曰：

"李煜无罪，陛下师出无名。"太祖徐召之升，使毕其说。铉曰："煜以小事大，如子事父，未有过失，奈何见伐？"其说累数百言，太祖曰："尔谓父子者为两家可乎？"铉无以对而退。呜呼，大哉，何其言之简也。

二、后周陶谷《清异录》卷上：李煜在国，微行倡家，遇一僧张席，煜遂为不速之客。僧酒令论吟弹吹，莫不高了。见煜明俊蕴藉，契合相爱重。煜乘醉大书右壁曰："浅斟低唱偎红倚翠大师，鸳鸯寺主，传持风流教法。"久之，僧拥妓之屏帷，煜徐步而出，僧妓竟不知煜为谁也。煜尝密谕徐铉，铉言于所亲焉。

三、宋陈彭年《江南别录》：（后主）幼而好古，为文有汉魏风。母兄冀为太子，性严忌，后主独以典籍自娱，未尝干预时政。

四、宋史虚白《钓矶立谈》：叟昔于江表民家见窃写真容，观其广颡隆准，风神洒落，居然有尘外意。又：后主性喜学问。（节）其论国事，每以富民为务。好生戒杀，本其天性。承蘖国之后，群臣又皆寻常充位之人，议论率不如旨，尝一日叹曰："周公仲尼，忽去人迷，吾道芜塞，其谁与明。"乃著《杂说》数千万言曰："特垂此空文，庶几百世之下有以知吾心耳。"

五、宋龙衮《江南野史》卷二：嗣主音容闲雅，眉目若画。尚清洁，好学而能诗，天性儒懦，素昧威武。

六、宋文莹《湘山野录》卷中：江南李后主煜性宽恕，威令不素著，神骨秀异，骈齿，一目有重瞳。笃信佛法。殆国势危削，自叹曰："天下无周公、仲尼，君道不可行。"但著《杂说》百篇以见志。十一月，猎于青龙山，一牝狙触网于谷，见主两泪，屡指其腹，主大怪，戒虞人保以守之。是夕，果诞二子，因感之。还幸大理寺，亲录囚系多所，原贷一大辟妇，以孕在狱，产期满则伏诛，未几亦诞二子。煜感牝狙之事，止流于速。吏议短之。

七、宋刘斧《翰府名谈》（引见《诗话总龟》前集卷三十三）：李煜暮岁乘醉书于牖曰："万古到头归一死，醉乡葬地有高原。"醒而见之大悔，不久谢世。

八、宋沈括《梦溪笔谈》卷下：江南库中书画至多。（节）后主善画，尤工翎毛。或云，凡言钟隐笔者皆后主自画。后主尝自号钟山隐士，故晦其名谓之钟隐，非姓钟人也。今世传钟画，但无后主亲题者皆非也。

九、宋阮阅《诗话总龟》前集卷二十四引《江南野录》：刘洞尝以诗百余首献李煜，首篇乃《石城怀古》："石城古岸头，一望思悠悠。几许六朝事，不禁江水流。"煜览之，掩卷改容。金陵将危，为七言诗，大榜于路旁曰："千里长江皆渡马，十年养士得何人！"又云："翻忆潘郎奏章中，憯憯日暮好沾巾。"盖潘佑表云"家国憯憯，如日将暮"也。

十、宋高晦叟《珍席放谈》卷上：江南李后主善词章，能书画，皆臻妙绝。是时纸笔之类亦极精致。世传尤好玉屑笺，于蜀主求笺匠造之，惟六合水最宜于用，即其地制作。今本土所出麻纸无异玉屑，盖所造遗范也。

十一、宋王铚《默记》：徐铉归朝，为左散骑常侍，迁给事中。太宗一日问"曾见李煜否"。铉对以臣安敢私见之。上曰："卿第往，但言朕令卿往相见，可矣。"铉遂径往其居，望门下马，但一老卒守门。徐言"愿见太尉"。卒言"有旨不得与人接，岂可见也"。铉曰"我乃奉旨来见"。老卒往见。徐入，立庭下。久之，老卒遂入，取旧椅子相对。铉遥望见，谓卒曰"但正衙一椅足矣"。顷间，李主纱帽道服而出。铉方拜，而李主遽下阶，引其手以上。铉告辞宾主之礼。李主曰"今日岂有此礼"。徐引椅少偏，乃敢坐。后主相持大哭，乃坐。默不言，忽长吁叹曰"当时悔杀了潘佑、李平"。铉既去，乃有旨再对，询后主何言。铉不敢隐。遂有秦王赐牵机药之事。牵机药者，服之前却数十回，头足相就，如牵机状也。又后主在赐第，因七夕命故妓作乐，声闻于外。太宗闻之大怒。又传"小楼昨夜又东风"及"一江春水向东流"之句，并坐之，遂被祸云。

又，小说载江南大将获后主宠姬者，见灯辄闭目云："烟气！"易以蜡烛，亦闭目云："烟气愈甚！"曰："然则宫中未尝点烛耶？"曰："宫中本阁每至夜，则悬大宝珠，光照一室，如日中也。"观此，则李氏之豪侈可知矣。

十二、宋曾慥《类说》卷五十二引《翰府名谈》李后主诗条：江南李主一目重瞳，务长夜之饮，内日给酒三石。艺祖勅不与酒，奏曰："不然，何计使之度日。"遂复给之。李主姿貌绝美，艺祖曰："公非贵貌也，乃一翰林学士耳。"有诗曰："鬓从今日添新白，菊是去年依旧黄。"又云："青鸟不传云外信，丁香空结雨中愁。"皆是气不满，有亡国之悲。临终有诗云："万古到头为一醉，死乡葬地有高原。"

十三、宋不著撰人《宣和画谱》卷十七：江南伪后主李煜，字重光。政事之暇，寓意于丹青，颇到妙处。自称钟峰隐居，又略其言曰钟隐，后人遂与钟隐画浑淆称之。然李氏能文，善书画，书作颤笔樛曲之状，遒劲如寒松霜竹，谓之"金错刀"，画亦清爽不凡，别为一格。然书画同体，故唐希雅初学李氏之错刀笔。后画竹乃如书法，有颤掣之状，而李氏又复能为墨竹，此互相备取也。其画虽传世者不多，然推类可以想见，至于画《风虎云龙图》者，便见有霸者之略，异于常画，盖不期至是，而志之所之，有不能遏者，自非吾宋以德服海内，而率土归心者，其孰能制之哉。

十四、宋叶梦得《石林燕语》卷四：江南李煜既降，太祖尝因曲燕问："闻卿在国中好吟诗。"因使举其得意者一联。煜沉吟久之，诵其《咏扇》云："揖让月在手，动摇风满怀。"上曰："满怀之风却有多少？"他日复燕煜，顾近臣曰："好一个翰林学士。"

十五、宋马令《南唐书》卷五：（开宝）八年（九七五），春，阅民为师徒，（节）凡一十三等，皆使杆敌守把。（节）秋，洪州节度使朱令赟将兵一十五万屯浔阳、湖口。（节）以书召南郡留守刘克贞，代镇湖口。克贞以病留，令赟亦未进。国主累促之。令赟以长筏大舰，帅水陆诸军。至虎蹲洲，与王师遇。舟筏俱焚，令赟死，余众皆溃。金陵受围经岁，城中斗米万钱，死者相枕藉。自润州降后，不闻外信。或云令赟已败，国主犹意其不实。冬，百姓疫死，士卒乏食。大军史以十有一月乙未破城。国主议遣其子清源公仲寓出通降款。左右以谓壁垒如此，天象无变，岂可计日取降。是日，城果陷。宫中图籍万卷，尤多钟王墨迹。国主尝谓所幸保仪黄氏曰："此皆累世保惜。城若不守，尔可焚之，无使散逸。"及城陷，文籍尽炀。光政使陈乔曰："吾当大政，使国家致此，非死无以谢。"乃自缢死。诸将战没者，犹数十人。升元寺阁崇构，因山为基，高可十丈。（节）士大夫暨豪民富商之家，美女少妇，避难于其上，迨数百人，越兵举火焚之，哭声动天，一旦而烬。大将曹彬整军成列，至其宫门。门开，国主跪拜纳降。彬答拜，为之尽礼。先是，宫中预积薪。煜誓言社稷失守，当携血属赴火。既见彬，彬谕以归朝俸禄有限，费用日广。（节）一归有司之籍，既无及矣。遣煜入治装，裨将梁迥、田钦祚力争，以谓苟有不虞，咎将谁执。彬笑而不答。匡亭固谏。彬曰："彼能出降，安能死乎。"翌日治舟。彬遣健卒五百人为津，致辎重登舟，（节）煜举族冒雨乘舟，百司官属仅十艘。煜渡中江，望石城，泣下。自赋诗云："江南江北旧家乡。三十年来梦一场。吴苑宫闱今冷落，广陵台殿已荒凉。云笼远岫愁千片，雨打归舟泪万行。兄弟四人三百口，不堪闲坐细商量。"至汴日，登普光寺，擎拳赞念久之，散施缯帛甚众。

十六、宋张邦基《墨庄漫录》卷七：宣和间，蔡宝臣致君收南唐后主书数轴来京师，以献蔡绦约之。其一乃王师收金陵，城垂破时，仓皇中作一疏，祷于释氏，愿兵退之后，许造佛像若干身，菩萨若干身，斋僧若干万员，建殿宇若干所。其数皆甚多。字画老草，然皆遒劲可爱。盖危窘急中所书也。又有《看经发愿文》。自称莲峰居士李煜。又有长短句《临江仙》云："樱桃结子春归尽，蝶翻金粉双飞。子规啼月小楼西。玉钩罗幕，惆怅卷金泥。门巷寂寥人去后，望残烟草低迷。"而无尾句。刘延仲为补之云："何时重听玉聪嘶。扑帘飞絮，依约梦回时。"

十七、宋陆游《南唐书》卷三：后主天资纯孝，事元宗尽子道。(节)嗣位之初,属保太军兴之后,国削势弱,帑庾空竭,专以爱民为急,蠲赋息役,以裕民力。尊事中原,不惮卑屈,境内赖以少安者十有五年。宪司章疏,有绳纠过评,皆寝不下。(节)然酷好浮屠,崇塔庙,度僧尼,不可胜算。(节)以故颇废政事。(节)兵兴之际,降御札移易将帅,大臣无知者。(节)长围既合,内外隔绝。城中之人,惶怖无死所。后主方幸净居室,听沙门,(节)讲《楞严圆觉经》。(节)群臣皆知国亡在旦暮,而张洎犹谓北师已老,将自遁去。后主益甘其言,晏然自安。命户部员外郎伍乔,于围城中放进士孙确等三十八人及第。(节)故虽仁爱足以感其遗民,而卒不能保社稷云。

十八、宋胡仔《苕溪渔隐丛话》前集卷五十九。《诗话总龟》后集卷三十二:《西清诗话》云,南唐后主围城中作长短句,未就而城破。"樱桃落尽春归去,蝶翻金粉双飞。子规啼月小楼西。曲栏金箔,惆怅卷金泥。门巷寂寥人去后,望残烟草低迷"。余尝见残稿,点染晦昧,心方危窘,不在书耳。艺祖云李煜若以作诗工夫治国事,岂为吾虏也。苕溪渔隐曰:余观《太祖实录》及三朝正史云,开宝七年十月诏曹彬、潘美等率师伐江南,八年十一月拔升州。今后主词乃咏春景,决非十一月城破时作。《西清诗话》云,"后主作长短句,未就而城破",其言非也。然王师围金陵凡一年,后主于围城中春间作此诗,则不可知。是时其心岂不危窘,于此言之乃可也。

十九、宋陈善《扪虱新话》上集卷二:帝王文章自有一般富贵气象。国初,江南遣徐铉来朝。铉欲以辩胜,至诵后主月诗云云。太祖皇帝但笑曰:"此寒士语耳,吾不为也。吾微时,夜自华阴道中逢月出，有句云'未离海底千山暗，才到中天万国明'。"铉闻，不觉骇然惊服。太祖虽无意为文，然出语雄杰如此。予观李氏据江南全盛时，宫中诗云："帘日已高三丈透，金炉次第添香兽。红锦地衣随步皱，佳人舞贴金钗溜。酒恶时将花蕊嗅，别殿时闻箫鼓奏。"议者谓与"时挑野菜和根煮，旋斫生柴带叶烧"者异矣。然此尽是寻常说富贵语，非万乘天子体。予盖闻太祖一日与朝臣议论不合，叹曰"安得如桑维翰者与之谋事"。左右曰"纵维翰在，陛下亦不能用之，盖维翰爱钱"。太祖曰"穷措大眼小，赐与十万贯，则塞破屋子矣"。以此言之，不知彼所谓金炉、香兽、红锦地衣当费得几万贯。此语得无是措大家眼孔乎。

二十、元方回《瀛奎律髓》卷四十四：李后主号能诗词，偶承先业，据有江南，亦僭称帝，数十州之主也。集中多有病诗，先有五言律云："病态加衰飒，厌厌已五年。"看此诗，真所谓衰飒憔悴，岂"大风"、"横汾"之比乎，宜其亡也。或谓此乃已至大兴之后，即不然矣。七言有云："衰颜一病难章复，晓殿君临颇自羞。"又云："冷笑秦皇经远略，静怜姬满苦时巡。"盖君临之时也。又《病中书事》："病身坚固道情深，宴室清香思自任。月照静室惟捣药，门扃幽院只来禽。庸医懒听词何取，小婢将行力未禁。赖问空门知气味，不然烦恼万涂侵。"此诗八句俱有味，然不似人主之作，只似贫士大夫诗也。

二十一、明顾起元《客座赘语》卷五：当时江南被围，自开宝七年十一月至八年十一月二十七日城破。宋祖令吕龟祥诣金陵籍煜图书赴阙下，得六万余卷。其为后主与黄保仪聚焚者，又不知几许也。后主之好文如此，故非庸主。其词是《临江仙》调，凄惋有致。

二十二、明蒋一葵《尧山堂外纪》卷四十一：李后主宫中未尝点烛，每至夜则悬大宝珠，光照一室如日中。尝赋《玉楼春》宫词曰："晓妆初了明肌雪，春殿嫔娥鱼贯列。笙箫吹断水云间，重按霓裳歌遍彻。临春谁更飘香屑，醉拍阑干清未切。归时休照烛花红，待放马蹄清夜月。"

二十三、清吴任臣《十国春秋》卷十七：后主名煜，字重光，初名从嘉，元宗第六子也，母光穆圣后钟氏。为人仁惠，有慧性。雅善属文，工书画，知音律。广额丰颊，骈齿，一目重瞳子。文献太子恶其有奇表，从嘉避祸，惟覃思经籍。历封安定郡公，郑王。文献太子卒，徙吴王，以尚书令知政事，居东宫。建隆二年（九六二），元宗南迁，立为太子，留金陵监国。（节）六月，元宗晏驾，嗣立于金陵。更今名，居表哀毁，几不胜。大赦境内。（节）乙亥岁春二月壬戌，宋师拔金陵阙城。（节）乙未，城陷，将军呙彦、马诚信及弟承俊帅将士数百，力战而死。（节）明年春正月辛未，至汴京。（封违命侯）（节）太宗即位，始去违命侯，加恃进，封陇西郡公。太平兴国二年，后主自言其贫。宋太宗命增给月奉，仍予钱三百万。太宗常幸崇文院观书，召后主及南汉后主令纵观，谓后主曰："闻卿在江南好读书，此简策多卿旧物，归朝来颇读书否？"后主顿首谢。三年七月辛卯薨（一云：宋太宗使徐铉见后主于赐第。后主忽呼叹曰："当时悔杀潘佑、李平。"铉不敢隐，遂有赐后主牵机药之事，盖饵其药则病，前却数十回，头足相就如牵机状也。又后主在赐第，七夕，命故伎作乐，声闻于外。太宗闻之大怒，又传"小楼昨夜又东风"，又"一江春水向东流"句，并坐之，遂被祸云。）又《南唐拾遗记》云："后主归宋后，郁郁不自聊，尝作长短句'帘外雨潺潺'云云，情思凄切，未几下世。"年四十二，是日七夕也。后主盖以是日生，赠太师，封吴王，葬洛阳北邙山。（节）自入宋，忽忽不乐，常与金陵旧宫人书词，甚悲惋，不可忍。（有云："此中日夕以眼泪洗面。"又念嫔妾散落，赋《虞美人》词以见志。又作长短句云："无限江山，别时容易见时难。"故臣闻之，有泣下者。）凶问至江南，父老多有巷哭者。（节）论曰：后主恂恂大雅，美秀多文，向使国事无虞，中怀兢业，抑亦守邦之主也。乃运丁石六，晏然自侈，谱曲度僧，略无虚日，遂至京都沦丧，出涕嗟若，斯与长城之"玉树后庭"、卖身佛寺以亡国者，何其前后一辙耶？悲夫！

二十四、清张德瀛《词徵》卷五：李后主善音律。尝造《念家山破》（唐教坊曲有《念家山》。后主衍之为《念家山破》。马令《南唐书》云："其声噍杀而名不祥，乃败征也。"）及《振金铃曲》。今后主词所传者三十四阕，而两曲无之。

二十五、龙榆生《唐宋名家词选》：李煜，字重光，元宗第六子，初名从嘉。文献太子卒，以尚书令知政事，居东宫。元宗十九年，立为太子。元宗南巡，太子留金陵监国。建隆二年（九六一）嗣位，在位十五年。开宝八年（九七五），宋将曹彬攻破金陵，煜出降。明年，至京师，封违命侯。太平兴国三年（九七八）七月七夕殂，年四十二。煜嗣位初，专以爱民为急，蠲赋息役，以裕民力。尊事中原，不惮卑屈。境内赖以少安者，十有五年。殂问至江南，父老有巷哭者。然酷好浮屠，崇塔庙，度僧尼不可胜算。罢朝，辄造佛屋，易服膜拜，颇废政事。故虽仁爱足感遗民，而卒不能保社稷云。煜后周氏，善歌舞，尤工琵琶。（节）煜对歌词之成就，于家庭父子夫妇间，与当时风气，皆有绝大影响，尤以周昭惠后精通乐律，从旁赞助之力为多焉。煜词传世者，有明万历庚申（一六二〇）虞山吕远墨华斋刊《南唐二主词》本，存后主词三十三首，中多残缺，亦有他人之作混入其中，盖皆后人辑录而成者。清康熙二十八年（一六八九）侯文灿刻《十名家词集》本《二主词》。与吕刻本殆出一源，惟无最末的《捣练子》"云鬓乱"一首。《全唐诗》载后主词三十四阕，未悉所据何本。此外有刘继增校笺本，王国维校记本，可供参证。

李清照年谱

一岁（公元1084年，宋神宗元丰七年），清照生于济南（今山东章丘明水）。父李格非，字文叔，"苏门后四学士"之一，《宋史·文苑传》有传，有《洛阳名园记》等著作传世。母王氏，元丰宰相王珪之父王准的孙女，善属文。

六岁（1089年，宋哲宗元祐四年），格非官太学正，赁屋于汴京经衢之西，名其堂曰"有竹"。清照与其母仍留原籍。

十五岁（1098年，元符元年），清照仍在湖山佳胜的明水原籍，是年春、秋两季有溪亭之游。

十六岁（1099年，元符二年），清照是年前后，与其母及胞弟远由原籍赴汴京，其"学诗三十年"伊始。结识文学上的忘年交晁补之。《如梦令》（尝记）、《双调忆王孙》（湖上）等词当作于是年来汴京之后。

十七岁（1100年，元符三年），格非始除礼部员外郎。清照得识张耒（字文潜）并作《浯溪中兴颂诗和张文潜》二首。又《如梦令》（咏海棠）、《浣溪沙》（小院）、《点绛唇》（蹴罢）等词亦当作于是年前后。

十八岁（1101年，徽宗建中靖国元年），清照适赵明诚。明诚字德甫，二十一岁，太学生，赵挺之季子。有《金石录》传世。是年，格非仍为礼部员外郎、挺之为吏部侍郎。《渔家傲》

（雪里）、《庆清朝慢》、《鹧鸪天》（暗淡）、《减字木兰花》、《瑞鹧鸪》诸阕，当作于是年前后。

十九岁（1102年，崇宁元年）七月，格非被列为元祐党籍；九月，徽宗书党人名单，刻石端礼门。"奸党"名额此时共约120人，格非名在余官第26人。六月，赵挺之除尚书右丞；八月，除尚书左丞。清照上挺之诗云："何况人间父子情"，当为营救其父格非而作，人谓"识者哀之"。

二十岁（1103年，崇宁二年）四月，挺之除中书侍郎，明诚亦于是年"出仕宦"。九月庚寅，诏禁元祐党人子弟居京、壬午诏："宗室下得与元祐奸党子孙及有服亲为婚姻，内已定未过礼者并改正。"据此，清照被遣离京，只得投奔上年回原籍的父母。

二十一岁（1104年，崇宁三年）六月，合定元祐、元符党人名单，共309人，格非名仍在余官第26人。由徽宗书而刊之，置文德殿门之东壁。清照为党祸松紧所左右，时归原籍，时返汴京。于原籍作《一剪梅》、《醉花阴》、《蝶恋花》（暖雨）、《浣溪沙》（莫许）；返汴京时作《小重山》、《玉楼春》、《行香子》等。

二十二岁（1105年，崇宁四年）二月，挺之除尚书右仆射兼中书侍郎。六月，挺之为避蔡京嫉，引疾乞罢右仆射。十月，明诚授鸿胪少卿，其长兄存诚为卫尉卿、次兄思诚为秘书少监。清照献诗挺之云："炙手可热心可寒"，当抒发她为党祸株连而得不到翁舅救援之感慨。

二十三岁（1106年，崇宁五年）正月，大赦天下，并令吏部李格非与监庙差遣。二月，蔡京罢左仆射，赵挺之为特进尚书右仆射兼中书侍郎，毁《元祐党人碑》，除党人一切之禁，时清照由原籍返汴京，作《满庭芳》、《多丽》、《晓梦》等。

二十四岁（1107年，大观元年）正月，蔡京复相。三月，挺之罢右仆射，后五日卒，年六十八。卒后三日，家属亲戚在京者被捕入狱，无事实。七月，狱具。是年或下年伊始，明诚母郭氏率其女、媳妇归居青州。

二十五岁（1108年，大观二年），明诚、清照夫妇于青州"归来堂"读书、斗茶。明诚撰《金石录》，清照"笔削其间"，心情舒畅，甘心终老是乡。大致于是年作以"别是一家"著称的《词论》，是清照继晁补之《评本朝乐章》之后的一篇词史上最早产生重要影响的词论。它最先由胡仔在其《苕溪渔隐丛话》后集卷三十三《晁补之》子目著录时，称"李易安云"；第二位著录《词论》的是南宋人魏庆之，见于其《诗人玉屑》卷二十一《诗余》条；第三位著录《词论》的是清人徐釚，见于其《词苑丛谈》卷一《体制》。是年，明诚、清照或为隐居金乡的晁补之贺寿，清照遂作《新荷叶》词。

二十八岁（1111年，政和元年）五月，郭氏奏清除挺之指挥。明诚亲至泰山，得二碑。

二十九岁（1112年，政和二年），明诚夫妇仍屏居青州。存诚于是年以秘书少监言事，思诚亦起复。

三十一岁（1114年，政和四年），相传明诚为"易安居士三十一岁之照"题赞云："清丽其词，端庄其品。"此"照"存有所衣非宋人服装等若干破绽，已考定其为赝品。

三十二岁（1115年，政和五年），明诚、清照夫妇仍屏居青州，并于花前月下相从赋赏花诗。

三十四岁（1117年，政和七年）夫妇仍屏居青州。河间刘跂为《金石录》前三十卷作序，题为《〈金石录〉后序》。此前赵明诚自己尝作《〈金石录〉序》。

三十五岁至三十七岁（1118至1120年，重和元年至宣和二年），这期间，明诚亦当起复。在其单独离开青州居官过程中，或有"天台之遇"，或独携其妾前往。是时，清照独居青州之"秦楼"。为明诚送行时作《凤凰台上忆吹箫》，又相继作了《念奴娇》、《点绛唇》（寂寞）和《声声慢》等词表达其被疏、无嗣之苦。

三十八岁（1121年，宣和三年），明诚守莱不久。八月初，清照赴莱州途中，晚止昌乐驿馆，赋《蝶恋花》（泪湿）。八月十日，清照在莱州"独坐"一破败清冷之室，因作《感怀》诗并序，道其所遇之"可怜"，实讽明诚对其之冷落。

四十来岁（1123年前后，宣和五年前后），清照仍随居明诚莱州住所，于静治堂夫妇共同辑集整理《金石录》，且"装卷初就，芸签缥带，束十卷作一帙。每日晚吏散，辄校勘二卷，跋题一卷"。守莱期间，明诚尝与僚属登今山东莱州城南偏东约五公里的文峰山，且徘徊北魏郑羲碑下久之，得其下碑；又遣往天柱山之阳访求上碑，在胶水县（今山东平度）界中，遂模得之。

四十三岁（1126年，钦宗靖康元年），明诚守淄州，因其提兵帅属，斩获逋卒为多，被朝廷"录功"，且转一官。明诚在淄川邢氏之村，得白乐天所书《楞严经》，"因上马疾驱归，与细君共赏。"近人疑此《楞严经》非真迹。十二月，金军破东京，史称"靖康之变"。翌年四月，俘徽宗、钦宗和宗室、后妃等数千人，并辅臣、乐工、工匠等及大量财物北去，汴京为之一空，北宋亡。

四十四岁（1127车，靖康二年一月至四月，高宗建炎元年五月至十二月）三月，明诚独自往金陵奔母丧。四月，北宋亡。五月，高宗即位于南京应天府之正厅，改元建炎，史称南宋。四五月间，清照由淄州返青州，整理金石文物准备南运。七月，明诚起复知江宁府，兼江东经制副使，八月至任。十二月，明诚家存书册什物十余屋，焚于青州兵变，清照赴金陵。

四十五岁（1128年，建炎二年）春，清照携《赵氏神妙帖》等文物赴江宁，途经镇江遇盗掠勿失，为明诚和岳珂所称道。是年有"作诗以低士大夫"事，所作诗为"南渡衣冠少王导"、"南来尚怯吴江冷"等，以及《分得知字》、《乌江》等诗，又作《临江仙》（庭院），以讽明诚"章台"之游；是年春、冬及翌年春，清照有雪天顶笠披蓑，循城远览觅诗之事。

四十六岁（1129年，建炎三年）二月，明诚罢知建康府。三月，夫妇备办舟船上芜湖，入姑孰，将择居赣水上。五月，至池阳，被旨知湖州。安家于池阳，清照留此，明诚独赴召。清照乘船相送，直送到六月十三日，明诚改走陆路的那一天。是日，明诚坐岸上，戟手向舟中的清照告别，并叮嘱她，在紧急时，自负抱宗庙礼乐之器，"与身俱存亡"。说罢，驰马冒大暑，往建康朝见高宗，途中感疾。七月末，清照得到明诚卧病的消息，遂解舟，一日夜行三百里，赶赴建康探视。八月，明诚病危时，阳翟张飞卿携玉壶（实珉），视明诚，便携去。八月十八日，明诚卒于建康。葬毕，清照大病，仅存喘息。事势日迫，遣人将行李送往任兵部侍郎、从卫在洪州的明诚妹婿处。十一月，金人破洪州，清照寄洪之文物尽委弃。正月初七（人日）作《菩萨蛮》（归鸿）、三月作《蝶恋花·上巳召亲族》、八月作《祭赵湖州文》、闰八月作《鹧鸪天》（寒日）、九月作《南歌子》和《忆秦娥》。

四十七岁（1130年，建炎四年），是年闻"玉壶颁金"之传言，清照惶恐，便携所有古铜器赴越州、台州等地追赶高宗投进，未遂。又踵高宗移跸所在而奔走于明州、温州。之温后，或有经三山（福州）往泉州之想，故作《渔家傲》（天接）。刘豫受金册为"齐帝"，赋《咏史》诗讽之。《诉衷情》、《好事近》等词亦或作于此时。

四十八岁（1131年，绍兴元年）三月，赴越州，择居钟氏宅，卧榻之下五箧文物被穴壁盗去，钟氏遂出十八轴求赏。可见钟复皓为梁上君子。后世张居正为此事殊不平，尝辞退会稽籍钟姓部吏。

四十九岁（1132年，绍兴二年）春天赴杭州，三月作"露花倒影"联，陆游谓此系清照嘲张九成。清照患重病至牛蚁不分，是时张汝舟巧言惑其弱弟以骗婚。张实觊觎清照手中残存之文物，不得，即对她日加殴击。秋，清照与张离异，并"讼其妄增举数入官"，张遂编管柳州。依宋刑律，告发亲人者应"徒二年"，清照仅系狱九日，因得明诚远亲、建炎时曾与高宗共患难的綦崇礼搭救的缘故，清照以《投年翰綦公崇礼启》谢之。秋冬作《摊破浣溪沙》（病起）等词。

五十岁（1133年，绍兴三年）六月，尚书礼部侍郎韩肖胄使金，试工部尚书胡松年为副使。临行入辞，肖胄言："今大臣各徇己见，致和战未有定论。然和议乃权时宜以济艰难，他日国步安强，军声大振，理当别图。今臣等已行，愿毋先渝约。或半年不复命，必别有谋，宜速进兵，不可顺臣等在彼间而缓之也。"肖胄母文氏，闻肖胄当行，为言："韩氏世为社稷臣，汝当受命即行，勿以老母为念。"言行慷慨，清照缘此事而作《上枢密韩公诗》古、律各一首，古诗中有"欲将血泪寄山河，去洒东山一抔土"之句，可见清照气概！

五十一岁（1134年，绍兴四年）八月，清照在杭州作《〈金石录〉后序》。九月，金、齐合兵分道犯杭州等地。十月，清照逃往金华避难，择居陈氏宅。是时思诚知台州。十一月，作《打马赋》、《打马图经》并序等。《钓台》诗当系是年或下年经桐庐江往返于杭州、金华时，亲睹汉严子陵垂钓处所作。

五十二岁（1135年，绍兴五年）春及初夏，仍居金华，并于此地作《武陵春》词和《题八咏楼》诗。五月三日，诏令婺州取字故直龙图阁赵明诚家藏《哲宗皇帝实录》缴进。这当是一种带有违禁性质的大事，清照不久离开婺州府治金华当与此事有关。。

五十三岁至五十九岁（1136至1142年，绍兴六年至十二年）清照于上年由金华返临安，作《清平乐》（年年）、《摊破浣溪沙》（揉破）、《孤雁儿》等词。

六十岁（1143年，绍兴十三年），清照居临安。夏撰《端午帖子》。进帖子词原为学士院事，此系代笔。《金石录》于是年前后表进于朝。

六十三岁（1146年，绍兴十六年）春，曾慥《乐府雅词》

成，其下卷收清照词二十三首。

六十四岁（1147年，绍兴十七年），撰于是年或稍前的、为胡仔《苕溪渔隐丛话》后集卷四所引的《诗说隽永》云："后有易安李，李在赵氏时"，意谓李后适他姓。清照仍居临安，尝忆京洛旧事。《永遇乐》《添字丑奴儿》作于是年或稍后。

六十五岁（1148年，绍兴十八年），《苕溪渔隐丛话》前集成，其卷六十《丽人杂记》条苕溪渔隐曰："近时妇人能文词，如李易安，颇多佳句，小词云：'昨夜雨疏风骤？应是绿肥红瘦。''绿肥红瘦'，此语甚新。又九日同云，'帘卷西风，人似黄花瘦。'此语亦妇人所难到也。易安再适张汝舟，未几反目，有启事与綦处厚云：'猥以桑榆之晚景，配兹驵侩之下材。'传者无不笑之。"

六十六岁（1149年，绍兴十九年），王灼《碧鸡漫志》撰成于成都，其卷二谓易安"再嫁某氏，讼而离之"。

六十七岁（1150年，绍兴二十年）是年或上年，清照携所藏米芾墨迹，两访其子米友亡，求作跋。

六十八岁（1151年，绍兴二十一年），是年前后，晁公武《郡斋读书志》撰成于四川荣州、洪适跋《赵明诚〈金石录〉》于临安。晁著云"格非之女，先嫁赵诚之（明诚），有才藻名。其舅正夫相徽宗朝，李氏尝献诗曰：'炙手可热心可寒。'然无检操，晚节流落江湖间以卒。"洪跋云"赵君无嗣，李又更嫁"。

六十八岁至七十三岁（公元1151至1155年，绍兴二十一至二十五年），陆游《夫人孙氏墓志铭》云易安晚年欲以其学传孙氏，孙氏云"才藻非女子事也"。清照当卒于此时。此后相继问世的赵彦卫《云麓漫抄》录有《投内翰綦公崈礼启》，此启系清照自叙其再嫁、离异、系狱等事；李心传《建炎以来系年要录》云："以汝舟妻李氏（格非女）讼其妄增举数入官也"；陈振孙《直斋书录解题》谓清照"晚岁颇失节"，即指其再嫁之事。

公元1167年，孝宗乾道三年，《苕溪渔隐丛话》后集成，其卷三三著录"李易安云"，即清照《词论》，并附"苕溪渔隐曰：易安历评诸公歌词，皆摘其短，无一免者，此论未公，吾不凭也。其意盖自谓能擅其长，以乐府名家者。退之诗云：'不知群儿愚，那用故谤伤，蚍蜉撼大树，可笑不自量。'正为此辈发也"。

（据王学初先生整理）

丛书简介

《国学经典丛书第二辑》推出了二十几个品种,包含经、史、子、集等各个门类,囊括了中国优秀传统文化的精粹。该丛书以尊重原典、呈现原典为准则,对经典作了精辟而又通俗的疏通、注译和评析,为现代读者尤其是青少年阅读国学经典扫除了障碍。所推出的品种,均选取了当前国内已经出版过的优秀版本,由国内权威专家郁贤皓、王兆鹏、朱良志、杨义等倾力编注,集经典性与普及性、权威性与通俗性于一体,是了解中华传统文化的一套优秀读本。

丛书主要撰写者

《李杜诗选》 郁贤皓(南京师范大学文学院教授 唐代文学学会副会长)

《李煜词全集》 王兆鹏(武汉大学文学院教授 词学大家唐圭璋弟子)

《子不语》 王英志(苏州大学教授 《袁枚全集》获第八届中国图书奖)

《陶渊明诗文选集》 杨义(中国社会科学院学部委员 中国社会科学院文学研究所博导)

《小窗幽记》 朱良志(北京大学哲学系教授 博导)

《苏东坡诗词文精选集》 李之亮(宋史研究专家教授 《宋代郡守通考》获第十三届中国图书奖)

《西湖梦寻》 李小龙(北京师范大学教授 《中国诗词大会》题库专家)

《阅微草堂笔记》 韩希明(南京审计学院教授 全国大学语文研究会会员)

《黄帝内经》 姚春鹏(曲阜师范大学哲学系教授 中国哲学史学会中医哲学专业委员会理事)

国学经典第二辑书目

《小窗幽记》　朱良志　点评
《格言联璧》　张齐明　注评
《阅微草堂笔记》　韩希明　注译
《战国策》　王华宝　注译
《西湖梦寻》　李小龙　注评
《说文解字选读》　汤可敬　注译
《子不语》　王英志　注评
《围炉夜话》　陈小林　注评
《鬼谷子·三十六计》　方弘毅　等注译
《了凡四训》　方弘毅　注译
《颜氏家训·朱子家训》　程燕青　注译
《黄帝内经》　姚丹　姚春鹏　注译
《本草纲目》　战佳阳　等注译
《西厢记》　（元）王实甫　著
《牡丹亭》　（明）汤显祖　著
《陶渊明诗文选集》　杨义　邵宁宁　注评
《李杜诗选》　郁贤皓　封野　注评
《苏东坡诗词文精选集》　李之亮　注评
《李煜词全集》　王兆鹏　注评
《历代诗词精华集》　叶嘉莹　等注评
《苏轼辛弃疾词选》　王兆鹏　李之亮　注评
《李煜李清照词集》　平阳　俊雅　注评
《李清照集》　苏缨　注评
《随园诗话》　唐婷　注译